A PETITE CLOCHE GRAND SON

LÉGENDES DU PAYS DE SAVOIE

A PETITE CLOCHE

GRAND SON

PAR

CHARLES BUET

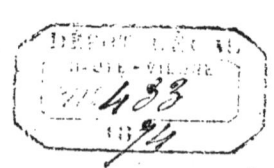

LIMOGES

BARBOU FRÈRES, IMPRIMEURS-LIBRAIRES.

DÉDIÉ

A PRIME PRAVAZ

En gage de sincère amitié et d'affectueux dévouement.

CHARLES BUET.

Saint–Jean–de–Maurienne, janvier 1871.
Paris, avril 1874.

A M. Ferdinand Martin-Sallières d'Arves,

COMTE DES CUINES ET VILLARDS.

Paris, 6 avril 1874.

Je vous dois bien, mon cher comte, de vous dédier la seconde édition de *A petite Cloche grand Son,* puisque c'est vous qui m'avez fourni, en grande partie, les matériaux qui m'ont servi à faire ce livre. J'ai voulu écrire un roman : il s'est trouvé que j'ai écrit une manière de mémoire archéologique, fort savant, m'assure-t-on, mais dont l'intérêt n'est pas égal à celui des quelques ouvrages qui ont précédé celui-ci. Néanmoins, laissez-moi vous dire que l'on m'a peut-être jugé sans m'entendre, ce qui est assez la coutume de notre beau pays de Savoie, en particulier, et du royaume de France, en général.

J'ai été le premier à penser qu'il serait bon de faire connaître au public, assez ignorant de notre histoire nationale (et pour cause) un épisode très-dramatique de la fin du XIVe siècle, épisode qui servirait de pivot à une étude consciencieuse de l'histoire intime des mœurs, des coutumes, du costume, de la topographie, du système politique, enfin de l'organisation sociale de notre patrie trop inconnue, sinon trop méconnue. Cette étude, que l'on me reproche d'avoir rendue trop minutieuse, m'a coûté beaucoup de travail. Je l'interrompis, en avril 1871, après l'avoir commencée en janvier la même année, et je la repris à Privas où, comme vous le savez, m'avait conduit un heureux hasard de la vie littéraire.

Quelle charmante ville que Privas, mon cher ami, et combien l'on en célèbre les charmes alors que le même hasard qui vous y amenait naguère, vous en a éloigné !...

Bref, *A petite Cloche grand Son* parut en feuilleton dans l'*Écho de l'Ardèche*, et je l'écrivais au fur et à mesure que l'imprimeur me réclamait de la copie. Nombre de pages furent tracées en wagon, en voyage, à Nîmes, à Genève, à Marseille, en Savoie, et je faillis même l'achever dans un autre monde, car une méningite aiguë menaça, *in illo tempore*, de mettre un terme à ma fureur d'écrire.

Il faut donc que l'on soit indulgent pour une œuvre composée à bâtons rompus, laissée, reprise, abandonnée encore, terminée pendant une convalescence pénible. Je donne *A petite Cloche grand Son* pour un livre exact en matières historiques, plein de renseignements, de notes curieuses, et non pour un récit imaginaire. Il est pourtant fécond en péripéties, mais, par malheur, tout « est arrivé » ; si bien que mon imagination ne recueillera pas le plus mince éloge, au cas où il y aurait éloge.

Quant au reste, cher ami et collègue, il convient de dire tout haut que vous êtes de ceux dont les conseils et l'exemple m'ont inspiré un grand amour pour mon pays, et que sans l'obligeance extrême avec laquelle vous avez mis à ma disposition votre Bibliothèque et votre Chartrier, je ne serais pas venu à bout de ma tâche.

Recevez donc, cher comte, cette dédicace (que j'inscris auprès de la première, adressée à l'ami des premières illusions), et voyez-y un faible témoignage de mon respectueux attachement.

CHARLES BUET.

I

DE LA CHASSE QUE FIT, DANS SA FORÊT DE LORME, LE COMTE ROUGE DE SAVOIE

Le bon Comte Rouge de Savoie, fatigué des soucis du gouvernement, s'en allait à la chasse. Ainsi, par une belle matinée d'automne, dans les premiers jours d'octobre de l'an 1391, il y avait grand bruit dans le préau carré du château de Thonon. Cette cour, vaste, entourée de bâtiments élevés, que les Bernois devaient brûler un siècle et demi plus tard pendant les guerres de religion, contenait une foule remuante de seigneurs, de pages et de varlets. Aux fenêtres, coupées de croisées de pierre, qu'entouraient des anneaux chargés d'une guirlande sculptée avec un fini précieux, se pressaient de nombreuses dames, jeunes et belles pour la plupart, et que le comte, fort galant prince, conviait à la fête. On attendait avec impatience que Monseigneur se montrât ; les nobles barons maugréaient tout bas contre ceux qui retenaient aussi longtemps le prince dans ses appartements. Ils se demandaient s'il était avec maître Jean de Liége, son architecte, ou bien avec le gouverneur de son fils Amédée, messire Odon de Villars, ou bien encore avec le chancelier de Savoie, Jean de Duingt, l'archevêque de Tarantaise et le maréchal de Verney, ses conseillers ordinaires.

Pages, varlets et valetons s'inquiétaient peu de ce retard inusité ; ils jouaient, se taquinaient les uns, les autres, en enfants espiègles, mutins et surtout hardis, peu soucieux, il est vrai, de recevoir les étrivières, mais ne cherchant en rien à modérer les éclats de leur gaîté.

Ces cris de joie, ces exclamations, se mêlaient aux hennissements des chevaux, qui, tenus par les écuyers, piaffaient sans cesse, faisant à chaque ruade jaillir une étincelle du pavé. Dans un coin, à l'angle d'une tourelle, vingt couples de chiens en lesse, aboyaient, jappaient, hurlaient, sans avoir égard aux reproches des valets qui les frappaient à chaque instants de leur fouet pour obtenir le silence et ne venaient à bout d'obtenir que le résultat contraire.

Tout auprès d'eux, les gens de la fauconnerie portaient, sur des cercles suspendus à leur ceinture par des cordons, les oiseaux de proie exercés à courir sus au gibier.

Cette foule vêtue de couleurs bariolées, ayant pour cadre les murailles noires du vieux manoir ; présentait un tableau plein d'animation. Enfin, comme la vigie placée au sommet du donjon frappait huit heures avec son marteau sur la cloche de bronze, un bruit de pas se fit entendre dans la salle des gardes, les dames se retirèrent précipitamment des fenêtres, et, la porte principale s'étant ouverte avec fracas, Amédée VII apparut sur le seuil, appuyé sur le bras du seigneur de Grandson, l'un de ses amis préférés. Il promena un regard affectueux sur la foule et dit à voix haute :

— Je requiers votre pardon, messieurs, car je vous ait fait attendre. Maître Jean de Liége m'entretenait de la chartreuse de Pierre Châtel, que feu mon seigneur et père — Dieu ait son âme en son paradis ! — m'ordonna de faire bâtir. A cheval, messieurs, et en chasse !

Un page à ses livrées amena devant le perron son destrier, le fameux Rucier, qu'il avait prêté l'année précédente à Jean de Châlon. Ce cheval, harnaché de cendal cramoisi, lui venait de son parent le roi d'Angleterre. Le comte se mit lestement en selle, imité par tous ses gentilshommes et les nobles dames, chasseresses habiles, qu'il invitait à le suivre. La herse fut levée, le pont-levis abaissé, et la foule descendit au trot dans la rue étroite et tortueuse qui conduisait à la ville. Bourgeois et populaire, ébahis, regardaient passer leur souverain en le saluant de leurs vivats, marque d'estime et d'amour à laquelle Amédée n'était point insensible.

Peu d'instants après, le cortége défilait sur la route tracée le long de la Dranse, rivière torrentueuse qui se décharge dans le lac Léman, un peu au-dessus de Ripaille.

Amédée VII chevauchait le premier, ayant à sa droite Othon de Grandson, à sa gauche, mais un peu en arrière le sire d'Estavayé. Après lui venait le prince d'Achaïe accompagné de ses écuyers Barthélemy de Scalenghe et Hubert de Piossasque. Un groupe nombreux de seigneurs, parmi lesquels se trouvaient messieurs de Chabod, de Bruxelles, de Saluces, de Montmayeur, suivait pêle-mêle cette première troupe; ils escortaient un escadron de châtelaines portant les plus beaux noms de Savoïe, richement vêtues de longues robes de velours fourrées d'hermine et d'une couleur uniforme. Ensuite caracolaient pages et valetons, dont les livrées de nuances multicolores fatiguaient pour ainsi dire le regard, par leurs teintes diverses et les broderies éclatantes d'or et d'argent qui les parsemaient.

Fauconniers et veneurs, piqueurs armés de trompes reluisantes, gros varlets conduisant les chiens, rabatteurs chargés de filets et de bâtons noueux, se massaient à cent pas plus loin en une foule compacte.

Le comte de Savoie avait alors trente-un ans. Fils d'une princesse de Bourbon, neveu des reines de France et de Castille, cousin germain du roi Charles VI, apparenté avec la plupart des souverains italiens, il était plus grand encore par ses brillantes qualités que par ses alliances et l'importance de ses Etats. Son père, le légendaire comte Vert, prince qui se peut comparer aux chevaleresques paladins de la Table-Ronde, lui avait légué une admirable devise : *Vires acquirit eundo.* Amédée VII la mit en pratique. Il annexa à son comté Nice, Vintimille, la vallée de Barcelonnette. A douze ans, il avait épousé, sans trop savoir pourquoi, la fille du trop célèbre duc de Berry, laquelle eut en dot cent mille francs. Cette union eut pour mobile la politique et l'ambition. Dire qu'elle ne fut point heureuse, c'est deviner la vérité. Bonne de Berry était une princesse de talents médiocres, peut-être vertueuse, mais on se défia d'elle, à cause du mauvais renom de son père, et son mari ne put l'aimer. Il la respecta pourtant et lui fut fidèle, car les rois de ce temps-là observaient, comme le plus humble de leurs vassaux, le Décalogue donné à Moïse au sommet du mont Sinaï.

Amédée était un homme d'une taille haute, bien proportionnée, d'un visage agréable. Une forêt de cheveux bouclés, d'un blond ardent tirant sur le roux, couronnait son front où l'on pouvait lire cette hauteur sereine, cette fierté native qui dénotent l'habitude du commandement. Ses yeux, d'un bleu foncé, brillants, dardaient un regard clair, calme et franc.

Il était ce jour-là vêtu, selon sa coutume, d'un justaucorps étroit, serré aux hanches par des aiguillettes d'argent et taillé dans un velours ponceau à reflets écarlates. Un collier en forme de lacs d'amour s'enroulait autour de son cou. Des chausses collantes enfermaient ses jambes nerveuses et s'enfouissaient dans des bottes en cuir d'Espagne gaufré. Une toque entourée d'un cordon de pierreries et sommée d'une touffe de plumes rouges couvrait sa tête; sur son gant en peau de daim chargé de broderies de soie reposait un magnifique faucon chaperonné.

Ses deux compagnons, les seigneurs de Grandson et d'Estavayé portaient des costumes semblables au sien pour la forme, différents seulement quant à la couleur ; celui du premier était de velours noir à passementeries d'or ; celui du second, de beau drap génois, gris de fer, à galons d'argent. Ces deux gentilshommes paraissaient avoir, l'un près de soixante ans, l'autre quarante à peine. M. de Grandson possédait ces manières exquises, cette allure particulière, apanage des très-grands seigneurs. Gérard d'Estavayé, au contraire, affectait les façons obséquieuses, le langage flatteur d'un homme de cour.

Tout auprès d'eux se dandinait, perché sur un bel alezan, un être singulier, bossu, d'une taille exiguë, d'une laideur achevée, bizarrement vêtu d'étoffes disparates et dont le regard, parfois terne et sans expression, exprimait parfois aussi beaucoup d'esprit, de malice, ou devenait grave, profond, sérieux. Cet étrange personnage était le fou du prince, Folario, un Piémontais du Canavesan.

Jamais pourtant, à la cour de Savoie, ce ne fut la coutume d'entretenir de ces malheureuses créatures ; mais la dame de Lyarens avait envoyé Folario au comte Amédée, lorsqu'il était encore tout enfant, et le souverain, s'étant pris d'amitié pour cet homme qui ne lui ménageait guère la vérité, l'avait conservé auprès de lui. Ce bouffon, devenu subitement un courtisan fort en crédit, se voyait adulé par les autres, et répondait le plus souvent à leurs compliments, par de cruelles plaisanteries. Il aimait sincèrement son maître, car Amédée était bon, actif et prudent, sachant allier la fermeté à la clémence, vaillant à la guerre, courtois à la cour, et si généreux, qu'en 1386, lors de la campagne de France, la noblesse française réunie au camp de l'Ecluse avait appelé sa tente l'*hôtel de Saint-Julien* (1).

Le comte, accoutumé aux splendeurs du paysage, ne daignait pas accorder un coup d'œil aux merveilleux détails du tableau qui se déroulait devant lui. Ses deux compagnons étaient l'un trop vieux, l'autre trop courtisan, pour déroger à l'exemple du maître. Il n'y avait plus de poésie dans le cœur de Grandson ; d'Estavayé ne savait pas admirer l'œuvre de Dieu, ne la comprenant pas. Une partie du chemin se fit en silence, puis Amédée se retournant vers le vieillard, lui dit :

— Par ainsi, mon cher seigneur Othon, votre frère Guillaume et vos deux fils sont arrivés à Londres.

— Oui, monseigneur le comte.

— Et le roi Richard, notre cousin ?

— Les a fort bien reçus.

— Vraiment ? J'en suis heureux. Que se passe-t-il en Angleterre ? Votre messager vous en a parlé peut-être ? Hé ! je ne suis pas comme le roi de

(1) Historique. Saint Julien est le patres des Hospitaliers.

France, mon cousin et, le duc de Berry, mon beau-père, qui dépensent tant d'argent pour avoir des espions partout. Je ne sais rien, hors ce que mon devoir m'ordonne de connaître... et... cependant... je suis curieux !.

— D'autant plus que l'Angleterre est assez éloignée de nous.

— C'est vrai. Eh bien ! que vous disent messieurs de Grandson ?

— Peu de chose, en vérité, sire. La nouvelle la plus récente est que Richard II a repris le pouvoir, en désorganisant la commission des onze barons auxquels le duc de Glocester l'avait confiée.

— Il a bien fait. Les rois doivent gouverner les barons, et non les barons, les rois, s'écria vivement Gérard d'Estavayé avec un sourire à l'adresse du souverain.

— Cela dépend, répliqua froidement Grandson. Chez nous, le roi serait tout simplement le premier gentilhomme de ses Etats.

Amédée fit un geste d'impatience et reprit :

— Ne faites pas attention aux bavardages de monsieur d'Estavayé, mon cher seigneur Othon, sans quoi vous allez derechef vous quereller devant moi. Je suis fâché de n'être pas plus instruit, poursuivit-il en changeant de ton, et je voudrais bien que vous suppléassiez à mon ignorance par votre science, mon ami ; narrez-moi donc quelque chose du règne de Richard d'Angleterre.

— Eh ! mon redouté seigneur, que vous en dirai-je ? Vous savez qu'il y a quatre ans, un certain prédicateur nommé John Ball et le couvreur de Deptfort, Wat Tyler, appelèrent les paysans à la révolte et vinrent assiéger le roi dans la Tour de Londres !...

— Par la mort de mon divin Sauveur ! s'écria le comte de Savoie, le visage empourpré, les yeux étincelants, et sans chercher à maîtriser sa colère, et Richard ne fit pas balayer cette canaille par ses gens d'armes ?

— Il n'osa, monseigneur.

— Il n'était donc plus le maître ?

— Le peuple est quelquefois maître à son tour ! Le roi fit plus, monseigneur. Les Anglais lui demandaient l'archevêque de Cantorbéry et plusieurs lords qui n'étaient pas populaires ; il les leur livra et les vit massacrer sous ses yeux.

— Cornebœuf ! exclama le prince en arrêtant brusquement son cheval qui faillit manquer des pieds de devant et s'abattre, si tout autre que vous me disait cela, Grandson, je ne le croirais pas !

— Et que ce soit monsieur de Grandson ou tout autre, je n'en crois rien, déclara Gérard d'Estavayé pensant faire indirectement sa cour au comte en n'admettant pas que la rébellion pût être couronnée de succès.

— Si c'est à dire que vous me donnez un démenti, continua le vieillard sans se départir de son calme, peu m'en chaut, monsieur d'Estavayé ! Je mettrai cette injure avec les autres et demain n'y penserai plus. Quant à ce que je viens d'avoir l'honneur d'affirmer à mon redouté seigneur, c'est la vérité pure. Il y a même mieux. Le couvreur Wat-Tyler fut reçu par le roi et traita Son Altesse avec arrogance...

— Il ne fut pas châtié?

— Si ; les barons le frappèrent de leurs poignards. Un tel bandit appartenait au bourreau. En trempant leurs mains dans son sang, les lords se sont souillés d'une tache indélébile.

Amédée VII ne répondit pas. Il tomba dans une profonde rêverie. Gérard d'Estavayé, jaloux de l'affection qu'il portait à Grandson contre lequel il avait, du reste, plus d'un motif de haine, considérait celui-ci d'un œil envieux. Les plus viles passions inscrivaient leurs traces flétrissantes sur le front de cet homme ; l'envie et la jalousie, ces deux vices épouvantables, apparaissaient en traits de feu dans son regard sombre.

Au bout d'un instant le Comte-Rouge reprit la parole:

— Et c'est chez un tel roi, dit-il d'un ton de doux reproche, que votre frère et vos fils vont, ceux-ci apprendre la chevalerie, celui-là couler ses derniers jours? Notre cour n'offrait-elle pas une assez vaste carrière à leur ambition? Les blessai-je à mon insu?

Grandson prit sa main et la porta à ses lèvres, par un mouvement plein de vénération :

— Non, répondit-il d'un air pourtant embarrassé, mais avec un accent où vibrait son amour pour le prince, non, monseigneur, ils vous aiment comme moi. Seulement Guillaume de Grandson, mon frère, est fiancé depuis longues années à la dame de Targosse, d'une illustre maison de Lancastre et c'est pour épouser cette dame — il vous en a d'ailleurs prévenu — qu'il a entrepris ce périlleux voyage. Mes fils l'ont accompagné : mon frère est vieux, monseigneur!

— Vieux tronc ne porte point frais rameaux, murmura Gérard à demi-voix.

— Que dis-tu, d'Estavayé ? interrogea le comte d'une voix sévère. Ah ! mon cher ami, poursuivit-il en se retournant vers Grandson, les choses vont de mal en pis. Chez mon cousin Charles de France, les rébellions succèdent aux rébellions et l'on dirait, sangbleu ! que Dieu livre ce beau royaume à l'enfer !... Aux Jacques succèdent les Maillotins, aux Maillotins les Tuchins du Languedoc... Les ducs de Bourgogne et de Berry sont en hostilité constante avec nos cousins d'Armagnac... Les Grandes Compagnies désolent les provinces... Charles VI est jeune et faible...

— Et son règne sera malheureux, interrompit Grandson, qui poussa un profond soupir... L'heur des peuples, sire, dépend du bon accord des rois. Nous sommes heureux, nous.

Gérard d'Estavayé voulut renchérir sur l'éloge.

— Oui, dit-il, d'un ton mielleux, nous vivons sous le meilleur des princes, un preux, un justicier, l'ombre de Dieu sur la terre ! Oh ! mon très-redouté seigneur, serons-nous mieux en paradis ?

Othon ne put dissimuler un geste de dégoût, et le comte, ne voulant point se fâcher, tourna la chose en plaisanterie et se mit à rire aux éclats. Puis, devenant tout à coup morne et triste :

— Qui sait, dit-il, quel sort Dieu nous réserve ? Soit sa volonté sainte bénie.

— Souffrez-vous, monseigneur ? demanda le vieillard qui remarqua l'altération de sa voix et vit son front se rembrunir, plissé par un réseau de rides.

— Non ! mais de tristes pressentiments...

— Ah ! se hâta de dire Gérard, Votre Seigneurie a tort, grand tort de se préoccuper ainsi. Nous sommes si contents de voir ce front rasséréné, les soucis bannis de cet esprit brillant qui nous charme...

— Paix, Gérard ! Les princes doivent souffrir plus que tous les autres hommes, puisqu'ils ont un fardeau plus lourd à porter. Notre vie est entre les mains de Dieu. Puisse-t-il ne pas me rappeler à lui avant que mon fils ait l'âge de régner !...

Et, pour dérober son émotion à ses deux compagnons, il piqua des deux et se lança en avant.

Estavayé voulait le suivre, un geste de Grandson l'arrêta. Le visage du vieillard, calme et sévère, avait revêtu une expression de hauteur qui fit baisser les yeux au courtisan à qui il adressa, d'une voix brève, ces paroles :

— Monsieur d'Estavayé, il me semble que vous me haïssez et je sais pourquoi. Peu m'importent vos sentiments à mon égard ; jusqu'ici j'ai pris patience ; vos injures, vos insinuations, vos calomnies, vos mots piquants m'ont trouvé impassible. A l'avenir, je vous défends de m'insulter de quelque façon que ce soit en la présence de monseigneur, car je pourrais oublier que je suis chrétien et vous châtier. Soixante années de guerre et de souffrances ont blanchi mes cheveux, mais mon bras est encore assez fort pour supporter le poids d'un fléau d'armes. Souvenez-vous-en.

Et, sans attendre de réponse, il s'éloigna dans la direction que le comte avait prise.

Pâle, les sourcils froncés, les traits crispés, le seigneur d'Estavayé le regarda courir à franc étrier, sans oser le poursuivre. Il fut bientôt rejoint par le bouffon piémontais qui lui dit d'une voix grêle, en harmonie avec son petit corps contrefait :

— Tiens ! monsieur d'Estavayé, on jurerait que vous avez peur ! Votre cheval a-t-il marché sur un serpent ?

— Vous voyez bien qu'il ne bronche pas même devant les monstres, riposta Gérard d'un ton amer.

— Ouais! reprit le fou, messire Virgile, — un gentilhomme romain qui devenait troubadour, à ses heures, — a fait là-dessus un fort joli vers. Le voulez-vous savoir, Gérard, seigneur d'Estavayé?

Mais celui-ci ne l'écoutait déjà plus, et, faisant rebrousser chemin à sa monture, il rejoignit en peu de minutes le gros de la cour. Il vit les autres courtisans fort étonnés de la scène qu'ils avaient entrevue de loin, mais dont ils ne connaissaient point les détails et n'appréciaient nullement le caractère. Le départ subit du comte Rouge, les quelques mots adressés à Gérard par Grandson et qui semblaient être une provocation, le sourire malicieux du bouffon, l'air soucieux de son interlocuteur, cet ensemble de circonstances inexpliquées mettait déjà la cour en émoi. D'Estavayé se renferma dans un silence prudent, en affectant néanmoins d'être joyeux et libre de tout souci. Les commentaires ne cessèrent que lorsque l'on eut rejoint dans une clairière, au bord du torrent, Amédée VII, dont les traits avaient repris leur expression habituelle de sérénité. Grandson, toujours impassible, se tenait auprès de lui. Dès que les chasseurs furent tous réunis autour du prince, à distance respectueuse, le vieux seigneur alla prendre l'estortuaire (1) des mains d'un veneur et le présenta au comte avec une profonde révérence.

Amédée, brandissant le bâton sculpté, s'écria d'une voix retentissante :

— Messieurs, le seigneur de Grandson va distribuer les rôles, et la comédie va commencer. Nobles dames, je suis à vos ordres.

En ce moment la petite clairière présentait un coup d'œil des plus pittoresques.

_____

(1) L'estortuaire était un bâton qui servait au prince à écarter les branches d'arbres sur son chemin. A la cour de France, c'était la marque distinctive de la charge de grand-veneur.

II

COMME QUOI IL EST DANGEREUX POUR UN PRINCE DE S'ADONNER AU PLAISIR
DE LA CHASSE ET DES ACCIDENTS QUI PEUVENT EN RÉSULTER.

D'un côté c'était le groupe nombreux des seigneurs et des châtelaines
avec leurs riches costumes, leurs fourrures précieuses, montés sur des
palefrois ou des haquenées de belle race et formant un demi-cercle autour
du comte Rouge, si majestueux et de si grande mine sur son cheval Rucier.
De l'autre, la suite si variée de ces gentilshommes s'égrenait sur les rives
rocheuses de la Dranse ; écuyers, pages, palefreniers, gros-varlets, avec
leurs somptueuses livrées, les armoiries qui brillaient sur leurs poitrines,
les plaques d'argent gravées d'écussons et d'emblêmes piquées sur leurs
barrettes ; en face, les valets de chiens retenant à grand'peine les braques,
les molosses, les mâtins, les bassets qui composaient leurs différents équipages. Près de là se rangeaient les gens de vénerie : louvetiers portant
en guise d'épaulettes deux têtes de loups ; renardiers, aux pourpoints bor-
dés de queues de renards ; fauconniers, vêtus de drap vert à galons d'argent ; ceux-ci gardaient sur leurs perchoirs les oiseaux de vol, faucons,
éperviers, émouchets, laniers de Sicile, gerfauts de Bretagne, sacres du
Levant, garnis de leurs jets, sonnettes et longes ; un chef de vol soutenait

A petite cloche.   2

sur le poingt un aiglon fauve des Alpes, luxe alors réservé aux souverains ; plus loin, c'étaient les archers des toiles, chargés de filets et de panneaux ; le dardier, avec son piége à détente (1).

Pour cadre à ce tableau, les chênes séculaires de la forêt, étendant leurs branches tordues, déjà dégarnies de feuilles ; les hêtres jaunis par l'automne, les rochers moussus, entassés comme une digue naturelle sur la berge de la rivière dont les eaux écumeuses roulent avec fracas, bondissant de cascatelle en cascatelle, ici limpides, là, fangeuses.

— Monseigneur, dit Othon en s'approchant du prince après avoir longuement conféré avec le principal piqueur, Fouille-Bois a détourné un sanglier, vieux de cinq ans, redouté des voisins auxquels il fait grand dommage ; Bertin-sans-Peur a découvert un gîte de loups de l'autre côté de la rivière, vers Féternes. Enfin, à deux lieues d'ici, dans un petit marais se trouvent en abondance, héron, grues, butors, pluviers ; que vous plaît-il de chasser ?

Ainsi, pour prévenir toute fantaisie du prince, l'on avait amené ses équipages complets, quitte à renvoyer ceux qui deviendraient inutiles. Certes, les seigneurs du moyen-âge s'entendaient en faste autrement que les financiers de nos jours !

Amédée ne voulut point lui-même décider la question. Il s'approcha de l'une des chasseresses et lui soumit en souriant le résultat des recherches faites par les veneurs, en la priant de choisir elle-même.

— Oh ! sire, s'écria madame de Chissé, je raffole du sanglier, donnez la préférence à cette vilaine bête qui ravage les champs d'alenlours. Les paysans d'Armoy, de Draillant et d'Orsier nous béniront, si vous les en débarrassez.

Le comte accéda volontiers à cette demande. Louvetiers et fauconniers, équipages du petit poil furent aussitôt renvoyés à Thonon. Les buccines, les oliphants et les cors sonnèrent le lancer et la chasse commença. Peu savant dans l'art de Nemrod, nous ne la suivrons point dans tous ses détails, mais comme il importe d'instruire un peu le lecteur, en l'amusant, nous réclamons son indulgence pour quelques lignes d'histoire que nous désirons intercaler dans ce récit.

La chasse fut de tous temps un divertissement princier. Elle est une image de la guerre, et l'homme trouvant un plaisir extrême à la destruc-

---

(1) L'on trouvera des détails plus explicites dans les rares ouvrages traitant de vénerie, conservés dans nos grandes collections : *Florès et Blanchefleur*, poëme composé vers la fin du XIIᵉ siècle ; le *Roman des oiseaux*, par Gau de la Vigne, chapelain du roi Jean ; et surtout dans l'*Histoire du roi Modus et de la reine Ratio*, roman cynégétique du cardinal Antoine de Chalant, imprimé à Chambéry, chez Anthelme Neyret, en 1486 et dont on ne connaît que trois exemplaires, l'un desquels fut payé trois mille francs à une date récente. Ce livre a été publié en reproduction par M. Elzéar Blaze.

tion, combat les animaux, lorsqu'il ne peut, sans danger, massacrer les créatures semblables à lui. Nations civilisées, peuplades sauvages s'appareillent sur ce point, et, de nos jours encore, nous en voyons la preuve. Courses de taureaux en Espagne, jeux de coqs en Angleterre, battues au loup dans le Nord, chasses au tigre dans l'Inde, voilà quels spectacles on cherche pour s'exciter à l'émotion, se récréer, ou se guérir de l'ennui. L'on a grâce, vraiment, de tant crier contre les Romains et leurs gladiateurs, et les drames sanglants du Colysée !

Les Gaulois, nos pères — et nous sommes leurs descendants bien descendus — eurent une grande passion pour la chasse, nous dit Arien. A chaque pièce de venaison qu'ils abattaient, ils mettaient à part une monnaie d'argent, et quand la somme était suffisante, ils achetaient un animal destiné, victime innocente, à être offerte en sacrifice à leur Diane. Leurs chiens, couronnés de fleurs, assistaient à la cérémonie. Ces chiens, au dire de Strabon, se vendaient fort cher; on les prisait fort à l'étranger.

Les Francs imitèrent l'exemple du peuple qu'ils venaient de vaincre. Les forêts des bords du Rhin virent des hécatombes sanglantes, au temps où le dieu Thor était adoré sous les chênes, aux nuits où les druides cueillaient le gui sacré avec leurs faucilles d'or. Les rois, dès lors, se réservèrent le plaisir de la chasse. Un jour, nous raconte Grégoire de Tours, le roi Gunthramm, parcourant un des bois royaux, trouva le cadavre d'un auroch. Son forestier accusa un chambellan d'avoir mis à mort cet animal. Entre deux affirmations contraires, le roi hésita d'abord, puis il ordonna le jugement de Dieu. Les deux champions se battirent et se tuèrent l'un l'autre.

L'auroch ou *urus*, dont nous venons de parler, était un taureau sauvage. Cette race a disparu. « Il était moindre que l'éléphant, disent les commentaires de César, mais d'une force et d'une agilité incroyables. » Le moine de Saint-Gall, historien de Charlemagne, et le chroniqueur des Francs, Aymoin, parlent aussi de l'urus. Foulques de Chartres, dans sa *Via hierosolymitana*, dit que l'auroch a des cornes d'une vaste capacité dont on fait des coupes larges et brillantes (1). »

Mais l'époque remarquable des grandes chasses fut la période féodale. Les seigneurs couraient au devant des dangers, recherchant les luttes les plus périlleuses, traquant l'ours dans sa tanière, le sanglier dans sa bauge le bouc sauvage dans les halliers. Porter un faucon sur son poingt était signe de noblesse. Les princes, les grands barons se faisaient représenter ainsi sur leurs sceaux. Les croisés emmenèrent avec eux en Palestine leur équipages de vénerie, tant ils eussent souffert d'en être séparés.

(1)   *Urus cornua sunt immensæ concavitatis*
         Ex quibus ampla satis, et lævia pocula fiunt.

Le droit de chasse était si exclusivement réservé aux nobles, qu'Enguerrand de Coucy fit pendre, sous le règne de Louis IX, trois jeunes gens qui braconnaient dans ses bois. Il est vrai que saint Louis fit arrêter et condamner ce seigneur qui disait de lui-même :

> Ne suis ne roi, ne comte, ne prince aussi
> Je suis le sire de Coucy.

Et tous les efforts des amis de ce misérable ne purent arracher sa grâce au plus juste des monarques. Sous Louis XI, la chasse fut défendue et la noblesse fit de cette prohibition un de ses griefs les plus sérieux contre ce souverain. En ce temps « c'était, dit le savoyard Claude de Seyssel (1), un cas plus graciable de tuer un homme que de tuer un cerf ou un sanglier. »

Le plus illustre des comtes de Foix, Gaston Phœbus, ne crut pas déroger en composant son livre des *Déduits de la chasse* où il dit qu'elle « sert à faire fuir tous les péchés mortel. Or qui fuit tous les péchés mortels, doit, selon notre foi, être sauvé. Donc bon veneur aura, en ce monde, joie, liesse et déduits, et après aura le paradis encore. » Comme on le voit, ceci ressemble assez à l'axiôme des ivrognes, *Qui bene bibit...*

La chasse du comte Rouge durait depuis deux heures déjà. L'on entendait retentir au loin les aboiements des allans, des greffiers et des vautraits, les meilleurs coureurs de la gent canine ; les sons des cors d'ivoire retentissaient sous bois, éveillant mille échos endormis. Le sanglier, sans doute, fuyait dans les taillis, cherchant à échapper à la poursuite de ces ennemis auxquels il n'avait fait aucun mal.

Dans une longue avenue bordée d'un triple rang de peupliers, de frênes et de châtaigniers, un cavalier se promenait, laissant flotter les rênes sur le cou de sa monture. Il s'abandonnait à une rêverie qui (ses sourcils froncés et le sourire amer errant sur ses lèvres le disaient assez) ne devait point être agréable. De temps à autre un éclair brillait dans ses yeux, et alors il tourmentait la poignée de son couteau, le tirant à demi du fourreau et le repoussant ensuite avec violence. Au détour du chemin il se rencontra avec un petit homme, juché sur la croupe d'un cheval isabelle, dans une posture qui le faisait ressembler à ces singes hissés sur la bosse d'un chameau que l'on montre dans les foires.

— Eh ! bonjour, s'écria le nain bossu de sa voix aigrelette, vous vous

---

(1) Claude de Seyssel d'Aix, né en Savoie, d'abord professeur de droit à l'Université de Turin, puis conseiller du roi de France Louis XII, maître des requêtes, devint abbé de Saint-Pons de Nice, évêque de Marseille; il fut envoyé comme ambassadeur à la diète de Trèves. Il mourut archevêque de Turin en 1520. V. la Croix du Maine, Chiesa, etc.

promenez philosophiquement, sire d'Estavayé, sous ces arbres qui donnent si bel ombrage pendant l'été et font si triste figure l'hiver ?

Le haineux chevalier fit promptement disparaître de sa physionomie toute trace de préoccupation et répliqua d'une voix calme :

— Je me divertis comme je le puis, monsieur Folario ! et vous-même ?

— J'ai perdu la chasse.

— Ah ! moi aussi. Et peut-être vous ennuyez-vous, tout seul ?

— Je ne m'ennuie jamais moins que lorsque je suis seul, observa le piémontais avec suffisance. Mais pourtant, peu disposé à me conter à moi-même des paraboles, je vous avoue qu'à cette heure la vie me pèse. Voulez-vous que nous mettions notre ennui en commun ?

— Eh ! ce me sera chose agréable que de discuter avec un personnage si fort en crédit auprès de monseigneur.

Et ramenant son cheval à la gauche de celui de son interlocuteur, Folario fit à celui-ci un salut comme en eût pu faire un le plus courtois gentil-homme. Ils marchèrent ainsi côte à côte pendant un instant, le chevalier faisant son possible pour chasser une idée importune, le bouffon se demandant de quelle façon il allait tourmenter le chevalier. Folario rompit soudain le silence.

— Eh ! monsieur d'Estavayé, dit-il d'un ton interrogateur et en scandant chaque syllabe, n'êtes-vous point marié ?

— Certainement, répondit Gérard d'un air contrarié. Voici de cela vingt ans.

— Avec madame Catherine de Belp, je crois ?

— Oui. Pourquoi donc ?

— Tiens ! mais je suis fort étonné qu'étant marié, et marié depuis bientôt un demi-siècle, vous n'ameniez pas votre épouse à la cour. Elle est belle, gracieuse, n'est-ce pas ? Un homme comme vous, noble de grande race, n'eût point été choisir une femme sans attraits...

Gérard se hâta de l'interrompre ; chacun des mots du piémontais semblait lui enfoncer le poignard dans le cœur. Cependant il eut assez d'empire sur lui-même pour déguiser l'altération de sa voix et répondit du ton le plus naturel, avec une insouciance affectée :

— Madame d'Estavayé a passé trente-six ans, monsieur Folario, et sa beauté, si tant est qu'elle ait existé, est devenue fort contestable. Non, ma femme n'aime pas la cour; au contraire, elle chérit la solitude.

— Alors elle habite ?...

— Mon manoir, cher ami, sur les bords du lac de Neuchâtel.

— Aux environs de celui de Grandson, je crois ?

— En face.

— Diable !...

Gérard d'Estavayé leva la tête et demanda, d'un ton d'inquiétude :

— Je crois que vous avez dit *diable !*, mon cher.

— Oui... oui... oh ! j'ai dit *diable !* comme je dirais autre chose, comme Amédée dit *cornebœuf !* comme Grandson dit *sangbleu !* Les grammairiens nomment cela une interjection, monsieur d'Estavayé : c'est un mot invariable que l'on jette dans le discours, pour faire connaître une émotion vive de l'âme... Il y a aussi la locution interjectrice... Cela vient de deux mots latins qui signifient jeter entre...

— Mais, reprit le seigneur avec un sombre regard, quelle... émotion vive avez-vous donc ressentie, cher monsieur Folario ?

— Heu ! — ceci est encore une interjection, cher monsieur d'Estavayé, — je pensais que madame votre épouse, seulette, au fond d'un vieux castel, éloigné de vous, doit ressentir souvent les atteintes de ce mal que nous avons prétendu guérir en nous accostant : l'ennui. Et alors, vous comprenez...

Et il déclama les vers suivants d'un ton emphatique :

> ...... Nessun maggior dolore
> Che ricordarsi del tempo felice
> Nella miseria !

— Comme disait le poète florentin qui revenait de l'enfer ! (1).

Gérard d'Estavayé lui darda un regard empreint de colère, et crispa les poingts, mais il ne répondit pas.

Ils étaient peu à peu arrivés à une clairière, au-dessous du village de Reyvroz, qui s'étage en amphithéâtre sur les croupes du mont d'Armonnaz. Au-dessous d'un rocher abrupt enveloppé d'un linceul de lierre, dominé par un chalet de bois couvert de chaume, s'étendait une nappe de fin gazon. La chasse tout entière, assemblée dans ce lieu, attendait les deux retardataires. Le soleil marquait l'heure du dîner, et les gens de suite, prévoyants, dressaient déjà le couvert et disposaient les vivres sur de larges pièces de toile blanche.

— Oh ! oh ! dit le comte Rouge, vous revenez l'oreille basse, d'Estavayé, et pourtant vous avez accaparé mon fou. Que vous a-t-il dit ?

— Je lui ai dit, s'écria audacieusement le bouffon, que les fous étaient souvent plus sensés que les sages et les sages moins avisés que les fous.

Le comte fit un signe et tout le monde s'assit autour des tables improvisées. Il invita Grandson à se mettre auprès de lui, accordant aussi cette

---

(1) « Nulle douleur plus grande que se ressouvenir dans la misère des temps heureux. » DANTE, *l'Enfer*, chant V, verset 41.

faveur à divers gentilshommes. D'Estavayé attendit vainement que le prince lui désignât une place, et, furieux de cette nouvelle marque d'estime donnée à son ennemi, tandis qu'elle lui était refusée, il se glissa vers le bois et disparut. L'exercice avait développé l'appétit que ces chevaliers n'avaient point honte de montrer comme nos élégants ; ils firent donc honneur aux énormes pâtés de viandes, aux volailles rôties, aux jambons cuits dans le vinaigre rosat, préparés par le maître-queux d'Amédée VII, et au vin d'Altesse rapportés par le défunt comte Amé le Grand de sa croisade de Nicosie.

Malheureusement, si le nombre des mets était considérable, la vaisselle n'existait pas en grande abondance. Une seule écuelle d'argent servait à deux convives ; deux aussi buvaient au même hanap. Seul, Amédée VII avait devant lui une coupe d'or pour sa viande, un gobelet d'or pour son vin (1).

Le repas fut gai. Il y eut assaut de lazzis et de mots spirituels. Grandson lui-même, le grave et sévère vieillard, se dérida. Afin de suppléer à l'absence d'entremets, c'est-à-dire de ces divertissements que nos aïeux aimaient à se donner en mangeant, un page fut invité à chanter quelques chansons, et l'enfant, troublé par la présence de tant de belles dames et de nobles chevaliers, chanta d'une voix timide la ballade composée par Robert Courte-Heuse, dans le château de Cardif, où son frère Guillaume-le-Roux, l'avait fait enfermer.

« Chêne, né sur ces hauteurs, théâtre de carnage où le sang a coulé en ruisseaux, malheur aux querelles qu'excite le vin.

» Chêne, nourri au milieu de ces gazons couverts du sang de tant de morts, malheur à l'homme qui est devenu un objet de haine.

» Chêne, élevé sur ces tapis de verdure arrosés du sang de ceux dont le fer avait déchiré le cœur, malheur à celui qui se complaît dans la discorde.

» Chêne, qui as cru au milieu des trèfles et des plantes qui, en t'environnant, ont arrêté l'élévation de ta cîme et entravé ta végétation, malheur à l'homme qui est au pouvoir de ses ennemis.

» Chêne qui a vécu au sein des orages et des tempêtes, au milieu du tumulte de la guerre et des ravages de la mort, malheur à l'homme qui n'est pas assez vieux pour mourir. » (1).

Un sentiment de tristesse se peignit sur tous les visages. Les traits du comte se rembrunirent. Il dit, avec un ton plein de douceur, mais empreint d'une indicible mélancolie :

(1) Le roman de Perceforêt fait la description d'un repas où assistèrent huit cents personnes et que l'on fit manger à la même assiette.

(2) Nous donnons ici la traduction exacte en langage moderne de cette curieuse ballade.

— Malheur à l'homme qui n'est pas assez vieux pour mourir!... Tu es bien jeune, gentil page, pour chanter de tes lèvres roses des ballades qui parlent de malheur et de mort !... Hélas! qui de nous, Seigneur du ciel, est assez vieux devant toi pour mourir ?

— Tiens ! s'écria Folario qui voulut faire diversion, où donc est votre ennemi intime, Othon de Grandson ? Monsieur d'Estavayé me manque ! Je veux monsieur d'Estavayé ! Ohé! seigneur Gérard, venez ça...

L'envieux courtisan, caché derrière les broussailles, avait entendu la chanson du page; il entendit aussi l'appel du fou, mais il n'eut garde de se montrer. Au contraire, il courut à son cheval, attaché au tronc rugueux d'une yeuse; il coupa la corde, se mit en selle, fit quelques pas lentement, puis donnant de l'éperon, il galoppa dans la direction de Thonon, furieux de sa déconvenue.

On entendit le bruissement des feuilles sèches.

— Tiens ! poursuivit le bouffon en faisant une grimace qui provoqua un éclat de rire universel, il part. Quelle mouche le pique? C'est dommage ! J'eusse voulu lui porter un défi à boire, et comme il n'est pas d'une capacité comparable à la mienne, j'aurais coupé son chaperon, sauf respect dû à mon cousin Amédée.

Le soleil continuait sa course dans le ciel et ne devait pas tarder à toucher au terme. Déjà ses rayons pâlissaient et des nuages rougeâtres empourpraient le couchant. On se remit en chasse. Une heure plus tard, le sanglier, la bouche entr'ouverte, vomissant des flots d'écume, enragé, terrible à voir, vint s'acculer au pied du rocher, piétinant le tertre sur lequel on avait dîné. Il était forcé. Deux chiens le coiffaient, c'est-à-dire que chacun d'eux l'avait saisi par une oreille; dans sa course effrénée, il les entraînait avec lui. Derrière l'animal apparurent les veneurs, le comte à leur tête.

Grandson prit son épieu et le présenta au prince. Mais, en voyant la bête, horrible, avec ses crocs aigus, l'œil ardent comme un charbon, se précipiter sur lui, le cheval d'Amédée eut peur; il se cabra, s'emporta, bondit, affolé, et l'épieu l'ayant effleuré, il s'abattit entraînant son cavalier dans sa chute.

Prompt comme la foudre, le nain Folario s'élança, arracha l'épieu des mains de Grandson et frappa le sanglier d'un coup mortel.

Déjà les écuyers relevaient le prince. Il était grièvement blessé. Le sang s'échappait à flots de sa cuisse crevée par le tranchant d'une pierre:

— Mon Dieu ! murmura-t-il, malheur à l'homme qui n'est pas assez vieux pour mourir !

Et il perdit connaissance.

III

COMMENT LE PRINCE D'ACHAÏE RECOMMANDA A MONSEIGNEUR DE SAVOIE
UN MÉDECIN D'AFRIQUE ET CE QUI S'EN SUIVIT.

Ripaille, village situé sur la rive droite du lac Léman, à peu de distance de Thonon, est un endroit délicieux, devenu célèbre depuis par la retraite du duc Amédée VIII, fils de celui dont nous venons de parler, et qui fut pape sous le nom de Félix V. Qui ne connaît les vers de Voltaire à ce sujet :

> Au bord de cette mer où s'égarent mes yeux,
> Ripaille, je te vois. O bizarre Amédée ! (1)

Au temps d'Amédée VII, Ripaille n'avait rien de remarquable, et l'on s'étonne que, se trouvant si près de Thonon, ce prince ait préféré se faire

---

(1) On a voulu prétendre que le « bizarre Amédée » menait à Ripaille une vie voluptueuse d'où serait venu le proverbe *faire ripaille*. M. A. Lecoy de la Marche a vengé la mémoire de ce prince « le Salomon de son temps, » dans une polémique sur Amédée VIII et son séjour à Ripaille, publiée par la *Revue des questions historiques*.

transporter dans un petit village. Les historiens affirment néanmoins qu'il mourut là. En effet, le Comte-Rouge, grièvement blessé, dans la forêt de Lorme, se trouvait, au moment où nous reprenons la suite de notre récit, aux approches de l'agonie. Sur la recommandation de son parent, le prince d'Achaïe, il avait fait appeler un médecin étranger nommé Jehan de Grandville, «lequel, dit Paradin dans sa naïve *chronique de Savoie*, (comme sont tousiours admirables les étrangers plus que les congnus) fut si bien venu auprès du comte, qu'il lui fit raire la teste de si près, qu'il l'entama en plusieurs lieux jusques au sang et mettoit par diverses fois sur les enta-meures et playes diuers médicaments à son plaisir. »

Sauf le nom de ce Grandville et les détails du procès fait quelques années plus tard pour sa réhabilitation, les chroniqueurs ne nous apprennent rien sur lui. Etait-ce un savant? était-ce un empirique? Nul ne le sait. En ce temps-là, la médecine avait conservé les traditions de l'école arabe et de l'école juive, et l'on ne l'ignore pas, ce fut celle-ci qui fonda la Faculté de Montpellier. Les mires étaient clercs. Ils ne se marièrent que, lorsqu'en 1452, le cardinal d'Estouteville, évêque de Maurienne et réformateur de l'Université de France, leur en octroya la permission. La science médicale était alors dans son enfance. Elle employait encore les remèdes les plus étranges : œufs de fourmis, huile de scorpion, chair de lion, yeux d'écrevisse (1). Ainsi Bernard de Gordon prétendait guérir l'épilepsie en répétant à l'oreille du malade, au moment de plus violent paroxysme, trois vers où se retrouvaient les noms des rois mages. Gilbert l'anglais, auteur d'un *Compendium* médical, affirmait que l'on pouvait guérir la léthargie en attachant une truie dans le lit du malade. Cette prodigieuse ignorance n'est point une invention : les faits cités sont de tout point historiques.

Les rois n'avaient point de médecins consultants, par quartiers, honoraires, en nombre illimité. Charlemagne en avait deux qui composèrent le traité des *Tables de santé* ; Philippe-de-Valois ordonna qu'il n'y aurait qu'un *physicien* à sa cour, appointé à raison de vingt sous tournois par jour.

Grandville soigna donc son illustre malade suivant les préceptes de la science contemporaine. Il appela auprès de lui un apothicaire, Pierre de Lompnes, afin de faire préparer les remèdes sous ses yeux. Par malheur, ses soins furent impuissants. Amédée VII dépérissait à vue d'œil. La gangrène envenimait ses plaies. L'amputation seule eût pu le sauver et nul ne connaissait alors les principes de l'anatomie, la chirurgie, que devait mettre en si grand honneur, deux siècles plus tard, le célèbre Ambroise Paré.

Nous avons dit que Jehan de Grandville avait été appelé auprès du blessé

(1) GERMAIN : *Histoire de la commune de Montpellier*, tome III, pag. 108 et suiv.

par le prince d'Achaïe. Quelques détails sur ce personnage sont nécessaires à la clarté de notre narration.

Jacques de Savoie, comte de Piémont, prince d'Achaïe et de la Morée, chef d'une branche collatérale fort éloignée du trône, eut de son mariage avec Sibille de Baux, un fils, Philippe, et d'un second mariage avec Marguerite de Beaujeu, un second fils, Amé. Lorsqu'il mourut, il laissa ces deux enfants sous la tutelle du comte Vert, instituant le second héritier de ses titres, de sa fortune, et ne laissant à l'aîné que la seigneurie de Vigon. Celui-ci réclama, les armes à la main, ses droits d'aînesse. Il fut battu, fait prisonnier et mourut dans un cachot.

Amé, le protecteur de Grandville, devait donc tout à son royal parent, marié avec Marguerite de Genève, riche, puissant, il ne lui manquait rien pour être heureux. On le savait ombrageux, défiant, vaindicatif, mais on le voyait aussi pieux, charitable, généreux, nourri, en un mot, des principes de la chevalerie. Une tendre affection l'unissait au comte Rouge; une amitié sincère, basée sur une profonde estime, le liait au seigneur de Grandson, fils d'une princesse de Savoie de la branche de Vaud, et par conséquent son parent.

Dans la nuit du 31 octobre au 1er novembre, deux hommes, enveloppés de longues robes fourrées, coiffés de chaperons dont la pointe se rabattait sur leur visage, sortirent de Thonon, à petit bruit, en prenant les plus grandes précautions pour se cacher. Ils se dirigèrent, silencieux, vers le village de Ripaille.

La campagne, ensevelie sous un immense manteau de neige, ne présentait à l'œil que des formes indécises. La nuit était noire. Il neigeait à gros flocons. Le lac apparaissait, non loin de là, semblable à une mer en furie. Ses vagues hautes et courtes, se ruaient les unes sur les autres, grondant sourdement, et venaient se briser avec fracas sur la rive.

— Quel temps affreux ! s'écria l'un des deux inconnus, lorsqu'ils eurent atteint la campagne. Monseigneur est donc bien pressé qu'il nous mande en si grand secret auprès de lui? Quel est le but de cette mystérieuse conférence?

— Si je le savais, messire, je vous l'eusse déjà dit.

— Etes-vous sûr, au moins, que personne ne se doute de notre absence?

— Parfaitement sûr, monseigneur a fait retirer d'auprès de lui tous ses gens, même sa mère, même son fou. Il veut nous parler : obéissons donc, en fidèles sujets.

S'il se fût retourné à cet instant, cet homme eût pu voir, à cinquante pas derrière lui, une forme grisâtre glissant en tapinois sur l'épais tapis de neige qui étouffait le bruit de ses pas. Cet espion, vêtu d'une cape de couleur cendrée, se confondait avec les tas de pierre épars sur le chemin ou

les troncs d'arbres se dressaient, squelettes décharnés, au bord de la route.
Il les suivait, ne perdant pas de vue un seul de leurs mouvements.

Ils atteignirent le village de Ripaille après une demi-heure de marche,
et faisant un léger circuit, arrivèrent devant une maison de modeste apparence, bâtie moitié en moellons, moitié en bois et dans laquelle se mourait
le comte de Savoie.

En les apercevant, un homme se détacha de la muraille contre laquelle il
se collait et vint à leur rencontre :.

— Est-ce toi, Grandville? demanda l'un des deux arrivants.

— Moi-même, seigneur.

— Mon cousin repose-t-il?

— Il dort, mais vous pouvez entrer.

La clef grinça dans la serrure et la porte s'ouvrit. Un flot de lumière jaillit
au dehors, piquant sur le verglas des étincelles d'argent. Les deux étrangers
franchirent le seuil et se trouvèrent dans une petite pièce, un page dormait
sur une banquette. Le bruit l'éveilla :

— Monsieur de Grandson! monsieur le prince d'Achaïe! s'écria-t-il en
voyant apparaître les deux voyageurs. Entrez, messieurs, ajouta-t-il en
ouvrant une porte devant laquelle retombait une portière en épaisse étoffe
de laine.

La chambre dans laquelle venaient de pénétrer les deux grands seigneurs
était assez grande, carrée, basse d'étage. Le plafond, soutenu par des solives enfumées, encore garni des crochets auxquels les pêcheurs, habitants
de cette cabane, suspendaient leurs filets, contrastait violemment avec les
tentures de samit violet dont on avait tendu les murailles. Le plancher,
simplement fait de terre battue, raboteux, disparaissait sous un riche tapis
de Perse à nuances vives. Le lit, misérable couchette de bois blanc, se
cachait sous d'amples rideaux de velours. Partout la misère se voilait sous
une apparente richesse. Quelques fauteuils, un bahut, une table à colonnes
torses, apportés du château de Thonon, remplaçaient les pauvres meubles,
escabeaux, armoires, crédences, qui servaient naguère à l'humble famille.
Enfin des courtines à plis serrés retombaient devant toutes les issues, soit
pour empêcher l'action du froid, soit pour isoler plus complétement le
malade. Un grand feu brûlait dans l'âtre d'une vaste cheminée de pierre
grise, nue, sans ornements.

L'atmosphère de cet appartement était imprégnée de ces odeurs étranges
qui attestent la présence d'un moribond. Des vases, des bocaux, des flacons, des récipients de toutes formes encombraient la table à la droite du
lit; sur un prie-Dieu de chêne sculpté se dressait un beau crucifix d'ivoire.
Enfin sur ce grabat, où sans doute plus d'un chrétien avait rendu son âme
à Dieu, gisait le comte de Savoie, souverain de trois comtés, de deux

duchés, de douze seigneuries, vicaire perpétuel de l'empire, chef d'une maison illustre entre les plus illustres.

Amédée VII, pâle, décharné, les yeux brûlés par la fièvre, les joues creuses, les lèvres bleuâtres, n'offrait plus que l'ombre de lui-même. Il dormait. Sa respiration saccadée s'échappait péniblement de sa poitrine. Des frémissements nerveux secouaient son corps comme l'orage fait trembler le chêne. Une sueur froide baignait son front. Ses deux mains, blanches, effilées, moites, s'étendaient sur la couverture et parfois, se crispant, froissaient en les touchant les plis moirés de la soie.

Les deux seigneurs le considéraient avec une expression de douleur navrante. Des larmes coulaient des yeux d'Othon sans qu'il cherchât à les retenir. Il voyait là, couché devant lui, suant son agonie, un prince qu'il aimait, qu'il avait servi fidèlement, dont il avait servi le père.

Le prince d'Achaïe jeta un regard plein de tristesse sur cet ensemble de choses disparates. Puis, ramenant ses yeux sur le comte, immobile, il frissonna, devint livide et poussa un profond soupir. Ce bruit, si faible qu'il fut, suffit à éveiller Amédée.

— Ah ! c'est vous, mes amis, dit-il d'une voix altérée ; vous êtes venus, merci ! J'ai bien des choses à vous dire. Asseyez-vous.

Il se souleva sur son séant, s'adossa aux oreillers et reprit :

— J'ai soif. Grandson, prenez ce gobelet rempli d'une liqueur jaune, là, sur la table et me l'apportez.

Le vieillard obéit. Le comte but avidement.

Caché derrière une fenêtre, un homme vêtu d'une cape gris cendré, ne perdait aucun détail de cette scène, grâce à l'entrebaillement des courtines. Il suivait curieusement les gestes de Grandson, épiait le visage du comte et contemplait les traits du prince d'Achaïe sur lesquels se lisait une vive émotion.

Quand les deux seigneurs eurent pris place auprès du lit, Amédée VII reprit la parole, d'une voix qu'il essayait d'affermir et leur dit :

— Je vous ai fait venir, mon cousin, et vous, cher seigneur Othon, pour vous recommander de bien veiller à l'exécution des mes dernières volontés.

— Oh ! mon maître, exclama Grandson en saisissant la main du prince qu'il baisa avec amour, vous êtes jeune... Dieu... vous doit de longues années.

— Non. Pas d'espérances dangereuses, pas de flatteries inutiles, mon vieil ami. Je vais de vie à trépas. Je le sens. J'ai fait mon testament. En voici les principales dispositions : Je laisse à Humbert, mon fils d'amour, mille et cinq cents florins d'or ; à ma femme, vingt mille florins d'or ; à madame ma mère, mille florins d'or de rente annuelle ; à ma fille Bonne, cinquante mille florins d'or pour sa dot, et je désire qu'elle épouse votre frère le comte d'Albe, mon cousin d'Achaïe. Vous veillerez donc à ce que mon trésorier général, Jean de Gerbaix, délivre ces legs et pensions.

Ils firent tous les deux un signe d'assentiment.

— Ayant ainsi payé ma dette à la famille, reprit le comte après une pause, j'ai dû songer à l'État. Mon fils est un petit enfantelet, et, pour maîtriser les hauts barons, il faut une main de fer ; messeigneurs, pour gouverner les peuples, il faut une expérience difficile à acquérir. Donc, il faut une régence. Mon cousin, j'ai pensé à vous. Vous êtes loyal, honnête, bon chrétien : mais vous seriez placé entre le marteau et l'enclume, entre votre devoir et l'ambition. J'ai dû chercher ailleurs.

— Ah ! merci, monseigneur, s'écria le prince d'Achaïe d'un ton de gratitude sincère, je ne suis point taillé pour telle besogne.

— Et vous avez choisi madame la comtesse ? dit Grandson avec un accent interrogateur.

Le comte lui lança un regard de surprise.

— Me l'eussiez-vous conseillé ? demanda-t-il. Non. Bonne de Berry est jeune ; elle ne m'a jamais aimé. Notre union ne fut point bénie. Ne savez-vous pas que le jour de nos noces, le château de Pont-d'Ain, où nous étions, fut consumé par le feu, sans que l'on ait pu savoir par qui fut allumé l'incendie ?... (1). Ah ! messieurs, je ne l'ignore point, madame Bonne me fut accordée par politique et non par amour ! elle est toujours en correspondance avec son cousin d'Armagnac... Elle peut épouser Armagnac, je lui en donne congé ! Non, la régence ne sera point à...

— Calmez-vous, monseigneur, interrompit Othon en faisant un geste suppliant. La colère est mauvaise conseillère. Songez à ceci : notre gracieuse dame est la mère de vos enfants. Leurs intérêts sont les siens. Elle doit les sauvegarder.

— Oui, ajouta le prince d'Achaïe, lui faire affront de l'écarter de la régence serait allumer une guerre cruelle dans notre famille, monseigneur. Épargnez-nous ce malheur.

Le comte secoua la tête et reprit, en donnant à son accent une énergie croissante :

— Non, vous dis-je, laissez à cette femme la liberté de s'éloigner. La fille du duc de Berry, lequel commença sa carrière en manquant à la parole jurée, lorsque, après avoir été fait prisonnier à Poitiers avec le roi Jean, son père, il revint en France pour moyenner sa rançon, promettant de revenir et ne revenant point !... C'est la fille du duc de Berry, le meurtrier du comte de Flandres, lâchement assassiné. C'est la fille de ce duc de Berry qui commit de si horribles exactions en Languedoc que quatre mille

(1) Historique.

familles durent s'exiler pour s'échapper à sa rapacité. De Nîmes à Montpeiller, de Carcassonne à Toulouse, il a levé trois millions d'or. (1). C'est la fille de ce duc de Berry qui, rappelez-vous ceci, messieurs, volera quelque jour la couronne à son neveu Charles VI, appellera l'Anglais en France, et commettra les plus grands crimes pour satisfaire son ambition, sa cupidité, ses passions.

Il s'arrêta, épuisé par cet effort.

— Mais, abjecta le prince d'Achaïe, les enfants ne sont point solidaires des fautes de leurs pères, monseigneur !

— Peut-être ! Croyez-vous qu'il ne reste rien dans le sang de ceux qu'engendra le monstre? Je ne veux pas !... je ne veux pas !... Grandson, vous y tiendrez la main ; vous aussi , mon cousin : maintenez, par tous les moyens, la force, s'il le faut, la régence de madame ma mère, Bonne de Bourbon, à qui je confie ce que j'ai de plus cher en ce monde, mon fils, mon peuple, mon honneur. Le jurez-vous !

Othon de Grandson se leva :

— Sur mon âme, sur Dieu mort en croix, sire, je le jure !

— Puisse la foudre m'écraser, ajouta le prince d'Achaïe, si je n'obéis pas à vos ordres, monseigneur!

— La régente prendra conseil du seigneur de Cossonay pour les affaires politiques et des princes de ma maison pour les affaires de famille, reprit le comte. Vous direz à ma mère, Grandson, qu'aucun de mes vieux serviteurs ne doit être renvoyé. Les gens en charge garderont leur emploi. Monsieur de Chalant doit être maréchal après le seigneur de Vernay. Choyez l'archevêque de Tarentaise, c'est un homme de talent que monsieur de Colombier !

— Ce sera fait.

— Et maintenant, cher seigneur Othon, cousin Amé, embrassez-moi. Vous avez été tous les deux pour moi fidèles et dévoués : soyez-le pour mon fils, pour mon cher enfant. Adieu... adieu !...

Il les pressa sur sa poitrine et fut ému de les voir pleurer sans contrainte.

— Je n'ai plus rien à faire avec le monde, murmura-t-il ensuite, j'appartiens désormais à Dieu. Envoyez-moi mon confesseur.

Son visage calme et serein, reflétait les plus doux sentiments et resplendissait d'une joie surhumaine. Le souverain avait rempli son devoir, le chrétien allait se réconcilier avec son divin maître. Les deux seigneurs respectèrent ce désir et se retirèrent, non sans jeter encore un regard d'adieu sur le prince bien-aimé.

Le lendemain, vers minuit, la cloche des morts tintait lugubrement. On

(1) V. Froissart.

était dans la nuit de la Toussaint... Le glas des trépassés envoyait à travers l'espace ses notes funèbres... Dans chaque village, on priait. Le village de Ripaille semblait être dévoré par un immense incendie. Ses rues étaient remplies d'une foule d'écuyers, de gentilshommes et de peuple, tenant des torches à la main. Devant la maison où se mourait Amédée VII une affluence considérable de seigneurs, agenouillés dans la neige, récitait la prière des agonisants. Une compagnie d'archers cernait la pauvre chaumière.

La petite antichambre était pleine de chevaliers, heaume en tête, armés de pied en cap. Dans la salle mortuaire, la comtesse-mère, sa bru, Bonne de Berry, le prince d'Achaïe, le comte d'Albe, le baron de Vaud, les seigneurs de Grandson, de Cossonay, de la Fléchère, les écuyers du comte, Annequin de Bruxelles, Jean de Chabod, Luquin de Saluces, le maréchal et le chancelier de Savoie, attendaient que le prince exhalât son dernier soupir.

Il y avait aussi là, près du lit, un enfant de huit ans, blond, chétif, qui fixait un regard terrifié sur le corps étendu devant lui. C'était l'héritier présomptif du trône, Amé Monsieur.

Ces murmures, ces gémissements, ces sanglots des femmes, les bruits de la foule, le cliquetis des armes, le son des cloches, formaient un concert lamentable dont les éclats arrivaient jusqu'à Thonon, glaçant d'effroi la multitude qui priait pour le moribond et se demandait quel règne allait commencer.

Soudain, il se fit un grand silence. Puis un cri aigu retentit. Le comte Amédée VII venait de s'endormir dans les bras de Jésus. Alors on entendit retentir un pas lourd sur les dalles. L'huis de la maison mortuaire s'ouvrit avec fracas ; Othon de Grandson apparut sur le seuil, tenant entre ses bras un petit garçon évanoui :

— Le comte Amédée VII est mort ! cria-t-il par trois fois.

Il s'agenouilla, récita une courte prière et se relevant, il reprit :

— Loz au comte Amédée VIII.

— Noël ! Noël ! à monseigneur ! vociféra la foule enthousiasmée.

Une heure après, il ne restait dans la cabane du pêcheur qu'un cadavre auprès duquel priaient une vieille femme et un vieillard. La mère du Comte-Rouge, et Othon de Grandson, n'avaient pas voulu abandonner à l'isolement ces dépouilles chéries.

Dans un coin, un petit homme, la tête enfouie dans ses deux mains, sanglotait amèrement. C'était Folario, le fou, le bouffon.

IV

DU DANGER QU'IL Y A A CONNAITRE LES SECRETS DE L'ÉTAT.

Un mois environ après ces événements, Othon de Grandson, assis auprès d'une coupe en cuivre émaillé, fort grande et pleine de charbons allumés, se chauffait dans sa chambre du château de Thonon, réfléchissant à la mort inopinée de son maître, aux conséquences que cette mort entraînait après elle. A travers les vitraux en verre de Venise encastrés dans un réseau losangé de plomb, son regard embrassait une grande étendue de paysage. A ses pieds, une plaine semée de castels et de villages, la Flechère, Concise, Mulelagrand, puis, au bord du lac, uni comme un miroir, et d'un bleu sombre, Ripaille. Les arbres étaient nus, dépouillés de leurs feuilles ; le chaume jauni des toits se couvrait, par places, de flocons de neige et se frangeait d'aiguilles de glace ; la terre, séchée par le gel, avait des teintes grisâtres ; les champs, les gazons flétris gardaient encore des traces de givre. L'air, limpide et pur, avait cette transparence qui, par une illusion d'optique, rapproche les objets. Cet ensemble était morne, triste. Rien n'adoucissait la crudité des tons, rien n'animait l'œuvre de Dieu : partout le silence et le calme.

A petite cloche.   3.

Un serviteur vint avertir Grandson qu'un visiteur se présentait pour le voir.

— Qui est-ce? demanda le seigneur d'un ton ennuyé.

— Un petit homme à l'allure singulière, vêtu d'un pourpoint violet et d'une cape noire. Il m'a dit se nommer Folario, répondit ce valet nouvellement arrivé à la cour, et qui, par conséquent, n'en connaissait point les familiers.

— Folario! Que peut-il me vouloir? Introduisez.

Le piémontais entra, vif, sémillant, comme toujours. Il était en grand deuil. Il salua M. de Grandson avec dignité, car cet être au rôle si peu digne, était né gentilhomme et se nommait Jacques de Muzzara avant de s'appeler Folario.

— Serviteur, monsieur de Grandson, dit-il. Peut-être vous dérangé-je?

— Non, répliqua le seigneur, un peu surpris de cette désinvolture. Je regardais le paysage, maître Folario, et je m'ennuyais, s'il faut vous dire la vérité.

— Ah!

Il y eut une pause d'un instant, puis le nain reprit avec un accent de fierté blessée:

— Vous ne me faites pas l'honneur de m'inviter à m'asseoir, monsieur de Grandson. Daignez ne pas vous étonner si je prends la liberté d'agir avec vous, qui êtes un grand seigneur, comme j'agissais avec le défunt comte Amédée VII, lequel était plus grand seigneur encore.

Et attirant à lui un fauteuil, il s'y laissa tomber.

M. de Grandson ne parut pas s'apercevoir de cette impertinence. Pour que Folario le visitât ainsi, à l'improviste, il fallait qu'il y eût du nouveau. Il attendait, impassible.

— Donc, reprit le fou après avoir pris ses aises et s'être établi sur les coussins d'une façon confortable, vous regardiez le paysage, et le paysage n'étant point gai, vous ne sentiez pas votre cœur inondé d'une joie immodérée. Je comprends cela.

— Nous sommes en habits de deuil, vous et moi, dit gravement le comte.

— Vous avez raison.

Sur ces mots, le nain se plongea dans une profonde méditation.

Pendant un long quart d'heure ils restèrent ainsi, face à face et silencieux. Puis le vieillard, cédant à son impatience, recommença le premier l'entretien:

— Je ne m'attendais pas au plaisir de vous voir, dit-il, et je me demande encore à quel hasard je dois l'honneur de votre visite.

C'était réclamer poliment une explication.

Folario jouait avec le gland de son siége et regardait fixement son interlocuteur. Celui-ci lui lança un regard qui signifiait clairement:

— Car que venez-vous faire ici.

Folario croisa sa jambe droite sur sa jambe gauche, se dandina, retroussa jusque aux yeux ses longues moustaches noires et dit enfin, d'un ton dégagé, sans paraître attacher la moindre importance à ses propos :

— Monsieur, vous avez, je crois, un château sur les bords du lac de Neuchâtel, un beau manoir avec pont-levis, tours, machicoulis, barbacanes et créneaux.

— En effet. Pourquoi cette question ?

— Il y a longtemps peut-être que vous n'y avez séjourné ?

— Vingt ans bientôt, répondit le seigneur qui devint sérieux.

— Il n'y a pas plus de vingt lieues d'ici à Grandson, n'est-ce pas ?

— Quinze, en y comprenant les détours exigés par le mauvais état des chemins.

— Très bien ?

— Mais, reprit Othon assez étonné de toutes ces questions dont il ne devinait pas le but, me permettez-vous de m'enquérir du motif qui vous pousse à m'interroger ainsi ? Non que je me défie le moins du monde...

— Monsieur, dit Folario en lui faisant un signe de la tête, la saison est excellente pour voyager, moyennant que l'on soit bien enveloppé dans une cape fourrée. Ne sentez-vous aucun accès de fièvre ? Je suis un peu médecin, monsieur : or, je vois que vous avez le visage rouge, les yeux cerclés de noir, le regard inquiet, la peau moite, et ce sont là des symptômes auxquels on ne peut se tromper, maître Jehan de Grandville en dirait autant. A mon avis, vous feriez donc bien de changer d'air.

Grandson roulait de surprise en surprise. Il se leva, fit un pas vers son visiteur et lui dit avec sévérité :

— Vous ne raillez pas, maître Folario, vous n'oseriez pas railler un homme comme moi qui, d'un geste, écraserait un nain comme vous !

— Monsieur, David était plus petit que moi ; il tua néanmoins le sire Goliath, lequel était plus grand que vous, si j'en crois la Sainte-Ecriture.

— Enfin ! s'écria Othon hors de lui, cessez ce badinage... ou sinon !

— Sinon, quoi ? Vous êtes bien ingrat, monsieur, envers un homme qui se dérange et quitte une chambre bien chaude pour venir, après avoir traversé dix corridors bien froids, vous rendre un service auquel rien ne l'obligeait. Permettez-moi, à votre tour, de continuer. Je vous conseille — et David ne s'amusa nullement à donner des conseils à Goliath — de prendre une barque et de vous faire conduire à Lausanne ; d'acheter à Lausanne quelque bon coursier faisant dix lieues par jour et de vous rendre à Grandson, en passant par Cossonay et Yverdon.

— Décidément, je n'y comprends plus rien ! s'écria Grandson au comble de l'étonnement. Pourquoi ce voyage ?

— Ah ! voilà, monsieur ! C'est que l'on doit être en train, à cette heure, de signer l'ordre de vous arrêter.

Le vieillard fit un bond et se trouva debout, menaçant :

— M'arrêter !... cria-t-il.

— Ce soir vous coucherez dans la tour du bord de l'eau, si mieux vous ne préférez suivre mon conseil.

— Mais quel crime ai-je commis ?

— Demandez à madame la comtesse ! On doit aussi, ajouta négligemment le nain, faire mettre en prison le mire Jehan de Grandville et Pierre de Lompnes, l'apothicaire juré. Monsieur le prince d'Achaïe, lequel est un seigneur fort prudent, a jugé à propos de partir cette nuit pour la France. J'ai ouï dire que l'on... soupçonnait...

— Parlez, parlez vite !

— Ne trouvez-vous pas, monsieur, dit le nain, répondant à cette injonction par une question dont la portée ne put échapper au vieillard, que défunt le comte Amédée VII — le Seigneur ait son âme ! — est décédé bien inopinément.

— Ainsi, murmura Grandson frappé de stupeur, ainsi l'on m'accuse... moi !... l'on me soupçonne !... Monsieur, dit-il au nain en lui tendant la main, vous êtes un noble cœur et je vous remercie. Fuir, ce serait m'avouer coupable, je ne partirai pas.

— Mais, objecta le piémontais, ému malgré lui, ils vous maltraiteront.

— Ils me prendront la vie et me laisseront l'honneur.

— Monsieur, dit le fou avec des larmes dans la voix, vous êtes un prud'homme. Si la prudence l'emporte sur la fierté, souvenez-vous de ceci : une barque attend au pied d'une poterne dérobée à laquelle on parvient par un souterrain dont voici la clef. L'entrée de ce couloir, inconnu de tous, sauf de moi, est dans cette chambre. En poussant la tête de ce lion sculpté dans cette boiserie, à gauche de cette cheminée, vous la trouverez. Je ne conseille plus, monsieur, je prie !

Grandson lui serra la main de nouveau, retomba, pâle, glacé de terreur, frissonnant d'indignation dans son fauteuil et fit signe qu'il voulait être seul.

Folario s'inclina respectueusement et sortit.

Disons quelques mots de la situation faite à la cour de Savoie par la mort du comte Amédée VII. D'abord, quelques jours après sa mort, son cadavre fut conduit à l'abbaye d'Hautecombe, lieu de sépulture des princes de sa famille. Cette abbaye, fondée en 1125, par Amédée III (1), est située

(1) De la fondation à l'an 1725 qu'elle fut remise à la collégiale de la Sainte-Chapelle de Chambéry, l'abbaye d'Hautecombe eut vingt-trois abbés, parmi lesquels nous citerons : **Pierre**

sur la rive occidentale du lac du Bourget. Elle renfermait des moines de l'ordre de Saint-Bazile, lesquels embrassèrent la réforme de saint Bernard, et suivirent la règle de Citeaux. Humbert III, Thomas Ier, Pierre, Aymon, Amédée V le Grand, le comte Vert, y avaient déjà été ensevelis ainsi que Boniface de Savoie, archevêque de Canterbury, primat d'Angleterre, le baron de Vaud et sa femme, Jeanne de Montfort.

Le comte une fois enterré, l'on s'inquiéta de la façon dont il était mort. Il laissait un fils de huit ans, incapable de gouverner, et deux femmes, sa mère et son épouse qui, toutes les deux, voulaient la régence. L'une, Bonne de Bourbon, régente de par le testament de son fils, l'autre, Bonne de Berry tutrice de son fils, de par la loi naturelle. Deux partis se formèrent.

Les seigneurs de la Chambre, de la Tour d'Irlains, de Miolans, de Montagny, de Clermont et Gérard d'Estavayé se rangèrent du côté de celle-ci ; les princes d'Achaïe, Grandson, les sires de Villard et de Beaujeu, le comte de Gruyères, les seigneurs de Montjouvet, de Gorgenon, de Villars, de Vernay, d'Hauteville, du côté de celle-là.

Le roi de France, fidèle à la coutume établie par ses prédécesseurs de se mêler de ce qui ne les regardait nullement, fit prévenir les deux partis qu'il envoyait en Savoie les évêques de Noyon et de Châlon, et messieurs de Coucy, de la Trémouille et de Gyac pour arranger ce différent. Louis, duc de Bourbon, frère de la régente, se hâta de prendre les devants, et l'on fit enfin convoquer les Etats généraux.

Alors, pour abattre plus sûrement la puissance de Bonne de Bourbon, les partisans de sa bru, sourdement travaillés par le haineux Gérard d'Estavayé, imaginèrent de jeter de l'odieux sur elle en l'accusant d'être la complice d'un empoisonnement prétendu, dont son fils aurait été la victime. Ils inventèrent un complot dans lequel figuraient le prince d'Achaïe et Grandson, principaux coupables, Grandville et Pierre de Lompnes, agents subalternes, auteurs du crime matériel.

Cette lugubre comédie devait avoir un affreux dénouement.

de Bolomier, camérier de Félix V, évêque de Belley ; Perceval de la Beaume, prieur de Saint-Benoît de Seyssieu, évêque de Mondovi en 1431, de Belley, en 1440, patriarche de Gradirka en 1444, garde du conclave au concile de Bâle ; Claude d'Estavayé, évêque de Belley, grand chancelier de l'ordre de l'Annonciade ; Claude de la Guiche, proto-notaire apostolique en 1540, évêque d'Agde, puis de Mirepoix ; Alphonse del Bene, évêque d'Alby. Elle a donné deux papes à l'Eglise : Célestin IV, de la maison de Châtillon de Chautagne, élevé au pontificat l'an 1241, et Nicolas III, Cajetan des Ursins, qui obtint la tiare en 1277. Les abbés d'Hautecombe étaient sénateurs nés au Sénat souverain de Savoie.

L'abbaye est aujourd'hui une propriété patrimoniale du roi Victor-Emmanuel II. Elle est actuellement gouvernée par un abbé commandataire, dom Charles Gotteland. Au moment où ces pages sont mises sous presse nous apprenons la mort du R. P. abbé dom Charles.

Folario parti, Grandson se livra à la plus amère, à la plus sérieuse réflexion. Il pesa toutes les chances de réussite. Il n'ignorait pas qu'à cette époque de crédulité, une accusation semblable trouverait facilement créance dans les esprits les moins prévenus. Il savait qu'un procès long, pénible, coûteux, allait s'engager ; il se connaissait beaucoup d'ennemis ; il s'en faisait tous les jours, en prenant la défense des intérêts de son maître contre les gens étourdis, entraînés par la dissipation, qui soutenaient Bonne de Berry parce qu'elle était jeune, belle, accessible aux goûts de son âge, prodigue, facile à dominer.

Ces perplexités duraient depuis longtemps déjà, lorsque le noble vieillard entendit frapper à sa porte. Son page introduisit en même temps un homme de taille élevée, d'une maigreur extrême, à peine dissimulée par les plis de la robe noire qui l'enveloppait. Ce visiteur était le médecin Jehan de Grandville.

Il paraissait préoccupé, sombre. Othon le remarqua.

— Ah ! messire, s'écria Grandville aussitôt qu'ils furent seuls, Sa Seigneurie, le prince d'Achaïe, est parti cette nuit, furtivement, à la hâte, emmenant pour toute escorte son écuyer, M. de Piossasque... Je tremble... En venant ici j'ai rencontré le baron de la Chambre qui m'a lancé un regard furieux ; et peut-être m'eût-il fait un mauvais parti, si madame de Lyarens n'eût été là.

— Il se passe des choses graves, dit Grandson.

— Vous m'épouvantez, monseigneur, exclama le physicien livide.

— Et ce n'est pas à tort.

Jehan attendait avec anxiété que son interlocuteur poursuivit. Celui-ci, toujours impassible, l'étudiait, dardant sur lui des regards investigateurs, analysant chacune de ses émotions, même les plus fugitives. Enfin, après un long instant de silence et à la grande satisfaction du mire, M. de Grandson reprit l'entretien :

— Dites-moi, Grandville, demanda-t-il sans cesser de fixer le médecin, n'avez-vous rien à vous reprocher ?

— Rien à me reprocher ? Et qu'aurais-je donc à me reprocher, gracieux seigneur ? Je passe les nuits, courbés sur de précieux livres payés au poids de l'or, à apprendre les préceptes de la science, à rechercher la cause et l'origine des maladies, leurs symptômes ; je prépare les remèdes *secundum artem*..., je compulse Hippocrate et Galien. Le jour, je visite les malades, je les soigne, ou bien je vais dans les forêts, sur les montagnes, cueillir les herbes officinales qui servent à mes expériences. Quelle vie est plus innocente ?

— Votre accent est sincère, Grandville, je lis dans vos yeux la franchise.

— Mais, dites-moi la vérité, monseigneur !

Grandson se promenait dans la chambre, d'un pas agité, considérant de temps à autre les sculptures de la boiserie, et surtout la tête du lion taillé en plein bois, à gauche de la cheminée. Tout à coup, il s'arrêta devant le médecin :

— N'avez-vous jamais eu de connivence avec le prince d'Achaïe? lui demanda-t-il en pesant sur les mots.

— Mais si. Le prince est mon protecteur, vous ne l'ignorez pas.

— Comment l'avez-vous connu ?

— En le guérissant d'une plaie qu'il reçut, en Grèce, lorsque, sur le conseil du seigneur Lascaris, il tenta de reconquérir la Morée. Je fus généreusement récompensé et je m'attachai à lui. Il daigna m'accorder sa confiance, et je crois pouvoir dire, monseigneur, que je la méritais.

— Bien. Etes-vous sûr de Lompnes?

— L'apothicaire? C'est un âne bâté, mais un honnête homme.

— Eh bien ! Grandville, on nous accuse, madame la régente d'avoir conseillé, le prince d'Achaïe et moi d'avoir préparé, vous et Pierre de Lompnes d'avoir perpétré l'empoisonnement du feu comte Amédée VII.

Si grande fut la terreur du malheureux médecin qu'il se laissa tomber, accablé sur un siège. Ses cheveux se hérissèrent, ses joues pâles blêmirent, son front ridé se couvrit de sueur. Mais, dans cet effroi, il n'y avait d'autre expression que celle du désespoir causé par une infâme calomnie, et l'on eût vainement cherché des traces de remords ; c'était, en un mot, l'homme injustement accusé, stupéfait qu'on osât le soupçonner, et non pas le coupable, épouvanté de voir son crime découvert et se sentir aux mains de la justice humaine.

— Allons ! dit Grandson rayonnant de joie, l'épreuve a réussi. Il est innocent.

— Oh ! monseigneur, cria le mire en tombant à genoux, je le jure par mon salut en l'autre monde, oui, je suis innocent !... Mon Dieu ! ajouta-t-il, j'ai une femme, des enfants... je suis perdu !...

— Non, je puis vous sauver.

— Mais moi, dit Jehan qui se releva et fit un geste plein de fierté, je ne veux pas m'enfuir. Ne serait-ce pas donner raison aux calomniateurs ? Et vous-même, prévenu avant moi, pourquoi vous trouvé-je encore ici ? Nous avons eu la même pensée. Je reste.

— Non, vous partirez, dit Grandson plein d'admiration pour le courage de cet homme qui, par état, n'était point obligé d'en avoir. Tu partiras, Grandville, et je resterai, moi. L'on peut arrêter Othon de Grandson, seigneur de Sainte-Croix et d'Aubonne, mais il ne peut être jugé que par ses pairs... Si je suis condamné, j'ai le droit de mourir sur un échafaud tendu de velours !... Mais toi, Grandville, toi, pauvre maître, humble savant, tu ne tiens à rien en ce monde, et l'on ne te ménagera pas. Il y a la torture pour ceux qui nient, et la torture fait avouer même les crimes que l'on n'a pas commis... A la torture, vois-tu, mon ami, tu dirais, s'il le fallait, que tu as bu le sang de ta mère !... Non, pars, je répondrai de toi devant les juges.

— Mais où irai-je, monseigneur ?

— Chez moi ; une barque t'attend au bord du lac. Tu aborderas à Lausanne, tu achèteras un cheval, — voilà dix florins d'or — et tu crèveras ce cheval s'il le faut, mais tu arriveras à Grandson demain, dans la nuit. Voici mon anneau. Mon majordome, Pierre Albinet, t'obéira en tout point.

— Encore faut-il, objecta le médecin enfin convaincu de la nécessité de la fuite, que je puisse arriver au bord du lac ? et puis, ce costume...

Grandson ouvrit une armoire, y prit un vêtement complet de cavalier, de couleur sombre et d'une étoffe commune. Tandis que Grandville se revêtait rapidement de ce déguisement, il ajouta :

— Voici une écharpe jaune, c'est la couleur d'Estavayé. Tu peux te faire passer pour un des gens de cet homme. Personne ne t'inquiétera. Pars !

Alors il s'avança vers le coin de la cheminée et posa la main sur la tête du lion. Un claquement sec retentit. Le panneau tout entier de la boiserie, jouant sur des charnières invisibles, s'abaissa lentement, découvrant une cavité obscure, assez large pour donner passage à un homme. Au même instant, un bruit de pas nombreux retentit dans le corridor. Grandville s'élança dans l'ouverture béante ; son protecteur le suivit. Le panneau se releva de lui-même et s'appliqua sur la muraille.

Dix minutes plus tard, le chevalier et son protégé arrivaient sur la berge du Léman. La barque se balançait gracieusement sur les vagues ; le crépuscule succédait au jour. Tout était favorable au fuyard, les éléments, la nuit... Grandville fit ses adieux au noble vieillard. Celui-ci héla les rameurs et resta debout, pensif, sur la rive, jusqu'à ce que le frêle canot se fût perdu, point invisible, au sein du brouillard. .

V

DE CE QUI SE PASSA, LORS DE LA RÉUNION DES ÉTATS GÉNÉRAUX, ENTRE MADAME

LA RÉGENTE BONNE DE BOURBON ET MADAME BONNE DE BERRY, SA BRU.

Le 8 mai 1393, il y avait grande affluence de peuples dans les rues de Chambéry. Cette ville, aujourd'hui bien déchue de son antique splendeur — moralement, du moins — est bâtie sur un emplacement anciennement occupé par le lac du Bourget, dont le sol est formé de terrains d'alluvions apportés là par deux rivières, la Leysse et l'Albane. Elle existait déjà sous les rois de Bourgogne sous le nom de *Camberiacum*, et les archéologues prétendent y reconnaître *Vocontium* et *Civaro*, cités fameuses des Romains. Thomas Ier l'acheta le 4 mars 1232, de Berlion, vicomte de Chambéry, moyennant trente-deux mille sous forts de Suze (1), et la session du fief de Montfort. Le même jour, il concéda aux habitants de ce lieu, qu'il voulait faire la capitale de ses Etats, de nombreuses franchises (2). Amédée V le Grand fut le premier qui y fixa sa résidence, après avoir acquis de François

(1) Soit 85,082 livres de Piémont, environ cent mille francs de nos jours.

(2) Livre vert des archives de Chambéry.

de la Rochette son château qu'il agrandit et fortifia. Le comte Edouard y établit, en 1319, les Juifs et leur accorda de nombreux priviléges. On voit encore néanmoins, rue *Juiverie*, l'anneau qui servait de gond aux grilles qui les parquaient, la nuit venue. Le comte y fit bâtir quatre fontaines publiques et fit placer une horloge dans le clocher de l'église Saint-Léger, acheta le Verney et le transforma en promenoir.

Donc, à la date plus haut mentionnée, les rues étroites de cette ville, et surtout la rue Couverte, les abords de la place Saint-Léger et du château regorgaient de monde. Artisans et bourgeois, clercs, écoliers, pages, laquais et gentilshommes se coudoyaient, oublieux de toute distinction sociale. De temps à autre, la foule s'écartait pour livrer passage à quelque gentilshomme allant, en pompeux équipage, rendre ses devoirs à Monseigneur.

Les cloches sonnaient à toutes volées.

En effet, ce jour-là avait lieu la convocation des Etats Généraux, lesquels étaient appelés à décider sur la question de la régence, alors pendante, et des circonstances imprévues qui avaient reculé jusque-là la solution de ce problème important.

On causait beaucoup entre bourgeois. Sur la berge du fossé, un peu à gauche du pont-levis, un groupe d'honnêtes citadins s'entretenait des graves événements qui se préparaient. Auprès d'eux, huit ou dix écoliers, aux longues robes rayées, aux visages flétris par les excès, dissertaient avec forces citations latines ou grecques, de la situation politique. L'on parlait du jeune comte, de sa mère, de son aïeule, ici louant non sans hyperbole, ailleurs dénigrant sans vergogne, exagérant toujours, car le peuple ne sait point se tenir dans la juste mesure. L'on revenait sur la mort du comte Rouge et les circonstances particulières qui l'avaient accompagnée. L'on commentait le départ du seigneur de Grandson, forcé, par les soupçons injurieux répandus contre lui et qu'il ne pouvait laver, faute de preuves, à se réfugier en Angleterre, auprès de ses fils.

Une animation extraordinaire régnait partout. Les habitants des paroisses voisines accourant en foule, précédant ou suivant leurs seigneurs. De tous côtés retentissaient des cris, des exclamations, de joyeux murmures. Les femmes, tenant par la main, ou portant dans leurs bras leurs enfants, couraient çà et là, gourmandant leurs maris, caquetant avec leurs commères, échangeant des propos badins.

Ceux qui possédaient le privilége de franchir le pont-levis, gardé par une compagnie d'arbaletriers, sous les ordres du sire Annequin de Bruxelles, passaient d'abord sous une voûte ogivale sommée des armes de Savoie, sculptées dans un bloc de pierre blanche de Seyssel. Ils se trouvaient dans une cour de forme trapézoïde entourée de bâtiments si élevés que le jour y pénétrant à peine, on eût pu se croire dans un puits. Après avoir donné le mot d'ordre aux archers du guet campés dans cette cour et salué le syndic

Jean de Lestelley qui le commandait, ils entraient par une porte étroite et basse, ouverte dans la paroi de droite et gravissaient un escalier tournant en forme de vis.

Ils arrivaient ensuite sur un palier dallé de marbre des deux côtés duquel se rangeaient, la hallebarde au poing, douze gardes du corps, vêtus uniformément de tabarts écarlates coupés d'une croix de satin blanc. Deux pages soulevaient d'amples portières en damas à grands ramages violets sur un fond nuance capucine et les invitaient à se mêler aux nombreux seigneurs entassés dans une vaste antichambre. Cette salle immense, éclairée sur la cour par deux croisées à vitraux coloriés, était revêtue jusqu'à hauteur d'appui, dans tout son pourtour, d'une magnifique boiserie de vieux chêne, chargée d'écussons, d'enroulements et d'arabesques ouvrées en bas-relief. Les murailles se cachaient sous des tapisseries de haute lisse représentant les exploits du comte Pierre, surnommé le *Petit-Charlemagne*. La voûte, aux nervures rayées, peinte en bleu clair rehaussé par un semis d'étoiles d'or, figurait le firmament. Des trophées d'armes, des faisceaux de bannières aux couleurs multicolores, des torchères d'argent massif, complétaient la décoration de cette salle, devenue, pour la circonstance, une antichambre, mais qui servait, en temps ordinaire, de salon de réception.

Quatre portes y donnaient accès. Celle du palier d'abord, puis une large baie terminée par une ogive fleuronnée, devant laquelle retombaient des courtines à crépines d'or et que gardaient deux pages. Des deux autres, l'une communiquant avec les appartements d'honneur était fermée et l'autre, ouvrant sur le cabinet de madame la régente, servait de point de mire à tous les regards. Deux pages encore et deux pertuisaniers en défendaient le seuil.

L'antichambre, avons-nous dit, était pleine. Tous les seigneurs jouissant de leurs entrées à la cour, vêtus de costumes splendides, se tenaient dans la partie la plus éclairée. Dans un angle, les chefs de corporations, les syndics, les députés de la bourgeoisie et de la magistrature; à l'entrée de la salle des Etats, les représentants du clergé, les mandataires des communes ; enfin, auprès de l'huis du cabinet de la régente, les hauts dignitaires, le chancelier, le maréchal de Savoie, le garde des sceaux, le grand voyer, le trésorier général, et les dames de leurs Seigneuries.

L'on entendait les éclats d'une voix irritée, rompant le profond silence qui régnait dans cette nombreuse assemblée. Cette voix, assurément féminime, retentissait dans le cabinet de la régente.

— Ho ! ho ! dit le chancelier, Jean de Conflans, en souriant, madame la régente querelle madame sa bru !

— Nous l'entendons bien ! fit observer d'un ton gourmé l'archevêque de

Tarentaise, et je ne lui dénierai pas le droit. La conduite de la comtesse veuve est peut-être...

— Si madame-mère a le droit de quereller sa bru, interrompit sèchement le maréchal de Vernay, nous n'avons pas celui de juger les actes de l'une ou de l'autre ! Mort de ma vie ! combien il est fâcheux que monsieur le prince d'Achaïe soit à la cour de France et le seigneur d'Aubonne, auprès du roi Richard II ! Le procès serait bientôt débrouillé.

Une scène assez vive avait effectivement lieu entre Bonne de Bourbon et Bonne de Berry.

Le cabinet de celle-là, pratiqué dans une tour en saillie surplombant sur la Sainte-Chapelle, était de forme circulaire. Entièrement tendu d'étoffes orientales tissées d'or et brochées de fleurs aux couleurs variées, ce boudoir n'était meublé que d'un dressoir, d'une table et d'un fauteuil en bois d'ébène incrusté d'ivoire. Le dressoir supportait une infinité d'objets d'art, coupes émaillées, élégantes aiguières d'or, hanaps en cristal de Venise, vidrecomes armoriés en verre de Bohême, vases de la Grèce, amphores italiennes, statuettes. Sur la table, un riche encrier de bronze, débris échappé à la Rome païenne et retrouvé dans quelque fossé, une liasse de parchemins, des plumes, un sceau taillé dans un bloc d'argent. Puis, comme pour indiquer les goûts intimes de la régente, un luth, suspendu à la muraille, une tapisserie commencée, un camail d'hermine doublé de soie jetés là, au hasard.

Les deux princesses, l'une assise, l'autre debout, se lançaient l'une à l'autre des regards de défi. Toutes deux étaient parées pour la circonstance. Bonne de Bourbon, qui depuis la mort du comte Vert, n'avait pas quitté le deuil, portait un costume très-simple, de laine blanche, sans fourrures, mais orné de larges bandes de velours noir. Un escophion blanc, d'où pendait un long voile, cachait ses cheveux gris. Sur cette coiffure se voyait, en arrière de la tête, une petite couronne comtale. Ainsi vêtue, cette femme, âgée d'environ cinquante ans, d'une prestance majestueuse, avait un aspect imposant et commandait le respect.

Bonne de Berry, elle, fort jeune encore, très-belle, affectait des airs évaporés, un langage mignard, sans élévation, sans dignité. Quoique son mari fût mort depuis vingt mois à peine, ses habits ruisselaient d'or et de pierreries ; une bordure d'hermine rehaussait l'éclat de sa robe de satin vert sur laquelle une aumônière sarrazine retombait suspendue par une chaîne de perles ; son surcot de drap d'or, orné des fleurs de lys de France et son manteau de satin écarlate fourré de plumes peintes eussent convenu plutôt à une jeune épousée qu'à une veuve. Ses cheveux blonds, tressés et nattés avec soin, supportaient une couronne de pierres précieuses dont un léger tissu de gaze voilait doucement les reflets châtoyants.

Lorsqu'elle entra, d'un pas délibéré, dans le retrait de sa belle-mère, celle-ci pâlit d'indignation en voyant cette parure somptueuse qui semblait insulter à sa douleur maternelle et décelait un oubli absolu des convenances. Paraître sous ce satin, ces diamants, ces fourrures, dans une solennité où l'on devait rappeler la mort de son époux, c'était pour la comtesse-veuve afficher des sentiments qu'elle eût dû, par politique, renfermer au plus profond de son cœur.

— Vous m'avez fait appeler, madame, et je suis venue, dit-elle d'un ton dégagé.

La régente fit un signe de la tête et ne se leva point de son fauteuil. Elle était pâle, mais calme. Cette figure austère, cette réception froide, n'intimidèrent en aucune façon la jeune comtesse.

— Madame, reprit-elle en insistant, j'attends votre bon plaisir.

Bonne de Bourbon se tut encore un instant et répondit enfin :

— En vous présentant devant moi, ma bru, parée comme une fiancée, au lieu d'être habillée comme une veuve, vous outragez la douleur d'une mère, vous bravez votre souveraine, vous me faites croire enfin que rien ne bat sous votre corset de drap d'or...

— Ma mère ! s'écria la princesse atteinte au cœur par ce reproche cruel.

— Je ne suis pas votre mère ! poursuivait la douairière d'un ton cassant. Mais peu importe ceci ! Le deuil réside non point dans un habit de telle couleur, mais dans l'âme... Je vous ai fait demander, madame, car il s'agit de choses graves. Peu faite aux ruses de la diplomatie, je ne débuterai par aucun préambule. Il s'agit de ceci : prétendez-vous encore me disputer la régence et donnerons-nous au peuple ce scandaleux spectacle de deux comtesses de Savoie en lutte l'une contre l'autre ?

Bonne de Berry cacha sous une apparence d'indifférence une joie profonde. Sa belle-mère faisait les premiers pas vers elle et semblait lui proposer un accommodement : elle crut avoir ville gagnée :

— Eh ! que m'en chaut, madame ? dit-elle avec un accent dédaigneux. Je suis d'assez grande maison pour n'avoir à m'inquiéter en rien des sentiments du peuple !

— Vous avez tort. Il y a pour les rois des heures terribles : ce sont celles où leurs sujets, fatigués de reconnaître dans leur maître un homme voué à toutes les passions humaines et ne retrouvant en lui rien qui le fasse plus grand qu'eux, se ruent contre lui et font entendre cette grande voix du peuple qui, dit-on, est la voix de Dieu. Vous devez connaître cela, madame, vous, la cousine du roi Charles !

— Eh ! madame, si le roi Charles VI est mon cousin, il est votre neveu. Je ne vous comprends pas !

— Vous devriez comprendre. Votre père, le duc de Berry, n'a-t-il pas souvent fomenté des révoltes contre son prince ? Et qui me dit que le

fantôme de la forêt du Mans n'avait pas été aposté par là par quelque seigneur ambitieux de régner ?

— Oh ! prenez garde, vous m'insultez, je crois !... s'écria Bonne de Berry
le visage empourpré, les yeux étincelants. Vous l'oubliez trop, je suis mère
et je veux remplir les devoirs d'une mère... Ici, moi seule ai le droit de
parler haut !...

— Vous êtes chez moi.

— Je suis chez mon fils, Amédée VIII !

— Et votre fils est chez moi !...

C'est à ce moment que les éclats de ces deux voix courroucées retentirent
dans l'antichambre, excitant l'étonnement du chancelier et prêtant aux
malignités de la cour. Après cet échange de mots, il y eut un instant de
silence. Bonne de Bourbon, honteuse de s'être laissé emporter au-delà des
bornes, réfléchissait. Bonne de Berry, voyant l'avantage lui échapper, se
disposa à sortir.

— Non, restez, madame, reprit la régente en la retenant par le bras, j'ai
besoin que vous me donniez une réponse.

— Elle est faite, madame, je veux la régence à moi seule.

Et un regard semblait dire qu'ayant une fois la régence, elle saurait bien
se venger des injures dont elle venait d'être abreuvée.

— Ah ! poursuivit la vieille comtesse avec un accent d'ironie, ah ! vous
voulez la régence, madame ! c'est pourquoi vous m'avez calomniée m'accusant, moi ! — d'avoir fait périr mon fils... Prenez garde ! Vous avez un parti,
maintenant : la Chambre, Miolans, Clermont, ces éternels ennemis de
notre maison, mènent grand tapage pour vous. C'est bien ! Ils sont dans
leur droit. Mais, songez-y, madame, si les Etats prononcent en ma
faveur, votre parti deviendra une conspiration. Et savez-vous ce que l'on
fait des conspirateurs ? On les pend, on les roue, on les écartèle, on les
décolle !... Oui, madame, si vous conspirez, la Chambre, Clermont et
Miolans mourront de la main du bourreau... Vous, fille de sang royal, vous
serez chassée... chassée, vous entendez bien, madame ! Et je n'épargnerai
même pas...

— Ah ! j'aurai des défenseurs ! cria Bonne hors d'elle-même.

— Monsieur Bernard d'Armagnac, peut-être ! dit la comtesse d'un ton
de raillerie terrible, allons donc ! cet homme est un étranger et j'ai là,
sous la main, signées et scellées, des lettres-patentes qui l'exilent pour
jamais des Etats de Savoie... et s'il ose franchir la frontière...

— Eh bien ? interrogea Bonne, prête à bondir sur sa belle-mère.

— Il sera décapité ! poursuivit froidement celle-ci.

Un grand bruit se fit alors entendre dans l'antichambre. Les envoyés du
roi de France, le duc de Bourbon, les évêques de Châlon, de Noyon, les
seigneurs de Gyac, de la Trémouille, de Coucy, arrivaient avec une suite

nombreuse de gentilshommes et de pages. L'on gratta timidement à la porte du cabinet de la régente et, sur l'invitation d'entrer, le chancelier se montra sur le seuil, incliné respectueusement. Derrière lui on apercevait des têtes curieuses massées en foule, essayant de plonger le regard dans cette mystérieuse retraite et de deviner ce qui s'était passé entre les deux princesses. Elles étaient redevenues impassibles, masquant leur agitation sous un air de dignité:

— Madame, dit le chancelier, les Etats sont rassemblés... Monseigneur le duc de Bourbon a déjà pris place.

Bonne de Bourbon adressa un sourire bienveillant à sa bru et lui dit, d'un ton affectueux :

— Eh bien ! ma fille, ne faisons pas languir messieurs des Etats.

Bonne de Berry offrit le bras à sa belle-mère, et les deux princesses, appuyées l'une sur l'autre passèrent entre deux haies de seigneurs, stupéfaits de l'entente cordiale qui paraissait régner entre elles, et se dirigèrent vers la porte de la salle des Etats, suivies des grands officiers de la couronne et des dames de leurs maisons.

La salle des Etats, vaste, formant un carré long, était décorée dans le goût de l'antichambre précédemment décrite ; au fond, sous un dais frangé d'or, se dressait une estrade à laquelle on montait par six degrés. Sur cette estrade étaient rangés trois fauteuils. Bonne de Bourbon s'assit dans celui du milieu, son frère, le duc Louis, dans celui de gauche et Bonne de Berry, dans celui de droite. Derrière eux se massèrent les chambellans, les écuyers, les filles d'honneur. Le chancelier prit place sur le dernier degré où l'on avait déposé des coussins de velours ; le maréchal, appuyé sur son épée nue, resta debout. Les chevaliers, la noblesse, le clergé, occupèrent les abords du trône ; auprès d'eux les gouverneurs, les baillis, les châtelains, les bannerets ; plus bas, le Tiers Etat, composé des syndics de toutes les communes de Savoie, de Bresse, de Bugey, de Vaud et d'Aoste.

Dans la dernière assemblée des Etats généraux, en 1329, présidée par l'archevêque de Tarentaise, Jean de Bertrand, l'on avait admis et consacré la loi salique. En effet, le comte Edouard étant mort, laissant une seule fille mariée au duc de Bretagne, cette princesse réclama la couronne. Il lui fut répondu qu'elle ne tombait pas de lance en quenouille et les Etats investirent de la souveraineté le frère d'Edouard, Aymon de Savoie.

Il serait fastidieux de suivre la discussion sur la régence dans tous ses détails. Elle fut longue et orageuse. Un instant les deux partis parurent prêts à en venir aux mains. Enfin, grâce à l'énergie des envoyés du roi de France, l'on prit les décisions suivantes : Madame Bonne de Bourbon conservait la régence avec un conseil composé du prince de la Morée, des sires de Villars, de Beaujeu, de Montjouvet, de Gruyères, de la Baume, auxquels on adjoignit trois Français : Pierre Colomb, prieur de Mâcon, Pierre de

Murs et Guichard Marchand, docteur ès-lois. Le jeune comte Amédée VIII devait habiter avec son gouverneur, Oddon de Villars, le château de Chambéry, dont la garde était confiée au seigneur d'Apremont. Enfin, ce prince, qui n'avait pas encore onze ans, devait épouser dans un délai donné, Marie de Bourgogne, fille de Philippe le Hardi, duc et comte de Bourgogne et de Marguerite de Flandres. Marie était la cousine germaine de Bonne de Berry.

Celle-ci, accablée par sa défaite ne tenta point de résister. Ainsi fut terminée cette mémorable querelle. Disons pourtant, mais sans y ajouter commentaires, (notre lecteur en fera si bon lui semble), que Bonne de Berry épousa, au mois de décembre de cette même année 1393, au château de Mehun sur Yévre, Bernard d'Armagnac, comte de Fezenzac et de Rodez, vicomte de Lomagne et de Carlat, lequel devint connétable de France et fut massacré par les Bourguignons, à Paris, le 12 juin 1418. (1).

(1) Bonne de Berry mourut en 1434. Elle eut de son second mari : Jean d'Armagnac, marié en 1407 à Blanche de Bretagne, et en 1419 à Isabelle, fille du roi de Navarre; Bernard d'Armagnac, comte de Perdiac, marié à Eléonore de Bourbon, comtesse de la Marche et de Castres, duchesse de Nemours, qui fut père de ce fameux duc de Nemours, décapité en 1477 par l'ordre de Louis XI; Bonne, mariée à Charles, duc d'Orléans et de Milan, père de Louis XII; et Anne, mariée en 1418, à Charles II, sire d'Albret, comte de Dreux, vicomte de Tartas, trisaïeul de Henri d'Albret, roi de Navarre, lui-même grand père de Henri IV.

VI

DE QUELLE FAÇON IL FAUT AGIR POUR FAIRE PARLER CEUX
QUI NE VEULENT RIEN DIRE.

L'un des premiers actes du gouvernement de la régente fut de commencer une enquête sur la mort de son fils. Les bruits les plus odieux circulaient à cette occasion. L'on allait jusqu'à dire que Bonne de Bourbon, afin de satisfaire son ambition, avait trempé dans le crime. Ces rumeurs, après avoir d'abord été circonscrites à la cour, prirent leur essor et devinrent populaires. Il importait donc qu'elles fussent démenties par un procès public. La fuite de Grandville, qui s'était réfugié auprès du duc de Bourgogne après six mois de séjour au château de Grandson ; le départ du seigneur Othon pour l'Angleterre, d'où ni lui, ni son frère, ni ses fils n'étaient revenus ; l'attitude pleine de défiance du prince d'Achaïe, récemment arrivé de Paris où le roi Charles VI l'avait retenu pendant près d'une année ; cet ensemble de circonstances inexpliquées, interprétées en mal par la malignité publique, habilement exploitées par les envieux et les jaloux, augmentait encore la portée des calomnies répandues contre eux et dans lesquelles on mêlait hardiment le nom de la régente.

A petite cloche.

Elle fit donc une enquête; mais, patiente et rusée comme une femme, politique à la façon des Italiens, elle s'entoura des plus grandes précautions afin de ne pas souiller inutilement des noms illustres et de ne pas jeter le discrédit même sur les membres de la famille régnante. Conduites lentement et sûrement , ces perquisitions minutieuses n'aboutirent à aucun résultat. Il fallait abandonner le masque, agir publiquement.

L'apothicaire Pierre de Lompnes logeait dans une cabane de la rue Couverte. Son officine occupait le rez-de-chaussée, son laboratoire la cave, et sa chambrette, le premier étage. Un soir qu'il préparait une potion pour la femme du seigneur de la Tour d'Irlains, laquelle souffrait d'une hydropisie de poitrine, il fut appréhendé au corps par les archers de la garde, conduit aux geôles seigneuriales et là, enfermé dans un cachot à trente pieds sous terre. Le malheureux devina le motif de son arrestation. Il se renferma dans un prudent silence. On vint, à différentes reprises, l'interroger dans sa prison ; aux juges, aux greffiers, au chancelier même, aux espions apostés pour le faire parler, il opposa une simple négation.

Il ne restait plus qu'un seul moyen à employer : la torture.

Madame Bonne de Bourbon était un jour renfermée dans ce charmant retrait que nous avons décrit au chapitre précédent. Pâle, seule, immobile, avec son costume de laine blanche orné de revers noirs, elle ressemblait à une statue de sire. Un homme, petit de taille, doué d'un embonpoint prononcé, richement vêtu d'une garnache de damas tanné, sur les pans de laquelle étaient brodés en argent des râteaux, se tenait debout devant elle, humblement incliné.

— Recommencez votre narration, monsieur d'Estavayé, disait la régente, je n'ai pas bien compris. Ou plutôt, non. Je vous questionnerai. Donc, le premier novembre 1391... C'est bien cela ?

— Dans la nuit du 31 octobre au 1er novembre, madame.

— Vous vîtes deux hommes sortir du château de Thonon. Comment étaient-ils vêtus ? Quelle tournure ?

— Tous deux enveloppés de capes noires, le capuchon rabattu sur le visage, allure grave, marche alourdie.

— Bien ! Il y avait beaucoup de neige ?

— Près d'un pied, et de gros flocons tombaient du ciel.

— Vous les suivîtes, monsieur, et les vîtes entrer dans la maison où gisait, malade, mon redouté seigneur le feu comte Amé VII — Dieu ait son âme en paix ! — Arrivé vous-même auprès de cette maison, vous regardâtes à travers une lucarne et reconnûtes le prince d'Achaïe et le seigneur d'Aubonne. Est-ce bien cela ?

— Parfaitement.

— Alors que firent ces personnages ? Soyez clair.

Le délateur se recueillit un instant et reprit :

— Monseigneur dormait. Le prince et... son... compagnon le considérèrent un instant en silence. Puis monsieur de Grandson alla vers une table sur laquelle se trouvaient une multitude de vases, de fioles, d'ustensiles de tous genres. Il se baissa. J'ignore s'il versa quelque chose dans un verre, mais je le vis revenir vers le lit, tenant ma coupe de cristal pleine d'une liqueur jaunâtre. Il éveilla monseigneur et lui présenta ce breuvage.

— Mon fils but?

— Tout, madame; ensuite, ayant bu, il sourit et rendit la coupe vide à monsieur d'Achaïe.

Sur ces mots, articulés avec lenteur, Gérard essuya son front baigné d'une sueur froide. La régente méditait. Après une pause de quelques minutes, elle poursuivit :

— Dans votre opinion, monsieur, ce breuvage offert au comte par Grandson, c'était du poison?

— C'était du poison, madame !

Bonne de Bourbon réfléchit encore ; emportée par la passion du moment, elle prononça les mots suivants à haute voix :

— Dans quel but? Grandson est notre allié... il était son ami... Le prince ne serait point ici, coupable !... mais lui... reste éloigné... Quel mystère épouvantable.

— Cherche à qui le crime profite ! dit nettement Gérard d'Estravayé de qui les traits reflétaient une immense joie intérieure. C'est un axiôme judiciaire, madame, qui met sur la voie de bien des forfaits.

— Le crime, répliqua machinalement la princesse, absorbée dans ses réflexions, ne pouvait profiter qu'à moi... ou à ma bru. Ce serait horrible qu'une mère pût être soupçonnée... Ah ! continua-t-elle en se levant, frémissante d'indignation, vous ne voulez pas accuser madame Bonne de Berry, peut-être? Si vous voulez me faire votre cour en flattant mes ressentiments, je vous avertis que vous faites fausse route, monsieur d'Estavayé. Ma bru, je le sais, est d'un caractère léger, étourdi, sans consistance; mais... Monsieur, monsieur ! vous faites là une œuvre indigne d'un gentilhomme... Accuser la veuve de mon fils, c'est m'accuser moi-même.

Cette véhémente sortie porta le trouble dans l'âme du traître, il essaya de balbutier quelques mots d'excuse, mais la régente, irritée, ne lui laissa pas le temps de répondre et poursuivit, en mettant dans sa voix un accent de mépris écrasant :

— Faut-il, monsieur, que je me souvienne du rôle joué par vous dans la lutte pour la régence? Trahissiez-vous déjà, en ce temps-là, votre maîtresse ?

Elle s'arrêta, craignant d'aller trop loin, car elle avait besoin de cet homme et voulait le ménager. Aussi reprit-elle, en adoucissant les éclats de sa voix :

— Allons, monsieur, suivez-moi. Le bourreau va géhenner ce pauvre apothicaire, et je veux être là pour entendre les aveux du patient.

Gérard lui présenta son bras, l'invitant à s'y apuyer :

— Appelez mon page, dit-elle sèchement, et attendez que je requière vos services, avant de me les offrir.

Ces fières paroles achevèrent de déconcerter le seigneur. Dès ce moment la perte de Grandson à qui Gérard imputait ces humiliations, fut résolue. Ils descendirent un escalier étroit et ne tardèrent pas à pénétrer dans une pièce octogone éclairée seulement par un soupirail et creusée dans les fondations de la Tour de la Trésorerie.

Cette chambre, dont les murailles noirâtres suintaient l'humidité, présentait un aspect qui eût obligé les plus braves à reculer. Aux parois, accrochés à des clous, ou suspendus à des crocs, s'étalaient un grand nombre de hideux instruments : tenailles, chaînes de fer, pinces, marteaux, barres, pointes aigües, étrilles d'aciers, couperets et coutelas. Dans un angle, un chevalet se dressait, grèle, informe, sur ses quatre pieds; ailleurs c'était une chappe de plomb, en forme de cloche, un étau, l'attirail nécessaire au supplice de l'estrapade, des pots et des pintes pour la question de l'eau. Cette chambre était, en effet, la chambre de torture.

Dans un coin, brillait un fourneau que soufflait un homme accroupi. Ce personnage, aux proportions herculéennes, aux membres musculeux couverts de poils roux, n'avait pour tous vêtements qu'une casaque et un caleçon de toile. Son visage sinistre, couronné d'une forêt de cheveux emmêlés, reluisait aux reflets sanglants de la flamme. Un autre individu, vêtu comme lui, mais dont la physionomie avait encore une expression plus fière et plus ignoble, préparait l'appareil nécessaire à la question. Il étendit d'abord sur le plancher raboteux de la pièce, un plateau épais en bois de chêne, percé aux quatre coins de larges trous destinés à passer les chaînes. Puis il fit chauffer dans le réchaud les tenailles, des pinces, et remplit d'huile un pot de terre et un autre vase, d'eau glacée.

Un juge et un greffier, tous deux vêtus de robes rouges, assis devant une table, examinaient d'un œil curieux ces différents préparatifs.

La comtesse alla se cacher derrière un rideau de serge tendu sur une niche étroite et fit signe à d'Estravayé de s'asseoir auprès d'elle. De là elle pouvait tout voir et tout entendre sans être vue.

— Es-tu prêt, maître Johannod? demanda alors un des hommes en robe rouge.

— Oui, messire, dit le bourreau d'un air satisfait.

— Eh bien ! qu'on aille chercher l'accusé.

Quelques instants plus tard, Pierre de Lompnes apparut, garroté, entre quatre archers de la prévôté; c'était un vieillard d'environ soixante ans, à l'œil éteint, grèle, malingre. Il considéra en frissonnant cette chambre

pleine d'objets épouvantables, reporta son regard sur le juge, sur d'Estavayé, sembla se demander si derrière le rideau de serge il n'y avait personne, et voyant enfin, près de lui, les deux tortureurs, il poussa un cri
effroyable. Sauf madame de Bourbon, qui tremblait, les spectateurs de cette
scène restèrent impassibles.

— Approchez, dit le juge.

Il feuilleta, pour se donner une contenance, quelques feuillets de parchemin, se consulta à voix basse avec son greffier et poursuivit :

— Comment vous nommez-vous ?

— Pierre de Lompnes... Oh ! messire, je suis innocent... Je vous le jure,
par le Christ mort pour la Rédemption des hommes !... Par la Vierge
Marie ! Par ce qu'il y a de plus sacré en ce monde et dans l'autre ! Je suis
innocent... je suis innocent !... ne me faites pas souffrir...

— Quelle profession exercez-vous ? interrogea l'homme de justice sans
paraître avoir entendu les supplications du malheureux, et du même accent
monotone.

— Je suis apothicaire juré, à l'enseigne du *Mercure de Sinople*, rue
Couverte..., honorablement connu, j'ose le dire, et mes clients appar-
tiennent tous à la noblesse. Demandez au seigneur de la Chambre, au
comte...

— Et à messire de Grandson, interrompit le greffier d'un ton ironique.

— Niez-vous, continua le juge, d'avoir malement empoisonné ou du
moins préparé de vos mains, par maléfice, conjurations et sortilèges, le
poison qui fut donné à notre feu prince et redouté seigneur le comte
Amédée, VIIe du nom, méchamment mis à mort en son... en sa résidence de
Ripaille, ou d'avoir été complice de ce régicide ?

— Je le nie. Le feu comte mourut de sa mort naturelle.

— C'est bien. Bourreau, fais ton office.

Alors, malgré les cris et les objurgations de Lompnes, Johannod et son
aide se ruèrent sur leur proie, l'enlevèrent, la couchèrent sur le plateau
de chêne où, peu de secondes après, le vieillard se trouvait solidement
attaché, les bras en croix, les jambes écartées, dépouillé de tous ses vêtements.

— Tu crieras bien plus fort, tout à l'heure ! dit le valet du bourreau.

Les juges daignèrent sourire à cette atroce plaisanterie.

Johannod tira du réchaud une tige de fer rougie à blanc et, sans autre
préparation, l'appliqua sur la poitrine du patient. Une épaisse fumée s'é-
leva, les chairs grésillèrent, leur odeur nauséabonde imprégna l'atmosphère.
Pierre de Lompnes poussa un rauque gémissement et serra les lèvres,
comme pour ne pas laisser échapper son secret.

— Allez ! dit le juge.

Une seconde fois la barre incandescente lacéra les chairs de la victime et pénétra jusqu'à l'os. Cette fois la douleur fut si vive que Pierre exhala un cri strident, lamentable. Son corps tressaillit et se tendit, si bien que l'on eût cru voir les cordes se rompre. Mais aux questions de ses bourreaux, le vieillard ne répondit que par un silence obstiné.

— Jamais je n'ai vu pareil entêtement, s'écria Johannod d'un ton bourru. D'ordinaire les coupables avouent au second coup.

— Je ne suis pas coupable ! rugit Pierre en faisant un effort.

— Tout doux, mon ami ! tout doux, reprit l'exécuteur, réservez vos forces pour le reste.

Il saisit une paire de tenailles, l'approcha du bras du patient, et les lèvres aigües de l'instrument mordirent la peau, enlevant un lambeau de chair à demi consumée. Pierre s'évanouit. Johannod saisit un vase plein d'eau et la lui lança au visage. Mais les traits contractés, les yeux crispés de fibrilles rouges de la victime, annonçaient qu'elle allait mourir.

Il y eut un instant de trêve.

— Préparez les brodequins, dit le juge.

— Les brodequins !... répéta une voix terrifiée.

— Oui, mon mignon, riposta le bourreau en ricanant. Si tu ne me parles pas, avec ces chaussures aux pieds, je veux que le diable m'emporte ? C'est un charmant instrument qui broie les os des jambes en trois minutes. Si bien que la viande, les nerfs, les muscles, les tendons sont réduits en bouillie avec le sang et les moelles...

— Oh !... balbutia l'apothicaire, quel affreux cauchemar...

Puis, sous le poids d'une terreur indicible, à la pensée des douleurs effroyables qu'il devait encore subir après avoir déjà tant souffert, il se mit à crier d'une voix entrecoupée :

— J'avoue... j'a...voue.

— Vous avouez ? dit le juge qui s'approcha vivement.

Pierre sentit son courage faiblir. Ne pouvant parler, il fit un signe affirmatif.

— Ainsi, reprit le juge en ordonnant d'un geste au greffier d'écrire, vous avouez que feu monseigneur Amédée VII de Savoie a été méchamment mis à mort ?

— Oui.

— Par le conseil et sur l'ordre exprès de monsieur le prince d'Achaïe, par le conseil et sur l'ordre exprès d'Othon de Grandson, seigneur de Sainte-Croix et d'Aubonne.

L'apothicaire hésita.

— Johannod, dit le juge, va prendre tes lanières à pointes d'acier et déchire les côtes de ce misérable, s'il refuse de parler !

— Oui, cria Pierre, fou de rage et d'effroi, oui ! oui ! j'avoue.

— C'est bien : Johannod, attendons à plus tard. Le crime, poursuivit-il en se tournant du côté du patient, toujours couché à ses pieds et sur le corps chétif duquel tombait d'aplomb un rayon de soleil rougissant ses membres pentelants, avisant ses plaies d'où coulait un sang noir, le crime a été perpétré par le mire Grandville, et le poison préparé par vos mains ?

— Oui !

— De quelle nature était ce poison ? végétal ?

— Oui.

— Cela suffit. Johannod, déliez le coupable, et vous, archers, ramenez-le dans son cachot.

On emporta Pierre de Lompnes évanoui, plus semblable à un cadavre inerte qu'à un homme vivant. Lorsque la comtesse Bonne sortit de sa cachette, elle était livide, affaissée sur elle-même.

— Oh ! murmura-t-elle, ce Grandson !... Est-ce possible?... Qui jamais eût cru cela de monsieur de Grandson ?

Gérard d'Estavayé jouissait de son triomphe.

— Vous l'allez faire prendre, madame, dit-il avec un affreux sourire, et tout Grandson qu'il soit, maître Johannod l'accommodera...

— Vipère ! s'écria la comtesse, va-t-en ! Non, je ne veux pas qu'un prince de ma famille, un seigneur illustre par ses ancêtres et dans les veines duquel coule un sang presque royal meure sur le plancher d'un échafaud.

— Ah ! pensa le misérable en redevenant sombre, ma vengeance m'échappe. Satan ! viens à mon aide.

En effet, Othon de Grandson était un fort grand seigneur. Son père Guillaume, après avoir armé chevalier le Comte-Vert sur un champ de bataille, le suivit dans son expédition en Orient, et se signala au siége de Mesembrie ; compris dans la première création des membres de l'ordre du Collier, il en remit les insignes au Comte-Rouge, et, parvenu à une extrême vieillesse, il put encore, la veille de sa mort, faire chevalier le jeune comte Amédée VIII au berceau. Marié avec Blanche de Savoie, fille du baron de Vaud, il était le parent de tous les souverains catholiques de l'Europe, de tous les grands seigneurs feudataires de la couronne de France.

Du reste, la maison de Grandson descendait d'un comte de Vaud, Lambert, lequel vivait au temps du roi Rodolphe-le-Fainéant, vers l'an 1011, et fut l'aïeul de cet évêque de Lausanne qui, durant le schisme des simoniaques, soutint l'antipape Guibert et disparut si subitement que l'on crut que le diable l'avait emporté. Les biens de cette famille s'étendaient de Boudry à Montricher, sur une étendue de quinze lieues, et comprenaient les seigneuries de Cossonay, de Vuflens, de Mont, d'Aubonne, le château de Surpierre, la vallée de Joux et l'abbaye du même nom, fondée en 1140.

Au XIIe siècle, Edbald de Grandson eut de grands démêlés avec les monastères environnants, et ces querelles donnèrent lieu à plus d'un incident dramatique. Il fut la tige des branches de Champvent, de la Sarraz, de Belmont, de Montricher. La seconde eut en partage le château de la Sarraz, de vastes domaines et la vallée du lac de Joux, par diplôme de l'empereur Frédéric Ier, en date du 26 août 1186, et qu'ils revendirent à Louis de Savoie, baron de Vaud, le 24 avril 1344.

Bonne de Bourbon avait dit la vérité. Il était impossible de condamner Grandson ; c'eût été soulever contre elle toute la noblesse de Savoie. La même difficulté subsistait pour le prince d'Achaïe. Né sur les marches du trône, possédant une fortune colossale, des vassaux nombreux, il se fût énergiquement défendu, au risque de provoquer une guerre civile. D'un autre côté, il importait de venger la mort du Comte-Rouge, victime d'une infâme conspiration, du moins la régente le croyait. De bonne foi, elle admettait les aveux arrachés par la torture à Pierre de Lompnes, n'imaginant pas qu'un homme pût mentir, et mentir à son préjudice, même vaincu par la douleur. Elle pensa que cette proie suffirait à la justice humaine, s'en remettant à Dieu de compléter sa vengeance, dans ce monde ou dans l'éternité.

Le malheureux apothicaire fut donc ramené dans son cachot. On lui prodigua les soins, afin que le supplice pût se prolonger au gré du bourreau. Il resta près d'un mois dans l'incertitude sur son sort. Eût-il été coupable, les angoisses qui l'assaillirent pendant ces trente jours d'isolement, les alternatives d'espérance et de désespoir par lesquelles il passa eussent largement suffi à l'expiation du crime. Enfin on le tira de sa solitude. Il était vieilli, méconnaissable. On lui fit encore subir divers interrogatoires. Se voyant perdu, le malheureux rétracta ses aveux. A trois reprises on lui fit subir encore la question. L'estrapade ne lui arracha d'autre aveu que celui de son innocence. Il résista au chevalet, sorte de banc à angles tranchants, sur lequel on le mit à cheval avec des poids de trente livres aux pieds. Enfin on le coucha sur des poutres, étroitement garrotté ; puis on lui versa dans la bouche, au moyen d'un entonnoir une quantité d'eau... Son énergie fut vaincue par les offres de ce dernier supplice. Il avoua de nouveau, chargeant Grandson, le prince Amé, le physicien.

Il fut alors condamné au supplice des régicides.

La régente ne voulut pas qu'il pût échapper à la mort. La coutume ordonnait que, si le prince ou l'un des siens rencontrait le condamné, il lui fît grâce. Elle partit pour son château du Bourget, emmenant avec elle le jeune comte Amédée VIII. Une autre coutume voulait, si une jeune fille, de bonnes mœurs, déclarait consentir à épouser sur le champ le condamné, celui-ci devait être remis en liberté, sans caution. La sentence prévit ce cas et fit une exception. L'innocent était donc perdu sans ressources.

Il demanda un confesseur. On le lui refusa d'abord, suivant la loi, mais la régente se souvint que son neveu Charles VI de France avait aboli cette loi inique dans ses Etats, et elle permit à un religieux d'aller porter au moribond les dernières consolations, de recevoir l'aveu de ses fautes et de lui faciliter le passage de cette vie à l'autre en le reconfortant par l'absolution.

VII

COMMENT LE MIRE JEHAN DE GRANDVILLE S'ÉTANT MONTRÉ PAR TROP

CURIEUX, FUT PUNI DE CETTE CURIOSITÉ.

Derrière le palais de justice de Chambéry, monument d'une architecture lourde et sans grandeur, bâti par un piémontais, s'étend une vaste promenade, plantée de beaux arbres, limitée d'un côté par le lit de la rivière de Leysse, et dont une partie fut récemment transformée, par une fantaisie des édiles, en un petit square fort insignifiant. Cet endroit se nomme le Verney, ce qui correspond en français d'aujourd'hui à aunaie, l'aune se nommant *verne* en patois savoyard.

Le Verney fut acheté en 1376 par Amédée VI, le Comte-Vert. Il appartenait aux hoirs Héritiers auxquels les syndics s'engagèrent à payer une rente annuelle de quinze sous. Ils devaient aussi les servir à un commandeur du Temple. Devenu un *promenoir aux bourgeois,* il fut défendu aux femmes de mauvaise vie d'y paraître, sous peine d'être attachées au pilori et fouettées publiquement.

Le 25 juillet 1393, une multitude immense couvrait les abords du Verney et circulait sous les arbres de la promenade, paraissant agitée par une vive et profonde émotion. Les éléments de cette foule étaient ceux de toutes les foules ; c'est-à-dire que toutes les classes de la société, les classes laborieuses surtout y étaient représentées. Un grand nombre d'enfants couraient çà et là, poussant des cris et des rires joyeux.

Des marchands, attablés devant leurs éventaires, débitaient à foison des gâteaux, de petits pâtés de viande, des cassemulseaux, que les amateurs — et ils se pressaient que c'était merveille — arrosaient du vin blanc, léger, capiteux, des abîmes de Myans et d'Apremont.

Or, le matin de ce même jour, un héraut d'armes, accompagné d'un trompette, avait parcouru les rues de Chambéry, s'arrêtant aux carrefours et là, déployant une pancarte de parchemin qu'il lisait à voix haute, après les appels multipliés du trompette, appels qui faisaient sortir les ouvriers de leurs ateliers, les marchands et les apprentis de leurs boutiques, les écoliers de leurs mansardes, les bourgeois de leurs maisons. La pancarte contenait ceci :

— Oyez ! oyez !

«Bourgeois et manants de la bonne ville et franche cité de Chambéry, c'est pour vous faire assavoir que Pierre de Lompnes, maître apothicaire juré, à l'enseigne du *Mercure d'or*, et habitant d'icelle, atteint et convaincu des crimes de lèse-majesté, haute trahison et meurtre par le poison sur la personne de très-haut et puissant prince Amé VIIᵉ du nom, comte de Savoie, Nice et Vintimille, duc de Chablais et d'Aoste, baron de Faucigny, de Vaud et de Gex, seigneur d'Ivrée, de Barcelonnette, de Coni, de Chivas, de Bresse, marquis de Suze et d'Italie, prince de Piémont et du Saint-Empire, feu notre seigneur et maître, sera cette vesprée, à trois heures de relevée, décapité sur le Verney, madame la régente lui ayant fait grâce de l'écartellement — et après, son corps coupé en quartiers, salé, et chacun desdits quartiers portés à Bourg en Bresse, à Turin, à Moudon, afin d'inspirer l'horreur du crime et la terreur du châtiment.

Car tel est notre bon plaisir.

Signé : *Le grand juge de Savoie*,
Pierre Goddard. »

Et les habitants de la bonne ville et franche cité n'avaient eu garde de manquer un si beau spectacle, regrettant seulement que madame la régente en eût diminué l'attrait, par la substitution d'une simple décollation au supplice, infiniment plus long, plus atroce, et par conséquent plus agréable aux spectateurs, de l'écartellement.

L'échafaud s'élevait au centre de la promenade. Il se composait d'un plancher posé sur une charpente d'une assez grande hauteur pour que, de tous les points de la place, on pût apercevoir l'exécution. Les valets du bourreau en avaient déjà pris possession. Ils mangeaient tranquillement et buvaient de larges lampées à même une bouteille de grès au long col.

Parmi les gens errants aux abords de l'échafaud, on remarquait un homme, étranger en apparence, aux mouvements inquiets, aux allures singulières : dans ses yeux gris se reflétait un mélange d'audace et d'effroi. Son pourpoint de couleur brune, ses grègues sang de bœuf, l'épée massive qui pendait à son ceinturon de buffle et lui battait les talons, le morion bosselé qui couvrait son crâne pelé et des bords recourbés duquel s'échappaient des mêches de cheveux gris, le faisaient prendre généralement pour un soldat des compagnies franches, nouvellement arrivé de quelque bourgade obscure du Piémont.

Il examinait les visages riants de ses voisins, contemplait d'un air sombre l'estrade funèbre, et, par intervalle, serrait les poings en proférant de sourdes menaces, en un idiôme inconnu.

Des bourgeois essayèrent de lier conversation avec lui. Il les rebuta. Un groupe d'écoliers fut plus heureux. L'étranger vint se placer auprès d'eux, les regarda, frisa les poils rares de ses moustaches, défripa les plis de son haut-de-chausses, se moucha, toussa et finalement leur adressa la parole :

— Je ne savais pas, dit-il, que les exécutions se fissent ici.

— Eh ! répliqua l'un des jeunes, voici tantôt quatre ans qu'il n'y en a pas eu céans. La dernière se fit à Leschaux.

— Ah ! mais pourquoi ?...

— Pourquoi ? interrompit un autre écolier devinant la pensée du soldat. C'est afin de donner à celle-ci une plus grande solennité. Ce Pierre de Lompnes est, en vérité, un méchant criminel.

— Vous croyez ?

— Peste ! empoisonner un comte régnant !... On pend à moins. Il mérite compassion pourtant, car il a dénoncé son complice, le mire Grandville.

— Ah ! il a dénoncé le mire Grandville ? répliqua machinalement l'étranger qui devint blême. Et quelle est cette pendaison qui se fit à Leschaux, monsieur l'écolier ?

— Ce ne fut point une pendaison, mon maître. Un jour que monsieur Rodolphe de Chissé, archevêque de Tarentaise, se trouvait dans son château de Saint-Jaquemmoz, il fut étranglé avec des serviettes, et tous ses serviteurs, égorgés. C'était un prélat dont le zèle et les vertus égalaient la science. Il avait voulu faire des remontrances à divers barons de son diocèse qui menaient mauvaise vie. Or, il advint que l'on arrêta le bâtard de Chissé, Georges de Puget, clerc et bourgeois de Salins, et Jehan Cerisier. Ceux-ci, les juges les renvoyèrent quittes et absous, faute de preuves, mais un *reliour*, nommé Pierre Comblou, fut convaincu d'avoir commis l'assassinat et refusa de nommer ses complices.

— Un reliour ? interrogea l'étranger.

— Oui, un tonnelier, comme on dit au pays de France.

— Et que s'ensuivit-il ?

— Messire Pierre Goddard, le grand juge, rédigea la sentence et je la vis exécuter. Le supplice dura dix jours.

— Horreur !...

— Ce fut épouvantable, en effet, poursuivit l'écolier ému malgré lui au souvenir de ces atrocités. Le premier jour, Pierre Comblou fut conduit au fourches patibulaires de la Châtellenie, sur les buttes de Leschaux, et Johannod, le *carnifex*, lui trancha le poignet droit ; le second jour, on lui coupa le poignet gauche ; le quatrième, il fut tenaillé... Enfin on le décapita, et le cadavre, mis en quatre morceaux, fut exposé sur les portes des villes. (1).

— Ah ! fit l'étranger en essuyant la sueur qui coulait sur son front, on est bien barbare en Savoie !

— Que voulez-vous, mon maître ! le crime était énorme et l'expiation fut proportionnée au crime.

A peu de distance du groupe d'écoliers auxquels s'était joint l'inconnu ressemblant à un franc compagnon, deux cavaliers dominaient la foule du haut de leurs magnifiques chevaux. Somptueusement parés tous les deux, ils devisaient en riant. L'un, nain exigu, orné d'une bosse monstrueuse, excitait la verve railleuse de ses voisins ; son corps contrefait d'abord, son accoutrement bizarre en second lieu prêtaient, il faut l'avouer, à la moquerie. L'interlocuteur de Folario était le seigneur d'Estavayé.

— Ainsi, disait celui-ci, c'est un usage universellement reçu ?

— De donner une paire de gants au bourrel ? Certes, oui, monsieur mon ami (2). Mais, ajouta le piémontais d'un ton curieux, je ne savais pas que vous vous intéressassiez aussi vivement aux affaires de la justice. En vérité, vous y prenez un intérêt !...

— Et vous-même, seigneur Folario, vous l'ami de Grandson...

— Eh ! c'est vrai, je ne m'en dédis pas. J'aimais cet homme... seulement j'aimais davantage mon pauvre maître et ce m'est un bonheur inouï que d'assister à la décollation de son assassin. Comment !... un homme

---

(1) Tous ces détails sont rigoureusement historiques. Nous avons eu entre les mains les archives de la famille de Chissé que nous communiqua gracieusement M. le comte d'Arves, notre ami. Il existe aux archives de la Chambre des Comptes, maintenant à Turin, un état dressé par le châtelain de Chambéry, Boniface de Chalant, des frais faits pour l'exécution de Pierre de Comblou, dit le *reliour*.

(2) Vers l'an 1430, dans la ville de Caen, une truie ayant dévoré un enfant au *bers*, fut condamnée à être pendue, et le maître des œuvres reçut du vicomte de Falaise 10 sols 10 deniers et une paire de gants pour son salaire (*Essais chronologiques sur les anciens usages de la Bourgogne.*)

qui abuse d'une confiance illimitée pour verser à son souverain, traîtreusement, dans le silence de la nuit, à l'abri de ses fonctions médicales, un breuvage mortel !... C'est infâme !

Peu à peu la voix du nain s'était élevée au diapason d'une violente indignation. La foule riait, en le voyant se tordre et gesticuler, perché sur son grand alezan.

— Ah ! continua-t-il, une telle vengeance n'est pas suffisante !

— Oh ! oh ! répliqua Gérard en feignant la surprise, vous devenez bien méchant, ami Folario. C'est merveille qu'une si grande âme soit logée en un si petit corps. Mais, l'ignorez-vous, la vengeance est réservée aux tribunaux et nul ne se peut faire justice de ses propres mains.

— Au contraire, monsieur , riposta vivement le piémontais. La vengeance fut de tout temps autorisée par la loi. Ainsi la loi salique dit positivement : « Quand un homme libre aura coupé la tête à son ennemi et l'aura fichée sur un pieu devant sa maison, si quelqu'un sans son consentement ou sans la permission du magistrat, ose enlever la tête, qu'il soit puni d'une amende de six cents deniers (1). » Est-ce concluant, hein ?

— Peste ! je le crois bien, s'écria d'Estavayé en éclatant de rire, nos ancêtres ne plaisantaient pas.

— Eh ! les Germains exposaient, devant la porte des villes, dans des cages de fer les têtes de leurs ennemis, reprit le nain, fier de montrer son érudition. Ils se faisaient gloire de se venger et déclaraient lâche l'homme qui ne suivait pas la loi du talion : œil pour œil, dent pour dent !

— Les prêtres nous ont détruit ces usages ! observa Gérard d'un ton de regret.

— Tiens ! on dirait que vous ne leur pardonnez pas, monsieur d'Estavayé. Ils ont mis du temps... Ont-ils mal fait ? Vous blasphémeriez si vous disiez oui. Mais avant eux, on avait institué le werhgeld. Savez-vous ce que c'était que le werhgeld ?

— Assurément non.

— Le werhgeld ou virigeld était le prix du sang, une compensation en argent offerte aux parents des victimes par leurs meurtriers. Il est vrai, on avait la faculté de refuser...

— Heu ! vous êtes un puits de science ! ami Folario, dit d'Estavayé en saluant son compagnon.

Celui-ci se rengorgea, ripostant :

— Tête-bleu ! je le sais bien !

Trois heures moins un quart sonnèrent à l'horloge de la paroisse Saint-Léger. La foule commençait à s'impatienter. On l'obligeait d'attendre. Des

(1) Textuel.

murmures sourds commencèrent à se faire entendre, puis ces murmures se changèrent petit à petit en vociférations. L'on s'enquit des causes du retard, et comme d'Estavayé essayait de faire comprendre qu'il n'y avait pas de retard, l'exécution ayant été annoncée pour trois heures, on l'acabla de huées. Afin de prendre patience, l'on complota de ravager les jeunes plantations de la promenade : un gamin proposa d'aller prendre d'assaut la prison. Heureusement on réfléchit que tenter une semblable entreprise, c'était se priver pour ce jour-là du spectacle attendu avec tant de longanimité. Alors on se mit à chanter des pasquils, des chansons satiriques contre le comte, la régente, les ministres. Cette façon de se divertir parut fort bruyante à messieurs les archers du guet, car ils demeurèrent à leur poste, impassibles comme des soldats de pierre, et pensant peut-être — avant Mazarin — que puisque ces bons gens du populaire prenaient un si grand plaisir à chanter, ils en prendraient un non moins grand à payer force amendes en punition de leurs satires.

Soudain un silence majestueux se fit. Les cloches des paroisses tintaient lugubrement, sonnant le glas des trépassés.

Au même instant les tambours retentirent et l'on vit déboucher, auprès de l'église Saint-Dominique, par la porte du Ciseau, un cortége à l'aspect funèbre. Bien des cœurs alors palpitèrent, et une clameur immense, formée des cris exhalés par des milliers de poitrines s'éleva dans le ciel :

— Le voilà ! le voilà ! hurlaient les uns.

— Le régicide ! vociferaient les autres.

— A mort ! à mort !

Plusieurs compagnies de pertuisaniers vinrent se ranger, l'arme au poing, autour de l'échafaud. Les archers du guet s'alignèrent en deux files entre lesquelles un passage fut réservé au cortége. Cent arbalétriers venaient d'abord refoulant à droite et à gauche la multitude qui voulait briser les barrières... Les pénitents de la Miséricorde, pieds nus, ensevelis dans leurs sacs de toile noire, les suivaient, portant cierge allumé à la main. Ensuite, dans un large espace libre s'avançait le bourreau, serré dans un maillot rouge. Son glaive, à lame pesante, reposait sur son épaule. Il marchait d'un pas digne, se complaisant en lui-même, fort aise d'attirer les regards de la foule. On l'insulta, et il eut l'air de se demander si ces gens étaient fous de l'injurier ainsi.

Néanmoins, son amour-propre n'en fut pas humilié.

Le condamné marchait derrière lui, entouré des gardes de la prévoté. Le visage de Pierre de Lompnes portait les traces des navrantes angoisses qui l'étreignaient depuis quarante jours !... Chaque minute lui avait semblé une année, chaque jour, un siècle... Ses traits contractés par un mouvement nerveux, d'une pâleur blafarde, ses yeux cerclés de bistre, ses épaules voûtées, ses jambes tremblantes lui donnaient quelque ressemblance avec un agonisant. Il faisait pourtant des efforts inouïs pour relever la tête et prendre une contenance fière, grave, digne de lui, mais la douleur était plus puissante que le courage et le domptait.

Il fut accablé d'injures. Les enfants l'appelaient lâche. D'Estavayé se mit à rire et lui fit les cornes.

Il darda sur cette foule féroce un regard de feu :

— Lâche ! dit-il, vous vous trompez. Si je tremble, c'est de fièvre... si mes jambes fléchissent sous moi, c'est que j'ai subi quatre fois la géhenne. Peuple, ne jette pas l'insulte à la face de celui qui va mourir : ce n'est pas généreux !

Il fut applaudi. La foule aime cette bravoure.

Il monta d'un pas alourdi les marches qui conduisaient à la plate-forme de l'échafaud. Un moine l'escortait, en lui montrant un crucifix, lui prodiguant ces consolations suaves de la religion, source d'espérances ineffables.

En le voyant apparaître, Pierre, l'homme vêtu en manière de soldat des compagnies franches avait tressailli. Plongé dans une torpeur sans nom, il contemplait d'un œil atone ce condamné, ce bourreau, ces archers, défilant devant lui avec une lenteur solennelle. Il ouvrit la bouche, comme s'il eût voulu parler, puis dominé par une terreur invincible, il baissa la tête et des larmes brûlantes inondèrent ses joues.

— Mon Dieu ! mon Dieu ! murmura-t-il d'un ton déchirant..... sauvez-le !...

Ses voisins, les écoliers, stupéfaits, l'entendirent et se demandèrent quel crime avait commis leur mystérieux compagnon, pour être ainsi impressionné par un spectacle si ordinaire.

Lorsque Pierre de Lompnes et le bourreau furent seuls au sommet de l'échafaud et que leurs silhouettes se profilèrent sous le ciel bleu, l'un avec sa chemise blanche, l'autre avec son pourpoint rouge et son épée nue, le peuple frémit... Des cris lamentables s'élevèrent de toutes parts.

— Peuple, crois en moi, je suis innocent et je meurs innocent !...

Puis il s'approcha du billot et posa sa main sur le bloc de bois drapé de drap rouge. On vit briller un éclair rapide... on entendit un bruit mat... le poignet du malheureux sauta.

En ce moment, les yeux de Lompnes se fixèrent par hasard sur le visage de l'étranger aux grègues sang de bœuf. Aussitôt un changement rapide s'opéra en lui. Il bondit, s'échappa des mains de Johannod, agita son bras mutilé, saignant, et désignant de la main qui lui restait le prétendu soldat, rugit avec un accent plein d'une joie folle, indicible.

A petite cloche   5

— Grandville... Grandville... sauvez-moi... je suis innocent, innocent, et voilà le témoin...

Le bourreau craignit que cette tête, qui pour lui valait douze sols de salaire, ne lui échappât. Il se rua sur sa proie. Alors, entre cette victime et ce tigre à face humaine s'engagea une lutte horrible dont la foule, haletante, suivit avidement les péripéties. Enfin, grâce au secours de ses valets, il s'empara du condamné, le mit à genoux, la tête inclinée sur le billot. L'un des aides le tenait par les cheveux, l'autre par les pieds. L'épée scintilla, fendant l'air en sifflant. Puis le bourreau apparut, orgueilleux de sa victoire, au bord de l'échafaud et la tête du malheureux à la main.

— Justice est faite! glapit-il d'une voix rauque. Ainsi périssent les traîtres !...

Au même instant, Grandville fut saisi par dix mains qui se cramponnèrent à lui. Avec une force dont on l'aurait cru incapable, il se roidit, prit son élan et se trouva au centre d'un grand cercle vide. Alors il dégaîna et se lança en avant. La foule s'ouvrit pour lui laisser passage. Elle avait peur de cet homme, tant il se lisait de résolution dans ses yeux ardents.

D'Estavayé jugea le moment venu de se mettre de la partie :

— Oh! oh! cria-t-il, ne fuyez pas, maître Grandville ; si vous êtes curieux de voir exécuter votre complice, nous sommes curieux, nous, de voir la grimace que vous ferez entre les griffes de Johannod.

En faisant cabrer son cheval, il réussit à écarter le flot de populaire qui l'assaillait de tous côtés.

Grandville, se voyant perdu, se prépara à faire une résistance désespérée. Son bras s'allongea par deux fois, deux hommes tombèrent, la poitrine trouée d'un coup de revers ; il fendit une cuisse, le contre-coup ouvrit la tempe à un bourgeois. Gérard fondit sur le mire... il allait le saisir, lorsqu'il sentit son cheval se dérober sous lui :

— Quittez les étriers! cria une voix grêle, quittez les étriers, votre bête va choir... L'homme lui a taillé le jarret...

— Ah ça! poursuivit cette voix, vous êtes donc enragé, monsieur de Grandville... Où donc avez-vous appris le métier de boucher ?

Le médecin fut pris entre deux feux. Gérard d'un côté, Folario de l'autre couraient sur lui, l'épée haute. La foule, muraille vivante, l'enserrait dans une barrière infranchissable. Il redressa la tête, jeta son épée loin de lui et s'avança vers le seigneur :

— Je me rends, dit-il simplement.

Le peuple se mit à rire. Il avait eu peur et se vengeait d'avoir eu peur.

Grandville fut remis aux mains des archers.

Pendant ce temps, Johannod coupait le corps de sa victime en quatre quartiers. Les archives de Vaud possèdent un acte sur parchemin, constatant que la ville de Moudon paya sept écus au messager Thomasset, lequel apporta un de ces quartiers, salé et ficelé, dans une peau de chèvre, pour être exposé sur la place principale.

VIII

COMME QUOI LE MIRE GRANDVILLE AYANT TRAVAILLÉ TRENTE ANS SANS ÉCONOMI-
SER UN LIARD , DEVINT RICHE EN UN QUART D'HEURE, CE DONT IL NE PROFITA
GUÈRE.

Le guichetier conduisit Grandville dans un cachot, encore imprégné d'é-
manations humaines, sombre, obscur, clos par une lourde porte ferrée. Le
médecin vit, dans un coin, un lit de paille sur lequel se moulait encore la
forme d'un corps ; sur une pierre humide, un morceau de pain noir ; dans
une cruche de terre, un peu d'eau croupie.

— Voilà! dit le geôlier d'un ton bourru. Le pauvre Pierre a quitté ce logis il y a moins d'une heure... Demain je vous apporterai du pain et de
l'eau fraîche. En attendant, mangez et buvez.

Et il sortit en repoussant les verrous qui grincèrent avec un bruit rauque. Ainsi, Grandville succédait à celui dont il était venu contempler le
martyre, poussé par une invincible curiosité, semblable au phalène qui
vient se brûler les ailes à la flamme d'une lampe. Il s'assit, cacha sa tête
dans ses mains et réfléchit. Les événements de sa vie se déroulèrent devant
lui comme un rêve. La mort du comte Rouge se dessina, à ses yeux, en

traits de feu. Il en médita toutes les circonstances, essayant de faire jaillir la lumière du choc de ces obscurités. Puis il se lassa de ce travail inutile. Son sort, il le savait, devait être celui de son prétendu complice, la mort. Il parvint à l'envisager sans crainte ; mais supporterait-il sans faillir les angoisses de la torture ? A cette pensée, le malheureux frissonna.

Séparé du reste des vivants, il ne devait plus entendre d'autre voix que celle de son gardien, des juges et du bourreau !... Comment préparer sa défense, isolé comme il l'était, retranché du nombre des vivants ? Quels témoins appellerait-il à son aide ? Pierre de Lompnes ? Il l'avait laissé mourir. Grandson ? Il était en Angleterre. Le prince d'Achaïe ? Ne serait-ce pas se compromettre soi-même que de solliciter l'intervention d'un si haut personnage, innocent, fût-il coupable, de par la raison d'Etat !... Il se trouvait donc seul en face des juges. Seul ! on affirmait le crime; il le niait. On n'était point obligé de lui prouver qu'il l'avait commis. Il était obligé, lui, de prouver qu'il ne l'avait point commis. Sur quoi se fonder pour repousser l'accusation ? S'il n'eût pas été marié, il eût pu se réclamer de l'autorité ecclésiastique en qualité de clerc, mais étranger à l'Europe, élève des écoles africaines, il ignorait naguère les priviléges et les droits du médecin. Néanmoins il fit des efforts inouis pour se composer un système de défense, réunissant un faisceau de détails, de menues circonstances, préparant des difficultés, se formant à la discussion et se promit enfin d'embarrasser les juges, ne pouvant les convaincre.

Familiarisé avec ces tristes pensées, il vint à songer à sa femme, à ses enfants qu'il ne reverrait plus, et cet homme qui pesait froidement ses chances de salut, qui s'interrogeait sans effroi et ne craignait plus la mort, sentit des pleurs humecter ses paupières. Tout son courage s'évanouit, ses nobles résolutions disparurent :

— Ah ! s'écria-t-il en sanglotant, plutôt être voué pour jamais à l'infamie que d'abandonner ces créatures et cette vie que leurs caresses embellissent.

Ces alternatives de faiblesse et d'énergie durèrent jusqu'à la nuit. Cette lutte contre lui-même l'exténua. Il se laissa tomber sur la paille, accablé de fatigue, et s'endormit. Le bruit du pène claquant dans la serrure, des verrous jouant dans leur gâche, des chaînes cliquetant sur les murailles, de la porte criant sur ses gonds, l'éveilla en sursaut. Il se leva sur son séant et vit son cachot inondé de lumière. Le guichetier, une torche à la main, entra précédant un inconnu, enveloppé dans une cape à plis serrés, dont le capuchon se rabattait sur son visage comme la cagoule d'un moine. Le gardien ficha sa torche entre deux fragments de pierre, salua et sortit, refermant soigneusement la barrière qui s'élevait entre son prisonnier et la liberté.

Grandville examina longuement son visiteur, après avoir fait disparaître de son visage toute trace d'émotion. Puis, d'une voix tranquille, il lui dit :

— Ah !... Déjà ?... Etes-vous le juge, messire ?

L'inconnu se démasqua. Le médecin reconnut Gérard d'Estavayé. Il fit un pas en avant, égaré par la colère : cet homme, de seigneur, s'était fait sbire pour l'arrêter. Le chevalier tira de sa gaîne une dague à la lance acérée :

— Tout beau, monsieur de Grandville, dit-il en souriant et d'un ton railleur. Calmez-vous, je viens pour vous rendre service.

— Je ne veux rien de vous.

— Pourquoi donc ? Par ce que je vous ai mis la main au collet ? mais, cher ami, eussiez-vous préféré avoir affaire à quelque brutal ?... Allons donc ! nous allons redevenir compère et compagnon, savant mire ! Ecoutez.

Le prisonnier se coucha sur son lit de paille. Le seigneur plia son manteau, le posa sur un fragment de pavé et s'assit.

— J'écoute, dit Grandville, impatient d'en finir.

— Vous avez une femme et des enfants, monsieur de Grandville.

— Oui, répliqua le mire d'une voix étouffée, une femme et des enfants, monsieur d'Estavayé... deux filles, deux pauvres filles, jeunes et belles, qui n'auront pour dot que la misère et l'infamie d'un nom voué à l'exécration de la postérité.

— Oh ! oh ! vous voyez bien que j'ai sagement fait de vous venir voir ! Vous n'êtes donc pas riche, mon cher physicien ?

— Non. La science n'enrichit pas encore.

— Pas toujours. Eh bien ! vous pouvez le devenir.

— Ne raillez pas, messire, s'écria le prisonnier, ne raillez pas... C'est un péché mortel que d'insulter au malheur !...

— Je parle sérieusement... très-sérieusement, croyez-moi, reprit d'Estavayé en pesant sur les mots. Je puis, si vous le voulez, réparer les torts de la fortune à votre égard. Que diriez-vous d'un capital de deux mille florins, soit quarante mille livres argent de France (1).

Il s'arrêta pour examiner l'effet de sa proposition.

— Eh ! rugit Grandville au comble de l'agitation, que ferai-je de la richesse, n'ayant pour avenir qu'une mort ignominieuse... Deux mille florins...

Gérard attendit un instant et reprit en voyant les traits de son interlocuteur s'animer peu à peu :

— Tout autant mon compère !... Et... ce n'est pas tout.

— Comment ?...

_____

(1) Environ 85,000 francs de notre monnaie.

— Vous aurez la vie sauve !...

Une joie folle illumina le visage du prisonnier. Il s'élança et vint tomber, délirant, aux pieds du chevalier. Celui-ci, toujours calme, le regardait avec son mauvais sourire :

— Cela vous ferait donc bien plaisir, cher monsieur de Grandville, de n'avoir pas le poingt coupé et la tête tranchée comme ce pauvre Pierre de Lompnes ? Eh ! eh !

— Ah !... balbutiait le médecin d'une voix entrecoupée... la vie sauve... une fortune !... Je serai votre homme lige... votre serviteur... votre chien, monseigneur !... J'empoisonnerai vos ennemis... Je ferai tout... oui, tout ! tout pour vous plaire, pour me rendre utile...

— Fi ! interrompit Gérard, que me dites-vous là ! monsieur de Grandville. Si je vous tire d'ici, croyez-le, ce n'est point pour abuser des droits que me donnera votre reconnaissance. Non. Je n'ai aucun ennemi à faire empoisonner.

— A quelles conditions ?

— C'est bien simple. Il suffira de prononcer une phrase.

Grandville fixa un regard épouvanté sur le félon seigneur. Il commençait à douter. Tant de bienfaits, en échange de quelques paroles ? Il voyait le marché trop à son avantage.

— Ecoutez, poursuivit d'Estavayé. Demain, le grand juge de Savoie, Pierre Goddard, viendra vous interroger. Vous répondrez négativement à toutes ses questions. Après-demain, l'on viendra vous chercher ; l'on vous conduira à la chambre de torture, dans la tour de la Trésorerie.

— Ah ! cria Grandville, la torture !...

— Oui.

— Mais si je succombe !

— Au pis-aller, vous enrichissez votre femme et vos filles, mais n'ayez crainte : je serai là. Maître Johannod est prévenu, vous souffrirez le moins possible.

— Mais pourquoi la question ? objecta Grandville médiocrement rassuré.

— Parce que si vous disiez ailleurs que sur sur le chevalet ce que je veux que vous disiez, l'on ne vous croirait pas.

— Il le faut donc ? murmura Grandville résigné.

— Il le faut.

Il y eut un nouveau moment de silence :

— Et que dois-je dire ? demanda le médecin, tremblant, car il soupçonnait que ces paroles devaient être d'une haute gravité pour qu'elles fussent aussi largement payées.

— Vous avouerez, répliqua Gérard en épiant sur la figure du prisonnier l'effet produit par ses mots, que vous êtes coupable ; vous avouerez que vous avez cédé aux sollicitations pressantes de monsieur Othon de Grandson, lequel — rappelez-vous bien ceci — servait d'intermédiaire entre vous et...

— Et? demanda Grandville, haletant.

— Et madame Bonne de Bourbon, mère de la victime.

Le médecin bondit, emporté par un mouvement sublime d'indignation.

— Ah ! s'écria-t-il, je ne dirai pas cela !

— Vous le direz, monsieur, riposta froidement le traître, et vous ajouterez que madame de Bourbon vous a donné dix mille florins pour... supprimer... l'obstacle dressé entre elle et le trône. Vous le répèterez à différentes reprises, avec serment ; vous imaginerez les détails les plus vraisemblables, personne ne sera là pour vous contredire ; avez-vous bien compris?

— Je ne le dirai pas, car c'est faux !

— J'ai besoin que ce soit vrai. Choisissez donc, maître Grandville : la richesse, la vie heureuse, ignorée dans quelque coin du monde, ou la mort, la mort ignominieuse, comme vous le disiez tout à l'heure, et pour héritage à vos enfants, la misère, l'infamie.

Grandville tomba dans une profonde méditation ; son intérêt, ses instincts lui disaient d'accepter ; l'homme se cramponnait à l'existence ; il faut beaucoup d'abnégation pour s'offrir en holocauste. Sa conscience lui disait de refuser : on lui demandait un crime plus grand encore que celui dont il était injustement accusé :

— J'ai tout prévu, reprit Gérard. Vous êtes innocent de la mort du comte Amé VII, je le sais. Mais vous pratiquez, en secret, l'abominable religion de Mahomet, et si, par hasard, vous êtes acquitté du premier chef, je fournirais des preuves irréfragables du second. Seulement, au lieu d'être simplement décapité, vous seriez brûlé vif.

— Mais, dit Grandville hésitant encore, vous haïssez donc bien madame la régente et le seigneur de Grandson.

— Ils m'ont nui : je ne pardonne jamais.

Le médecin ne pouvait se résoudre à parler.

— Ah! dit Gérard, dépêchez-vous de me répondre, mon cher ami. Le temps presse et votre geôlier va me venir chercher.

— Quelle garantie me donnez-vous?

— Mon honneur de gentilhomme.

Grandville se mit à rire et lui jeta un regard expressif :

— Je puis mentir pour me venger, s'écria d'Estavayé en se mordant les lèvres de rage, mais je ne saurai m'abaisser à mentir pour un homme de ta sorte, mire. J'ai promis, et ma parole vaut les meilleurs parchemins.

— Je consens, dit Grandville en jetant un regard vers le ciel.

Gérard d'Estavayé ne put réprimer un mouvement de surprise.

Un pas pressant retentit sur les dalles du corridor.

— Voici le geôlier, dit-il précipitamment. A demain, cher ami.

— A demain ?

— C'est entendu ?

— Parfaitement. Vous serez content de moi.

Gérard d'Estavayé se retira, heureux d'avoir si bien réussi dans ses négociations, tandis qu'il s'attendait à échouer. Rien ne le séparait plus de sa vengeance. Elle serait complète. Son odieux rival, à jamais déshonoré, ne reviendrait de son exil que pour mourir, attaché au pilori. Et si la faiblesse des juges préservait Bonne de Bourbon d'un jugement infâme, le soupçon du moins empoisonnerait à tout jamais sa vie, et l'histoire la marquerait d'une tache indélébile. C'était une belle vengeance, et d'Estavayé ressentait une joie infernale.

Grandville, resté seul, pleura. Son dévouement à son maître, le prince d'Achaïe, lui avait suggéré une bonne pensée.

Il fut interrogé le lendemain par le grand juge et nia toute participation au crime. Le surlendemain, il fut conduit à la chambre de torture et soumis au même traitement que l'infortuné de Lompnes. Gérard était là, ne perdant pas de vue un seul des gestes du patient, écoutant chacune de ses paroles. Grandville subit la question sans pousser un cri, sans exhaler une plainte. Pendant trois jours il fut tenaillé, rompu à coups de maillets de fer. Enfin, rendu fou par la douleur, il remplit sa promesse, accusa Grandson, la régente, d'Estavayé lui-même.

Effrayé, Pierre Goddard le fit reconduire dans sa prison ; le soir, deux bourreaux pénétrèrent auprès de lui et l'étranglèrent. Puis le grand juge fit brûler en sa présence toutes les pièces de la procédure. Il avait craint d'effleurer un secret d'Etat. Il est parfois des criminels si haut placés que la justice humaine ne peut les atteindre. Interrogé, le geôlier de Grandville avoua qu'il avait introduit le seigneur d'Estavayé auprès du prisonnier et répéta ce qu'il avait entendu de leur entretien. Cette affaire prenait des proportions terribles. Il pouvait s'en suivre une guerre civile. Pierre Goddard ne voulut point assumer sur sa tête une aussi terrible responsabilité. Il alla tout raconter à la régente.

Que se passa-t-il entre eux ? L'histoire n'en dit rien.

Quelques jours plus tard, Bonne de Bourbon manda au château l'ennemi de Grandson. Gérard d'Estavayé, furieux de voir encore sa vengeance lui échapper, vint avec un maintien arrogant, disposé à faire sentir sa puissance. Il ignorait la mort de Grandville et l'issue de ses machinations :

— Monsieur, lui dit la régente avec un accent qui le glaça d'effroi, il y a des gens qui, pour avoir trop parlé, meurent, c'est ce qui vient d'arriver à ce pauvre Grandville... Quant aux gens qui font parler les autres, on les tire à quatre chevaux... Ma clémence vous épargne ce châtiment. Vous allez partir sur-le-champ pour votre manoir d'Estavayé. Je vous défends de reparaître en ma présence... Et si quelqu'un soupçonne la cause de votre exil, vous pouvez dès ce jour-là vous préparer à mourir. Allez.

Elle le congédia par un geste royal. Gérard fut atterré. Il ne sut que répondre et s'enfuit.

En descendant le grand escalier, il rencontra messire Pierre Goddard, dont la robe d'écarlate, fourrée d'hermine, traînait sur les degrés de marbre. Le visage du grand juge prit, en voyant le chevalier, une expression de commisération profonde.

— Eh ! dit-il en arrêtant au passage d'Estavayé qui fit des efforts inouïs pour sourire, que m'apprend-on, messire ? Que votre seigneurie quitte la cour pour s'aller renfermer en son castel sur les bords du lac ?

— Oui, ma santé s'altère et... j'ai besoin de repos, monsieur le grand juge.

— Les marais, n'est-ce pas ? Cette ville de Chambéry est bâtie sur l'eau. Véritablement, il faudra que madame la régente voie à réparer cela, sinon la cour va se dépeupler.

Sur quoi, les deux interlocuteurs échangèrent un salut et se séparèrent.

Dans le vestibule, un jeune homme, écuyer du feu comte, vint au-devant de l'exilé qui sentait sa rage accroître de toutes ces rencontres ménagées par un hasard malicieux.

— Eh bien ! mon cher ami, s'écria le jeune seigneur, vous savez l'accident arrivé à ce pauvre Grandville ? au moment où il allait être renvoyé absous, il est mort subitement dans sa prison.

— Oui, oui, je sais cela, mon cher Saluces, madame la régente vient de me l'annoncer.

— Ah ! vous avez eu l'honneur de voir madame la régente ?

— J'ai cru devoir lui faire une révérence avant de partir.

— Vous partez ? Vraiment cette nouvelle me consterne.

— Je vais à mon château ; l'air de ce pays-ci ne vaut rien pour ma santé.

— Je comprends cela. Madame d'Estavayé, du reste, doit s'ennuyer si longtemps seule. Eh bien ! bon voyage, ami Gérard.

— Adieu, cher Luquin.

Lorsque Gérard fut sorti, un autre seigneur s'approcha de Saluces et lui manifesta son étonnement d'un départ si précipité qu'il ressemblait à une fuite.

— Chut ! répliqua Luquin, il y a anguille sous roche. Ne me parlez plus de ce d'Estavayé, sans quoi je serais forcé de ne plus vous fréquenter, mon cher !

Gérard arriva chez lui dans un état voisin de la folie. Il commença par tout briser dans ses appartements. Puis des idées insensées sillonnèrent son esprit. Il voulait résister, demeurer à Chambéry, faire à la régente une guerre ouverte. Folario, accouru auprès de lui, fit des efforts inouïs pour calmer son exaltation. La colère du traître céda au raisonnement serré du fou. Il comprit qu'enfreindre les ordres de la souveraine, c'était jouer sa tête. Du paroxysme de la fureur, il tomba dans une prostration complète. Folario profita de ce moment pour activer les préparatifs du départ.

— Ah ! Folario, dit Gérard lorsqu'il vint lui annoncer que son cheval sellé, son écuyer et son page l'attendaient dans la cour, ma vengeance m'échappe, mais, je le jure, dussé-je encourir la damnation éternelle...

— Je vous aiderai, mon maître.

— Tu viens donc avec moi ?

— Ventre de biche ! refusez-vous mes services ? Que ferai-je à Chambéry ? La cour m'ennuie, la comtesse me boude... Ces beaux muguets se moquent de moi... Le petit prince méconnaît ma valeur... Par ma foi ! tous ces gens-là ne méritent que le mépris. Partons, mon maître. Il y a des forêts du côté d'Estavayé ?

— Sans doute.

— Nous chasserons, nous boirons notre meilleur vin, nous danserons avec nos vassales, nous pêcherons des poissons dans le lac. Dieu ! la belle vie que nous allons mener ! J'en suis tout hilare d'avance, monseigneur !

Le lac de Neufchâtel s'étend sur une longueur de neuf lieues. Il est bordé de charmantes petites villes : Neufchâtel d'abord, bâtie sur les dernières pentes des montagnes du Jura, dont les sommets couverts de sapins noirs s'élèvent dans les nues. Grandson, Yverdon, Estavayé, le village de Cudrefin, à quelque distance de Morat devenu célèbre par le massacre des Bourguignons, et d'Avenches, l'*Aventicum* des Romains. Le pays tout entier, y compris le Valais, appartenait, d'après l'opinion d'un de nos amis (1), aux Allobroges, et faisait partie intégrante de leur territoire. Ce n'est point ici le lieu de disserter une question aussi ardue et qui, du reste, ne saurait être de notre compétence. En 1397, année où nous reprenons notre récit, la contrée devenue depuis le canton de Neufchâtel n'offrait aucun souvenir historique, excepté pourtant les luttes entre les seigneurs laïques et les religieux. Morat ne possédait point encore son ossuaire, anéanti par les armées de la République française, au nom de la liberté; Yverdon n'était point encore célèbre par le siège fameux que soutinrent les gentilhommes de la Cuiller(1). La vie, dans ce coin du monde, à l'ombre des grandes Alpes helvétiques, était douce et paisible, vouée seulement aux paisibles travaux de l'agriculture.

Rien n'était donc comparable à ce lac limpide, semblable à un saphir

---

(1) Le savant abbé Ducis, archiviste de la Haute-Savoie.

(1) V. notre roman *Les gentilhommes de la Cuiller*.

enchâssé dans un bloc de granit, dont les vagues mignonnes, pailletées d'or par le soleil, reflétaient l'azur du ciel, et venaient expirer avec un un doux murmure sur les sables de la rive. Les montagnes, avec leurs sombres forêts, leurs pâturages plantureux, verdoyants, leurs broussailles, leurs masses granitiques, leurs rochers abrupts aux arrêtes bizarrement développées, s'élevaient, rempart colossal, entre ce lieu charmant et le reste du monde.

Les dernières pentes, plaines creusées en vallons coquets, tapissées de gazon, cachées sous des arbres touffus, coupées de cours d'eau frangés d'écume et bondissant en cascade sur des terres moussues, étaient semées de hameaux, de maisonnettes aux murailles blanches, aux toits de chaume, des villages se groupant à l'entour des châteaux, auprès des églises dont les flèches sveltes s'élançaient au-dessus des grands arbres, montrant au voyageur le symbole glorieux de l'hospitalité, cette Croix divine qui signifiait, depuis treize siècles déjà : Paix, Espérance, Amour.

Environ à une lieue de la petite ville d'Yverdon, sur les bords du lac, s'élevait une étroite cité féodale, aux rues tortueuses et dominées par un antique château. C'était Grandson. Le manoir, masse gigantesque d'une couleur dorée par le soleil, avec ses immenses murailles crénelées, ses tours rondes, coiffées de toits en poivrières, ses larges fossés remplis d'eau, émergeait du sein d'un océan de verdure, et semblait écraser, par sa grandeur majestueuse, géant en face de pygmées, les humbles maisons de bourgeois, les chétifs logis de marchands, les pauvres cabanes de pêcheurs de la ville étalée à ses pieds.

De l'autre côté du lac, large à peu près de quatre milles, se dressait, couronnant une éminence, le vaste château d'Estavayé son rival, nid d'aigle entouré de nids de passereaux, forteresse protégeant aussi une cité.

Le château d'Estavayé, bâti à différentes époques, présentait un mélange de différentes architectures, depuis le style romain jusqu'au genre gothique importé de Palestine par les croisés, disent les uns, innové par les francs-maçons d'Allemagne, élèves d'Erwyn de Steinbach, disent les autres. Ainsi le corps de logis construit en terrasse sur le lac, offrait une double rangée de fenêtres lancéolées terminées à l'angle supérieur par le trèfle symbolique à trois feuilles découpées dans une pierre blanche ainsi que les menues colonnettes, les nervures feuillagées des meneaux et l'élégante balustrade ouvrée à jour. Au centre, un large balcon se suspendait sur l'eau bleue, avec son dais fleuronné, ses flèches ajourées, véritable dentelle, admirable d'élégance et de légéreté. Deux tourelles rondes, encorbellées, aux toits aigus couverts d'ardoises placées en écaille, flanquaient les angles de cette construction, affectée spécialement au seigneur et à sa famille. L'ancien manoir, lourd bâtiment entouré d'arcades basses, aux fenêtres cintrées, servait de logis aux officiers de la maison. Les hommes d'armes habitaient une maison percée de croisées, attenant à la cour de la vigie. Une aile, armée aux angles de massives tours carrées à créneaux et à machicoulis, renfermaient les chambres destinées aux étrangers, aux voyageurs. Enfin, au centre d'une vaste cour rectangulaire s'élevait, imposant, le donjon contenant les salles d'honneur.

La principale porte d'entrée, ouverte dans le mur d'enceinte du côté de la terre ferme, était accostée d'un côté par la loge du portier, de l'autre par le corps de garde. A droite, c'était la chapelle, ravissant joyau dont la flèche montait jusqu'aux nues ; à gauche se rangeaient les communes, les granges, les magasins, les écuries, les étables, ces dépendances nombreuses et nécessaires à la vie fastueuse que menaient les seigneurs féodaux.

Cet ensemble de tours, de tourelles, de flèches, de pointus, de toits bleuâtres, offrait un merveilleux coup d'œil.

La maison d'Estavayé prétendait descendre d'un certain chef de barbares nommé Stavius, à l'exemple des Cossé qui tiraient leur origine de Cocceius Nerva, des Lévis qui venaient d'une branche collatérale des rois d'Israël, des Menthon qui disaient d'eux-mêmes : *Ante Christum natum jam eram baro*, et des de Sales qui, voulant remonter plus haut encore, inscrivaient sur leur bannière : *Antequam Abraham fieret, ego sum*. Seulement, le premier baron d'Estavayé, inscrit sur l'arbre généalogique de la famille, s'appelait Hugues ; il vécut entre l'an 999 et l'an 1048. Il existe aujourd'hui peu de races nobles d'une telle antiquité. Ces hauts feudataires de Savoie furent divisés, pendant le douzième siècle, en trois rameaux, outre le tronc principal, celles de Font, de la Molière et de Montagny.

Un jour du mois d'octobre, deux femmes et un enfant, réunis sur la plateforme de l'une des tours du donjon, contemplaient le paysage coquet et riant étalé sous leurs yeux. C'était d'abord le pays de Vully, nommé par les anciens *pagus Villacensis*, et par les Allemands Wistenlach ou Willachgau. Sur la gauche, le lac, limpide, uni comme un miroir de Murano, ressemblait à une algue marine chatoyant dans son écrin ; sur l'autre rive, à travers les voiles diaphanes d'une légère brume, on apercevait, découpant leurs arêtes brillantes par le soleil sur le vert sombre des forêts, les tourelles de Grandson, les clochers d'Yverdon. Aux pieds du manoir rampaient les rues fangeuses de la ville, avec leurs maisons enchevêtrées les unes dans les autres, les faubourgs et leurs carrefours plantés de croix, l'église romane au milieu du cimetierre où dorment tant de chrétiens à l'ombre du signe sacré de notre rédemption, puis, enserrant la ville dans une ceinture noirâtre, les murailles léguées aux vassaux d'Estavayé par les esclaves des maîtres du monde.

L'une des femmes appartenait évidemment aux castes privilégiées de la société. Elle pouvait avoir quarante ans. Son visage conservait les traces d'une rare beauté. Des yeux bleus au regard doux et franc nuancé d'une teinte de mélancolie , un nez aquilin, une bouche correctement dessinée, avec la lèvre inférieure un peu tombante, enfin une épaisse chevelure blonde nattée et tresses entremêlées de fils de perles et relevée sous un simple bonnet de velours en étaient les traits principaux. On y lisait une exquise bienveillance, une bonté sans bornes, tempérées par une noble fierté. L'attitude de cette femme, son maintien majestueux, imposaient le respect. Les plis de sa robe de velours noir, serrée à sa taille par une cordelière d'or et dénuée de tout autre ornement retombaient autour d'elle et cachaient à demi les coussins de soie sur lesquels elle était assise. Ses yeux erraient des montagnes du Jura bleuissant à l'horizon, aux barquettes des pêcheurs dont les voiles blanches s'estompaient sur le vert glauque des eaux presqu'au-dessous d'elle. La tête appuyée sur une main et cette main reposant sur la pierre d'un créneau, elle ressemblait ainsi, calme, sereine, à ces belles châtelaines qui attendaient, en fixant leurs yeux sur la route, le retour d'un époux bien aimé.

Sa compagne, sans toucher aux extrêmes de l'âge, avait sans doute vu fleurir bien des fois les violettes du printemps. Ses cheveux blanchis, sa taille courbée, son front ridé, l'indiquaient assez. Mais ces traits exprimaient un caractère ardent, énergique, opiniâtre ; un courage presque viril se lisait dans son œil noir, vif encore et caché sous une orbite profonde. Ses lèvres minces décelaient la parcimonie. Ce visage aux contours anguleux encadré dans les rebords tuyautés d'une cornette de toile blanche eût pu servir de modèle à ces portraits de vieilles femmes, si expressifs de Gérard Dow et de Holbein. Elle portait le costume pittoresque des paysannes vaudoises : une cotte de drap bleu à galons de laine rouge, un corset d'étamine à longues manches, un fichu brodé croisé sur le sein, ses doigts agiles tournaient avec prestesse un fuseau, et sa quenouille, chargée de lin, passée dans sa large ceinture restait immobile.

De ces deux femmes, l'une était la maîtresse, l'autre la suivante. La première avait nom Catherine de Belp, dame d'Estavayé; la seconde, Amye Guigaz. La serve avait nourri de son lait la fille noble ; puis ayant vu mourir autour d'elle ses nombreux enfants, elle avait réclamé un asile et du pain à celle qu'elle avait bercée de ses chants, naguère. De sa vaillante famille, il lui restait cet adolescent, frêle et pâle, vêtu d'un costume de page mi-parti jaune et noir, qui frôlait distraitement les cordes d'un luth, assis aux pieds de la noble châtelaine.

Odet, cet enfant aux membres frêles, à la poitrine étroite, petit et chétif, voyait à peine l'aurore de sa dix-septième année. Il n'avait que deux amours en ce monde : son aïeule et sa maîtresse, et celle-ci lui servait de mère.

Le ciel se nuançait d'opale, de pourpre et d'or. Dans l'azur couraient de légers nuages gris. La brise du soir s'élevait fraîche et parfumée des senteurs de la campagne, la nuit succédait au jour. Le murmure des vagues, le bruissement des feuilles sèches, les sons argentins des cloches de l'Angelus arrivaient, suave harmonie, à l'oreille charmée de nos trois personnages.

La baronne fit un mouvement et détourna la tête :

— Ah ! c'est beau, dit-elle d'une voix au timbre mélodieux, sonore. Adorons l'œuvre de Dieu, mes amis, car il n'est en ce monde aucune merveille qui lui puisse être un parangon...

— Il fait bon admirer cette œuvre, dit la vieille Amye en secouant la tête et sans cesser de tourner son fuseau, lorsque le cœur est pur et la conscience tranquille.

— Comme le cœur de madame et le vôtre, grand-mère, dit le page.

— Hélas !

— Pourquoi donc, Odet, ne continues-tu pas à jouer du luth ? reprit Catherine de Belp en se retournant vers le page, qui sentit une ardente rougeur brûler son visage ; allons, enfant, dis-moi quelque douce ballade.

— Une romance d'amour, noble dame !

— Non, non ! point de chants profanes.

— Voulez-vous que je récite les exploits des chevaliers de la Table-Ronde, les aventures du roi Arthur, de la dame Genièvre, de l'enchanteur Merlin, de Tristan de Léonois, de Perceforêt, de Lancelot du Lac ?

— Non, ces coups d'estoc et de taille m'ennuient.

— Eh ! petit, s'écria la vieille Amye en branlant sa tête chauve, tu sais bien cette ballade de la fille de monsieur le roi de France qui se marie avec l'Anglais (1). Elle est toute nouvelle, et je crois que le pèlerin te l'as enseignée...

Odet fit un signe d'assentiment et d'une voix fraîche et pure comme celle d'une jeune fille, il se mit à chanter en s'accompagnant de son luth :

Le roi a une fille à marier
A un anglais la veut donner.
Elle ne veut mais :
— « Jamais mari n'épouserai, s'il n'est Français ».

La belle ne voulant céder,
Sa sœur s'en vint la conjurer :
— « Acceptez, ma sœur, acceptez cette fois,
C'est pour la paix en France donner avec l'anglois ».

(1) Catherine, fille de Charles VI, mariée au roi Henri V.

Et quand ce vint pour s'embarquer
Les yeux on lui voulait bander :
— « Et ! ôte-toi, retire-toi, franc traître anglais
Car je veux voir jusqu'à la fin le sol français ! »

Catherine et la vieille Amye n'écoutaient déjà plus. Penchées sur le rebord des crémeaux, l'une auprès de l'autre, elles causaient à voix basse, n'ayant nul souci de la fille du roi de France, non plus que du traître Anglais. Odet s'en aperçut ; il chanta sans plaisir les dernières strophes, et sa voix s'éteignit peu à peu avec les dernières vibrations de son instrument.

— Il est revenu, disait la nourrice à sa maîtresse, il est revenu libre, heureux, la joie dans le cœur.

— Oh ! j'en remercie la bonne Vierge Marie, je l'ai tant priée pour lui !... Il y a de cela bien des années, bonne Amye, je le vis dans un tournoi, son bras était pesant ; tous ceux qui touchaient son écusson de fer de leur lance, ne tardaient pas à vider les étriers. Il se montrait rude aux forts, doux aux faibles... Mon Dieu ! voilà bientôt un quart de siècle que ce souvenir m'apparaît comme un rêve ?

— Et vous ne l'avez jamais revu ?

— Jamais.

— Pauvre chère enfant !

— J'avais seize ans ; mon père ne voulut point attendre qu'il me vînt demander en mariage et me donna au seigneur d'Estavayé. Je soupirais, je pleurais, mais j'avais beau me douloir et me plaindre !... Les jeunes filles qui n'ont pas de mère sont bien malheureuses... Le jour des noces, il se fit un grand bruit sous les murs du schloss de Belp... Le son d'un cor traversa l'espace... Je pâlis sous mon blanc chapel de roses... C'était Othon de Grandson qui venait pour m'épouser !...

— Doux Jésus !...

— Il repartit sans accepter l'hospitalité, et depuis lors un abîme se creusa entre nous. Le sire d'Estavayé savait que je ne l'aimais point... il me rudoya. Puis il me maltraita et partit... Mon Dieu, vous le savez, j'ai toujours été une épouse fidèle et soumise, et c'est malgré moi qu'un souvenir effacé à demi se glisse dans mon cœur !

Et madame Catherine essuya deux larmes qui perlaient à l'extrémité de ses longs cils dorés. La pauvre femme croyait commettre un crime en se rappelant les beaux jours de sa jeunesse, et voulait chasser, mais sans y

A petite cloche.   6

réussir, ces pensées importunes, ces retours sur un passé déjà si loin d'elle. Cette âme aimante n'avait jamais oublié celui pour qui son cœur avait parlé, et l'affection chaste et pure qu'elle avait eue pour ce fiancé, ne s'était jamais démentie. Elle éprouvait un grand respect, une profonde estime pour son mari, malgré les mauvais traitements qu'il lui faisait subir.

— Le reverrez-vous? demanda timidement Amye.

Le visage de madame d'Estavayé revêtit une expression sévère :

— Y penses-tu, nourrice, dit-elle, ne serait-ce pas tromper la confiance de monseigneur? Du reste, ajouta-t-elle avec mélancolie, ces beaux jours sont passés, monsieur de Grandson doit avoir aujourd'hui des cheveux blancs... ce sont de vieilles histoires... ils les a oubliées... et moi-même... pourquoi reparlé-je de lui?

La nuit était venue... Le ciel, paré de tous les diamants de son écrin, s'illuminait des lueurs argentées de la lune... Des fanfares éclatantes retentirent à peu de distance du manoir. La ville apparut, brillante de lumières.

— Ah ! dit Odet, voilà monseigneur qui revient de la chasse.

— Déjà ! dit Catherine.

Ce mot renfermait une signification que le page comprit. Il baissa les yeux et frissonna. La vaudoise prit sa quenouille et son fuseau et se leva. Catherine s'avança vers la ballustrade, essayant de voir à travers les ténèbres.

A ce moment un nouveau personnage apparut sur la plate-forme.

C'était un homme d'une taille herculéenne, aux membres musculeux. Son visage, type de laideur, encadré d'une épaisse barbe rousse, inspirait une instinctive répulsion. Son regard faux évitait constamment celui des autres. Il remplissait auprès de Gérard les fonctions d'écuyer, mais parmi la domesticité du château on l'accusait de ne point borner là ses fonctions, d'être le confident, l'espion, le messager secret, l'âme damnée du baron. Il se nommait Hugonin et répondait parfois au sobriquet de Courte-Echelle.

— Gracieuse dame, dit-il avec les démonstrations du respect le plus obséquieux en s'avançant vers la châtelaine, vous plaît-il de descendre, la nuit est froide, et monseigneur va rentrer.

— Es-tu chargé de nous épier, Courte-Echelle? lui dit à l'oreille et d'un ton railleur Odet Guigaz.

— Je fais un métier d'homme et non pas un métier de fillette, Rose-fleur ! riposta l'écuyer avec un accent haineux. Si je suis inhabile à porter èlégamment le manteau d'une baronne, je sais manier l'estoc, la dague et l'épieu...

— Bien ! je m'en souviendrai.

— Précédez-moi, Hugonin, dit Catherine qui feignit n'avoir pas entendu ce dialogue, et dorénavant ne venez ici que lorsque je vous ferai mander par mon page.

IX

La salle à manger du château d'Estavayé était une vaste pièce carrée, dallée de marbre noir et revêtue de magnifiques boiseries de vieux poirier sculpté, encadrant de larges panneaux de tapisserie. Ces tapisseries représentaient, d'un côté, les aventures de Didon, reine de Carthage; et de l'autre, les chasses du fils d'aventures d'Enée, Méléagre, roi de Calydon. Cette pièce avait un aspect sévère, avec ces couleurs sombres, cette symétrie monacale ; quatre beaux dressoirs, chargés de vaisselle de faïence, d'argenterie en rehaussaient pourtant la simplicité.

Gérard d'Estavayé, accablé de fatigue, se jeta en arrivant dans un vaste fauteuil de cuir de Cordoue. Folario, son fou, s'assit à ses pieds sur un tabouret. Quatre ans écoulés depuis leur départ de Chambéry n'avaient amené aucun changement en eux. Quelques fils d'argent brillaient parmi les cheveux noirs du baron, quelques rides plissaient son front jauni. Folario, lui, ne vieillissait pas. Toujours gai, toujours malicieux, il faisait tour à tour le désespoir et la joie de son maître qui ne pouvait plus s'en séparer.

— Eh bien ! mon maître, dit tout à coup Folario en prenant un air agréable, nous avons des nouvelles d'Angleterre !

— Ah ! vraiment, s'écria Gérard dans les yeux de qui brilla un éclair.

— Oui.

— Et pourquoi ne m'en as-tu rien dit ?

— Pourquoi ? Vous étiez par trop occupé à forcer ce malheureux cerf dix cors, mon petit Gérardin ! Je n'eusse point voulu vous détourner de ce plaisir, car vous êtes devenu un grand veneur devant saint Hubert, mon digne patron, un vaillant disciple de Nemrod.

— Qui donc a porté ces nouvelles ? interrogea le seigneur, impatient de satisfaire sa curiosité !

Ce n'était pas le compte du bouffon, heureux de s'amuser des perplexités de son maître, comme un chat qui se divertit avec une souris. Il feignit de se méprendre sur les motifs de cette impatience et répondit avec empressement :

— Oh ! les affaires politiques sont en un bien triste état, mon cher seigneur !... à ce que m'a dit le sous-prieur de Payerne, — car, tandis que vous couriez par monts et par vaux, suant et soufflant d'ahan sur votre cheval Boustique, j'allais faire visite aux révérends pères, et leurs demander un verre de cervoise, que le sommelier, frère Manuce, me servit, d'ailleurs avec sa complaisance ordinaire. Mais je vois, mon doux ami, que tu te ronges les poings , poursuivit-il de sa voix aigre, s'adressant à Gérard qui haussait les épaules d'un air furieux, en écoutant les divagations du fou.

— Eh ! parbleu, gronda le seigneur, tu vas, comme disent les paysans, chercher midi à quatorze heures ; que m'importent Payerne et les moines, et le frère sommelier, et dom Manuce, et...

— Tout beau ! tout beau ! interrompit Folario, ne méprise pas mes amis, aime-les au contraire, puisque j'aime tes ennemis ; le sous-prieur est un homme recommandable, savant et pieux, et la cervoise du monastère a des vertus qui la rendent à nulle autre pareille.

Gérard comprit qu'il valait mieux laisser au piémontais pleine liberté de bavarder à sa guise. Il se résigna donc à subir un discours prolixe, mettant tous ses soins à retenir de ce discours ce qu'il y trouverait d'intéressant.

— Ayant donc bu ce verre de cervoise, continua le nain avec un aplomb imperturbable, nous entrâmes en discussion, dom Manuce et moi, sur les questions à l'ordre du jour. Alors il m'apprit l'arrivée de deux voyageurs ; l'un d'eux, vêtu comme un louvetier, se dirigeant vers la ville d'Yverdon, ne s'était point arrêté. L'autre...

— L'autre ?

— Se reposait des fatigues du chemin dans *l'hospitium* du prieuré. Mais, avant de s'endormir, ce pèlerin — il va à l'abbaye d'Ensielden, vénérer l'image de la Vierge — avait eu le temps de raconter force nouvelles. Si bien que dom Manuce put m'en faire part.

Folario fit une pause. Il attendait une interrogation. Gérard, en homme avisé et qui savait à quel singulier personnage il avait affaire, affecta l'indifférence et attentit, silencieux, qu'il plût à son interlocuteur de poursuivre.

— Eh bien ! reprit le nain d'un ton narquois, ce pauvre sire, le roi Richard, est bien empêtré en de mauvais draps !... Figurez-vous, mon tendre mignon, que monsieur son oncle, le duc de Glocester, s'imaginant être nécessaire au bonheur des Anglais, voulait épargner à son neveu les désagréments inhérents à sa haute position. Dans ce but, il eut différents pourparlers avec des seigneurs de la cour, fort aimés de lui et les engagea à prendre des mesures convenables pour enlever le gouvernement aux mains de Son Altesse, dont la santé donnait des inquiétudes, les soucis d'un règne fatiguant énormément le cerveau. Mais le roi le sut et fut offensé qu'on eût à son égard tant de sollicitude. L'ingrat envoya son oncle à Calais, sans respect pour les liens de famille. Là, M. de Glocester, voulant faire pièce à Richard, se laissa mourir...

— Comment ! s'écria Gérard en faisant un bond sur son fauteuil, que dis-tu là, Folario ?

— Ce que vous n'êtes guère accoutumé à entendre, mon cher : la vérité.

— Le duc de Glocester est mort ?

— Mort de chagrin et... peut-être aussi d'une solution de continuité produite dans son épiderme et sa chair, entre la sixième et la septième côte, par la lame d'un couteau. Ce qu'il y a de plus [drôle, c'est que le duc de Lancastre, son frère, un autre oncle de ce neveu qui traite si gentiment ses parents, avait acheté déjà ses vêtements de deuil : du velours noir à foison pour lui, du drap de Gênes en quantité pour sa livrée. Or, comme il s'en allait trouver son tailleur — un homme de fort beau talent, qui sait prendre à chacun sa mesure — il trépassa.

— Le duc de Lancastre aussi ?

— Oui. Généralement ce sont les neveux qui héritent des oncles. Il n'y a rien là d'étonnant. Mais ce dernier duc, malheureusement, avait le bonheur d'avoir un fils nommé Henri de Bolinbroke — ces noms vous écorchent la bouche, soit dit entre parenthèse — et ce fils n'ayant que le comté de Hereford, exigea l'héritage de son père.

— Et il advint !

— Que Richard II, en monarque magnanime, prétendit que ce qui était bon à prendre était bon à garder. En conséquence, le petit cousin partit de ce principe, s'empara du roi et le garda si bien que le roi, abandonné des siens, est présentement délivré des grandeurs... et se tient enfermé — sous bonne garde — en ce joli château de Pontefract où le bon roi Edouard II son bisaïeul, passa un si désagréable quart d'heure, lorsque Maltravers et Gournay lui enfoncèrent un fer rouge dans les entrailles.

— Sur ma foi ! dit Gérard émerveillé du ton dégagé dont son fou lui contait ces déplorables faits de l'histoire-contemporaine, tu es un trésor d'érudition, Folario !

— Je le crois bien. Vous me l'avez dit un jour à Chambéry... Tiens ! Ce jour même où ce pauvre maître Pierre de Lompnes eut affaire à votre ami Johannod.

A ce souvenir le front d'Estavayé se rembrunit :

— A propos, s'écria le fou du même ton d'indifférence, monsieur de Grandson, votre ami chéri, a profité de ce massacre d'oncles, de ces querelles de cousins, pour quitter l'Angleterre et revenir en Savoie. Madame la régente l'a fort bien reçu, notre seigneur le comte l'a embrassé sur les deux joues, le prince d'Achaïe lui a donné un festin, si bien que le cher homme se repent d'avoir eu si longtemps peur de ses meilleurs camarades.

Le fou tressaillit lorsqu'il s'aperçut de l'effet produit par ses paroles. Ramassé sur lui-même, les yeux chatoyants comme des escarboucles, les lèvres contractées par un horrible rictus, les mains crispées, dans la posture enfin d'un tigre qui va se ruer sur une proie, Gérard d'Estavayé le regardait et l'écoutait. Le fou voulut rire, mais le rire s'éteignit dans sa gorge :

— Oh !... balbutia-t-il, vous le haïssez...

Une transformation subite s'opéra dans la personne du chevalier. Il se leva, fit quelques pas dans la pièce, essuya son front couvert de sueur et revint s'asseoir, calme, froid, tranquille. Au même instant la porte cria sur ses gonds, un flot de lumière inonda la salle et les officiers du manoir y firent irruption, précédant la dame châtelaine qu'accompagnaient sa nourrice et son page. Gérard se leva, vint saluer cérémonieusement sa femme, lui offrit la main et la conduisit jusqu'à la table devant laquelle ils s'assirent l'un en face de l'autre. Folario, usant de ses priviléges de fou, traîna un siége auprès de son maître, s'y établit et demanda un couvert. Odet et la vieille Amye restèrent debout derrière le fauteuil de Catherine.

Le bouteiller, l'échanson, le panetier, le sommelier, les maîtres-d'hôtel, l'écuyer-tranchant, cette foule de serviteurs d'un degré supérieur, sorte de cour qu'entretenaient auprès d'eux ces fastueux seigneurs de cette époque, remplirent bientôt la vaste salle. Des plats immenses contenant les mets les plus variés, des flacons de vin, des cruches de cervoise, des fioles pleines d'hydromel et d'hypocras encombrèrent bientôt la table. Une quatrième place demeurait vide, c'était celle du chapelain que, depuis son retour, Gérard avait chassé du château.

Madame d'Estavayé dit le *benedicite* et le repas commença.

Il fut d'abord silencieux. Chacun essayait de cacher sa préoccupation et ne pouvait pourtant se résoudre à parler, absorbé qu'il était dans ses pensées ; Folario, un peu intimidé, n'osait continuer ses saillies en présence de Catherine. On n'entendait que le murmure sourd des serviteurs éveillant les échos de la salle. Enfin le chevalier prit la parole et, s'adressant à sa femme, il lui dit avec un accent impossible à rendre :

— Par Neptune, protecteur de céans ! madame, pourquoi vous vois-je toujours ensevelie en ce suaire de velours noir ? N'avez-vous point des robes de satin pers, de toile d'argent, de drap d'or frisé, des pannes de menu-vair et de zibeline ?... Et si vous n'en avez pas, ne passe-t-il jamais par ici des commerçants anglais, des colporteurs de Gênes, des marchands de Suisse et de Florence ! Sangbœuf ! j'aimerais à vous voir mieux parée, madame ?

— Ces vêtements conviennent à mon âge, à mon caractère, monsieur, répliqua la châtelaine sans lever les yeux.

— Eh ! conviennent-ils à votre rang ? Comment, la femme d'un Estavayé — un chevalier, un baron, presqu'un prince — porterait du simple velours noir, tandis que les bourgeoises trouvent le satin vulgaire et le samit des persans, mesquin !

— D'autant, ajouta le nain d'un ton respectueux, que monseigneur, étant pénétré d'amour pour madame, serait heureux de la voir belle entre les belles, resplendissante en ses atours.

Catherine ne répondit pas, mais elle jeta au fou un regard si acéré, si plein d'ironie, qu'il ne put en soutenir l'éclat et sourit malgré lui en baissant les yeux.

Le souper fut promptement achevé. Comme la baronne allait se retirer après avoir, suivant la coutume, salué de nouveau son mari, celui-ci la pria de rester, et congédia d'un geste officiers et valets. Folario seul alla se blottir dans un fauteuil en disant :

— Je vais faire un petit somme, ainsi ne vous gênez point pour moi, je dors comme Morphée en personne !

Catherine, impassible, attendit que son époux entamât l'entretien. Gérard fit un pas vers elle et lui dit brusquement :

— Je veux, madame, vous faire mes adieux.

— Vous partez, monsieur ?

— Oui.

— C'est bien, reprit Catherine sans manifester aucune surprise. Je prie la benoîte sainte Vierge de vous accompagner en votre voyage et de vous préserver de toute malencontre, et de vous ramener bientôt.

— Vous ne me demandez pas où je vais, madame ?

— Eh ! qu'importe ?... Voici vingt-sept ans que nous sommes mariés, monsieur. Dix mois après le jour où nos mains furent unies devant le prêtre, vous m'abandonnâtes seule en ce château, me donnant pour espion votre confident Hugonin. Je ne vous fait point de reproche; vous ne m'aimiez pas, mais vous me faisiez l'honneur d'être jaloux de moi. Je restai vingt ans ainsi. Vous daigniez me venir visiter deux fois chaque année... J'étais une heureuse femme, en vérité ! Il ne manquait rien, bijoux, parures, domaines... Vous êtes revenu, voici quatre ans, sans me dire pourquoi. Vous partiez sans m'avertir et reveniez à l'improviste, espérant — Dieu me pardonne si ce jugement est téméraire — me retrouver fautive !... Vous m'adressiez la parole une fois le jour, ici devant ces valets... puis je suis libre... libre ... de retourner à mon isolement... seule. . toujours seule... mes pauvres et mes prières se partagent mes heures... Et si Dieu ne m'avait envoyé ma fidèle Amye et ce petit Odet qui ne peut faire un pas sans être suivi, surveillé, épié... peut-être serais-je morte, et seriez-vous enfin heureux... Et maintenant, monsieur, trouvez-vous étrange que je ne m'inquiète nullement de vos faits et gestes ?

Catherine parlait d'une voix calme, grave, sans émotion apparente. Gérard l'écouta sans l'interrompre, les bras croisés sur sa poitrine ; un sourire amer crispait ses lèvres.

—Ainsi donc, répliqua-t-il après un instant de silence, je suis un bourreau et vous une martyre. Soit. Vous ne me demandez point où je vais, madame ; je veux, moi, vous le dire. Je vais tuer monsieur de Grandson, votre... ami !...

— Ah ! s'écria Catherine avec indignation, voilà un métier où vous excellez, monsieur ! Insulter une femme sans défense, assassiner un vieillard... C'est digne d'un Estavayé, un chevalier, un baron, presqu'un prince comme vous le disiez tantôt...

— Trêves de railleries !

— Je ne sais plus railler. Ainsi vous allez tuer monsieur de Grandson, et vous me le dites, comme cela, bonnement, en mari qui n'a rien de caché pour sa femme !... Vous jouez un rôle digne d'un gentilhomme. Je vous remercie. Dès ce soir j'écrirai à monsieur de Grandson...

— Madame ! rugit le baron d'une voix éclatante.

— Monsieur !... je suis lasse, à la fin, de cette tyrannie. Vous m'insultez par trop souvent et si vous m'y forcez, je saurai... Mais je ne m'abaisserai point à vous menacer. Voici vingt-sept ans que je n'ai pas vu monsieur de Grandson, je ne lui ai jamais écrit ni fait écrire, trop loyale, pour vous tromper, de même qu'il est trop loyal, lui, pour se souvenir qu'il m'a aimée... Il y a si longtemps !

— Je ne vous crois pas.

— Je le sais et peu m'importe, je vous le répète. Partez donc, monsieur, votre ennemi sera averti.

— Vous l'oseriez ! cria Gérard en tirant sa dague de son fourreau.

Il s'élançait la main haute pour la frapper. Elle resta impassible, dédaigneuse, à la même place; une main arrêta le bras de Gérard, tandis qu'une voix indignée s'écriait derrière lui :

— On tue donc les femmes ici !

Exaspéré, le chevalier se retourna contre ce nouvel antagoniste; il vit son fou dans les yeux duquel il reconnut une promesse mystérieuse, un conseil tacite. Aussitôt il s'arrêta.

La baronne écrasa d'un regard de mépris ces deux hommes, en qui elle voyait deux complices, et sortit la tête haute, majestueuse, calme, d'un pas lent, aussi tranquille en apparence que si rien ne se fût passé !

— Vous alliez faire une sottise, dit à son maître Folario, lorsque le bruit des pas de Catherine se fut perdu dans l'éloignement. Il faut savoir caresser une vengeance, gentil chevalier! Laissez-la vivre et tuez Grandson !... Eh ! Eh !

— Je pars, vas tout préparer.

Telle fut la réponse laconique du baron au conseil perfide de son bouffon.

Catherine de Belp, agenouillée dans son oratoire aux pieds de l'image sainte du Rédempteur, priait et pleurait. Elle cherchait, cette femme sublime, forte de son innocence, malheureuse dans ce qu'elle aimait, une consolation que rien de ce qui était humain ne pouvait lui donner. Elle se retraçait les angoisses de la mère du Christ et se rappelait que Marie avait souffert des tourments inénarrables, afin de moins subir elle-même l'acuité de ses propres douleurs. Quelles peines peuvent se comparer à celles de la mère divine rencontrant sur le chemin du Golgotha le fils de ses entrailles de vierge succombant sous le poids de la croix ? Ici-bas, chacun doit monter son Calvaire portant aussi une croix dans ses bras. C'est la loi immuable. Prosternée devant Celui de qui viennent toute souffrance et toute joie, Catherine bénissait la main qui s'appesantissait sur elle, elle pardonnait à son bourreau ; elle recommandait l'innocent à la justice de Dieu, le suppliant d'épargner le coupable.

Les hennissements des chevaux, le bruit des fers battant le pavé, le grincement du pont-levis s'abaissant, de la herse criant dans ses rainures, parvinrent jusqu'à elle, répercutés par l'écho. Son mari partait. Le reverrait-elle? Reviendrait-il les mains teintes du sang de son ennemi?

Gérard partait accompagné d'Hugonin et de Folario. Il se retourna, jeta un dernier regard sur la masse imposante, et n'y vit briller que les vitraux d'une seule fenêtre :

— Ah! s'écria-t-il, si je rentre céans, ce sera dans l'ivresse du triomphe. Cette femme artificieuse expiera...

— Bah ! interrompit Folario avec sa liberté ordinaire, et que voulez-vous qu'elle expie, mon doux seigneur? Ne vous déplaise, elle mérite un meilleur traitement et je gagerais ma marotte contre vos domaines qu'elle vaut mieux que vous et moi. Foin de vos lubies! si je me suis allié avec vous, ce n'est point pour faire la guerre à une femme, c'est pour venger la mort du comte mon maître, mon vrai maître! Piquons!

X

DE LA RENCONTRE QUE FIT, DANS LA FORÊT DE LA SARRAZ, MONSIEUR D'ESTAVAYÉ; ET DU COMBAT QU'IL SOUTINT CONTRE LES LOUPS.

Les trois cavaliers descendirent au grand galop de leurs montures, le tertre en pente douce que dominait Estavayé, passèrent sans modérer leur allure dans les rues de la paisible cité et, et revenant sur leur droite, au bord du lac, prirent le chemin d'Yverdon. Cette ville, déjà célèbre au temps des Romains qui la nommaient *Ebrodunum* était la résidence du préfet de la flotte des Barcariens. (1) Au XIIIᵉ siècle, elle appartenait encore aux sires de Montfaucon sur lesquels elle fut conquise en 1250 par le comte Pierre de Savoie.

Nos voyageurs ne s'inquiétèrent nullement de l'histoire de cette obscure cité dont l'origine se perdait dans l'obscurité des temps. Ils se firent ouvrir les portes, traversèrent successivement les deux enceintes et se dirigèrent sur Orbe.

— Eh! dit alors Folario, nous venons de faire trois lieues en six quarts-

(1) *Præfectus classis Barcariorum, Eubroduni Sapaudiæ.* — Notice de l'Empire.

d'heure, monsieur ; si nous continuons ainsi, nos chevaux seront fourbus !

— Qu'importe !

— Bah ! il est à peine minuit ; il nous reste neuf lieues à faire et pourvu que vous soyez demain à midi à Lausanne et demain soir à Thonon, votre but sera atteint. Allons au pas et causons.

— Causer ? je ne m'y sens guère disposé, mon cher Folario.

— Bon ! alors ne causez pas, mais écoutez : je parlerai pour deux.

Il se recueillit un instant et reprit :

— Savez-vous que nous piétinons en ce moment un terrain qui appartient à M. de Grandson ? Oui, vraiment, et nous allons sortir de ses domaines en arrivant à Orbe. Orbe est une jolie ville : elle possède château, cité, faubourg inférieur, *vicus Orba*, et faubourg supérieur, nommé Tavel en français, *Taverna*, *Taberna*, *Tavellis*, indifféremment, en latin. Vous plaît-il, monsieur, de savoir tout cela ? La dynastie des Grandson y régnait, mais ses droits lui furent contestés par la famille de Salins et il y eût partage, car si, en 1020, Humbert de Salins et sa femme Ermengarde publièrent une charte restituant un troupeau de serfs à Romains-Moutiers, en 1190, Gaucher de Salins et Conon de Grandson, *principes provinciæ*, présidèrent ensemble des plaids solennels contre les rapines qui se commettaient sur les terres du couvent.

— Sur ma foi ! s'écria Gérard dont le front se dérida quelque peu, je t'ai déjà dit, Folario, que tu avais manqué ta vocation.

— Et comment donc ?

— En te faisant bouffon. Tu devais être moine, secouer au fond d'une cellule la poussière des parchemins, écrire des chroniques...

— Oui, interrompit le nain, cela eut mieux valu que de courir les routes à la recherche d'un meurtrier et de subir les caprices d'un noble à moitié... mais je m'entends !... *Stultorum sapientia*...

— Dis-moi, l'ami, interrompit à son tour avec rudesse le chevalier, serait-ce qu'après m'avoir beuglé des impertinences en français tu me les répètes en latin !

— Et je le répèterai en grec, puis en italien, pour peu que cela vous oblige ! riposta Folario d'un ton goguenard. Je fais mon métier en conscience ; me donnez-vous trois ducats par mois, la niche et la pâtée, pour vous faire des compliments ?

La rivière de l'Orbe franchie, l'on tourna du côté de Romains-Moutiers et bientôt apparurent, se dessinant confusément dans l'obscurité, les bâtiments du monastère, les flèches ajourées de l'église. Folario voulait recommencer un cours d'histoire et d'archéologie, mais son maître lui imposa silence avec un accent si peremptoire que le piémontais n'osa passer outre et se tut.

Les trois cavaliers commencèrent à gravir les premières assises de cette immense chaîne de montagnes qui, s'appuyant à l'est sur les Alpes Bernoises, à l'ouest sur le massif du Jura, encerclent le pays de Vaud dans une ellipse triangulaire et dominent la mer genevoise de la dent de Jaman à la pointe de Rivelet. Au-dessus des sommets de Vauléon s'ouvre un col, étroit passage qui fait communiquer le pays vaudois avec le Neuchâtelois. C'est là que se disposaient à passer le seigneur d'Estavayé et ses deux compagnons. Il pouvait être quatre heures du matin, lorsque après avoir franchi le défilé, ils se trouvèrent auprès du village de la Sarraz, en dessus du torrent de la Venoge.

— Comment donc se fait-il, maître fou, dit tout à coup Gérard en se retournant vers Folario, que vous ne parliez mie? Pareil mutisme n'est point en vos habitudes, que je sache! car l'on arrêterait plus facilement un épervier fuyant à tire d'ailes que votre langue une fois mise en branle.

Folario fit la moue, haussa les épaules et ne répondit pas.

— Railles-tu, bouffon! s'écria l'irascible baron en poussant violemment sa monture contre le cheval du piémontais.

— Eh! comment raillerai-je, ne disant mot! s'écria celui-ci avec l'accent de la colère. Diable d'homme! poursuivit-il en souriant franchement. Il me défend de lever la langue, j'obéis; puis il veut maintenant me forcer à parler! Eh bien, non... Je suis las à la fin de subir votre tyrannie, monsieur d'Estavayé... Par les triples cornes du paladin Ogier le Danois! vous me rompez la tête avec vos ordres et vos contre-ordres, nâ! Si vous avez envie de caqueter, adressez-vous à l'honnête Hugonin que voici... une espèce de souche mal équarrie, ajouta-t-il un peu plus bas.

— Bon! Folario, vous me boudez!... Folario, vous m'excédez!

— Un mot de plus et je te quitte, ingrat seigneur.

— Où irez-vous?

— Tu crois m'embarrasser, hein? Pauvre cher Gérard de mon cœur! Tu te trompes bien, va! *Corpo di Bacco*, comme disent les gens du Novarrais, je marcherais droit devant moi jusqu'à ce que je rencontrasse une ville appelée vulgairement *Lausanne;* — à dix lieues de là, je trouverais sur ma route Gebena, vulgairement Genève — de *gen* — sortir, *ev*, — fleuve, — deux mots celtiques dont mon pédagogue m'enseigna jadis la signification. — J'arriverai enfin à Bourg en Bresse où loge la cour de notre seigneur le comte et je chercherai parmi les gentilshommes composant cette cour...

— Qui donc? s'écria Gérard d'un ton furieux.

— Tu es bien curieux, mon fils! riposta Folario en le regardant avec cet air narquois qu'il savait avoir le privilège de calmer le courroux de son maître.

Gérard devint soucieux et préoccupé; après une courte pause il reprit:

— Ainsi tu me trahirais, Folario, pour une misérable querelle?

— Tiens ! pourquoi pas ?

— Et si ?

Il fit un geste de menace expliquant clairement sa pensée.

— Vous n'oseriez pas, nous sommes liés par une chaîne infrangible. Vous avez besoin de moi et je n'ai pas besoin de vous.

Ils arrivaient à ce moment sur la lizière d'une forêt. La lune éclairait de ses lueurs blafardes un paysage dont l'aspect eut effrayé, même en plein jour, l'homme le plus courageux. Le chemin coupait la colline au quart de sa hauteur et surplombait sur une plaine de peu d'étendue, semée de débris de rochers entremêlés de broussailles et couverts à demi de ronces. D'énormes roches abruptes, moussues, de formes bizarres servaient de parapets à cette route accidentée. La montagne la bordait sur la droite; elle était couverte de hauts sapins, aux troncs lisses, à la cime pyramidale d'un vert sombre. Le torrent bondissait en cascades sur un lit de cailloux, à peu de distance, avec un fracas sourd, et coulait ensuite dans la prairie, large et profond.

Un peu plus bas des rangées de chênes, de mélèzes, de frênes et de bouleaux s'alignaient semblables à d'immenses colonnes, les une rugueuses, les autres polies, ayant pour chapiteaux leurs branches au feuillage touffu.

Le chemin serpentait à travers ces arbres plantés au hasard et se perdait sous une voûte obscure de rameaux entrelacés. Le lieu était propice pour un guet-apens. Ces entassements de pierre, fragments détachés du mont, avec leur manteau d'épines, ces buissons desséchés, cette gorge nue, désolée, pouvaient recéler des hôtes dangereux. Les rayons de l'astre des nuits s'égarant sur ces chaos transformaient en fantômes ces objets sans formes précises, jetant un reflet argenté sur les aspérités des roches, faisant reluire, immobile au milieu de l'obscurité, le tronc blanchâtre d'un peuplier; le silence profond de cette solitude, le mugissement de l'eau cherchant à briser dans sa course les obstacles dont son lit se hérissait, le sifflement du vent à travers les géants de la forêt, eussent encore augmenté l'effroi d'un cœur timide.

Si Gérard d'Estavayé possédait ce courage vulgaire qui consiste à lutter en désespéré contre n'importe quel danger, dans le but unique de conserver sa vie, il n'avait pas cette bravoure généreuse qui sait affronter le péril avec insouciance, ni cette conscience paisible qui permet de ne rien craindre du monde surnaturel ; superstitieux autant qu'il était cruel, il frissonna en se voyant au sein de ce désert, n'ayant auprès de lui que deux compagnons de la fidélité desquels il n'était point assuré, car n'aimant personne il n'imaginait pas qu'on le pût aimer.

La peur produisit un effet terrible sur son esprit. Des visions fantastiques passèrent et repassèrent, hideuses, épouvantables, devant ses yeux.

Il croyait voir des spectres se dresser lentement entre les arbres , jaillir du sol , tourbillonner dans les airs et l'entourer , le cerner , l'étreindre. Leurs suaires blancs flottaient sur leurs membres décharnés... leurs bras s'agitaient, menaçants... leurs voix sépulcrales psalmodiaient des chants funèbres. Il avait peur... Et ses dents claquaient , ses cheveux se hérissaient sur son front baigné d'une sueur froide... Sa poitrine oppressée ne laissait échapper qu'un râle de mourant...

Un hurlement strident , prolongé, vint l'arracher à cette terreur inouïe dont ses compagnons, stupéfaits, contemplaient les effets sans oser les combattre.

En même temps, Gérard vit reluire, dans l'ombre deux yeux rouges comme des charbons ardents. Il reprit courage, n'ayant affaire qu'à des êtres palpables , à des bêtes fauves, et non point à des larves, à des vampires. D'autres hurlements retentirent, et bientôt, sous les arbres, étincelèrent d'autres yeux. Une troupe de loups se préparait à la bataille. Le lugubre concert dura quelques instants, puis les voyageurs furent assaillis tous à la fois.

Gérard dégaîna son épée. D'un revers il ouvrit le crâne du premier loup qui sauta à la gorge de son cheval. Deux autres bondirent, l'un à droite, l'autre à gauche ; celui-ci enfonça ses crocs aigus dans la jambe du chevalier qui poussa un cri de douleur, lâcha la bride, saisit son épée à deux mains et en asséna un coup terrible sur le féroce animal. Comme il se retournait pour frapper le second, il sentit son coursier trembler, se roidir, et se dérober sous lui. Il comprit que s'il tombait, il était perdu. Quittant aussitôt les étriers, il se laissa couler à terre.

Le cheval glissa dans une marre de sang, battit l'air de ses pieds, hennit douloureusement et retomba, étranglé par trois ou quatre loups qui se ruèrent sur lui.

L'épée d'Estavayé fendait l'air en sifflant, disparaissait par intervalles dans ces corps entrelacés, et reparaissait fumante, dégoûtante de sang...

Il frappait sans relâche, au hasard, maniant son épée avec une habileté prodigieuse, sautant, rampant, courant de tous côtés afin de ne point se laisser surprendre, un peu garanti par le cadavre du cheval qui lui faisait une sorte de rempart. Mais chaque fois qu'il abattait un loup, il en voyait surgir un autre devant lui. Il était attaqué avant d'avoir eu le temps de se mettre en défense.

Il sentit ses forces s'épuiser. Pour comble de malheur son épée se brisa sur une pierre. Il fit un bon en arrière, tira sa dague du fourreau et s'adossa à un rocher, profitant d'une minute de trêve pour jeter un coup d'œil autour de lui. Sept à huit carnassiers jonchaient le terrain, baignés dans leur sang. Hugonin, renversé sur le sol, évanoui, poussait des gémissements étouffés. Trois énormes loups s'acharnaient sur son cheval, tombé non loin de lui.

Folario avait disparu.

La lutte n'était pas achevée. Les terribles animaux revinrent à la charge et le carnage recommença ; l'écuyer était hors d'état de porter secours à son maître et celui-ci, n'ayant pour arme qu'un poignard à lame courte, ne songeait plus qu'à défendre chèrement sa vie avant de succomber sous le nombre. Alors Gérard se mit à crier, espérant que son appel parviendrait à l'oreille de quelque pâtre matinal :

— A l'aide ! à l'aide ! au nom de Dieu...

Une voix tonnante répondit presque aussitôt à ce cri :

— Tenez bon ! j'accours.

— Oh ! cette voix !... murmura Gérard terrifié...

Un voile de sang couvrit ses yeux ; sa main se détendit, lâchant la dague et il perdit connaissance.

Lorsqu'il reprit ses sens il était entre les bras d'un vieillard, vêtu d'une légère cotte d'armes et qui lui souriait avec bonté.

C'était Othon de Grandson.

Plusieurs hommes d'armes l'entouraient. Un page soutenait Hugonin, encore chancelant. Enfin le nain Folario, immobile sur son cheval, contemplait cette scène étrange avec un sang-froid surprenant.

— Ah ! monsieur d'Estavayé, dit Grandson lorsque Gérard, un peu remis de son émotion, fut debout devant lui, c'est bien imprudent à vous de voyager ainsi la nuit, sans escorte. Votre fou — une vieille connaissance à moi — fuyait éperdu sur son cheval qui avait pris le mors aux dents. Il me rencontra au carrefour des Arpinches et ce fut heureux, car j'eus le bonheur d'arriver à temps.

Gérard croyait faire un songe. Il porta la main à son front et balbutia quelques paroles de remerciment, n'ayant même pas confiance de ce qu'il disait.

— Remettez-vous, reprit le noble seigneur, vous avez gagné la victoire... mes serviteurs ont enlevé les morts et nous avons laissé fuir les blessés. Voici le cheval de mon page pour maître Folario qui vous cèdera le sien. Quant à votre écuyer...

— Je vais le renvoyer au manoir, interrompit Gérard, et j'ose vous prier, monsieur, de le faire monter en croupe derrière un de vos gens, au moins jusqu'à Yverdon.

— Je serai enchanté de vous rendre ce léger service.

Gérard salua Grandson et lui tendit la main.

— Avec vous, je ne compte plus, dit-il d'un accent qui fit frissonner le piémontais. Merci et adieu, monsieur de Grandson.

Les deux seigneurs se séparèrent après un court entretien. Gérard avait honte de devoir la vie à son ennemi, et Grandson ressentait, en présence d'Estavayé, ce sentiment impossible à analyser qui vous fait pressentir qu'un homme vous sera fatal. Ils se saluèrent donc avec de mutuelles protestations d'amitié, fort sincères de la part de Grandson, puis ils continuèrent leur chemin, celui-ci vers Lausanne, celui-là, dans la direction contraire.

Au moment où Gérard appelait à son secours, l'aurore éclairait de ses lueurs incertaines les sommets des montagnes et lorsqu'il reprit son voyage le soleil s'était levé, le jour avait succédé à la nuit. Folario vint se placer auprès de lui. Ils cheminèrent ainsi pendant quelque temps, silencieux. Puis, le nain, fatigué de ne rien dire, prit sondain la parole :

— C'était un fort touchant spectacle je vous assure, s'écria-t-il en ricanant, que de vous voir en si bonne harmonie avec le seigneur de Grandson. Une seule chose m'étonne : c'est que nous ne revenions pas sur nos pas, car je le présume, après les événements de cette nuit, ce voyage est inutile.

Gérard se mordit les lèvres :

— Oh ! non, s'écria-t-il avec un accent de haine implacable, non, un bienfait reçu d'un tel homme est une honte pour moi : je m'en vengerai. Il va à Grandson... Peut-être plus loin !... Et depuis vingt ans, il n'est pas venu !... Oh ! si je pouvais courir avec la rapidité de l'éclair !...

— Eh ! reprit Folario, modérez-vous, mon cher seigneur. S'il rend visite à votre château d'Estavayé, il y sera bien reçu.

— Que veux-tu dire ? soupçonnerais-tu...

— Rien, interrompit le nain. J'ai donné des instructions à votre écuyer, pendant que vous baisiez les joues ridées de ce cher monsieur Grandson.

— Ah ! je te pardonne de m'avoir abandonné.

— *Corbacco* ! j'aurais voulu vous y voir. Une bête qui m'emportait et m'allait briser la tête contre quelque tronc de chêne... M'est avis, mon maître, qu'il faut s'entendre avant de commencer les hostilités. Au lieu d'aller bêtement vous jeter dans un piège, en accusant Grandson d'un crime dont on vient de l'absoudre, faites de ceci une affaire d'Etat. Nous allons à Lausanne. Voyez vos amis. J'opèrerai dans le peuple. Nous vous ferons un parti : Grandson aura le sien. Alors, ce sera une lutte incessante, un combat national, il ne manquera qu'un poète pour le chanter : Guelfes contre Gibelins, Buondelmonte contre Uberti. Il faudra bien que la régence s'en occupe. Le procès recommencera de plus belle. Nous produirons des témoins.., pas de procédure secrète ! au grand jour, la justice pour tous...

Le reste, monseigneur, est de droit au bourreau. Vous savez comment Jo-hannod s'y prend pour décoller les traîtres?

Et piquant des deux il se mit à galoper suivi de près par d'Estavayé.

Midi sonnait comme ils entraient à Lausanne.

XI

CE QUI SE PASSA AU CHATEAU D'ESTAVAYÉ, APRÈS LE DÉPART DU SEIGNEUR
GIRARD, DE SON ÉCUYER ET DE SON FOU.

Lorsque Girard d'Estavayé sortit du manoir, les serviteurs étaient encore
pour le plus grand nombre rassemblés dans la salle où se faisait la veillée,
suivant la coutume du pays. C'était une vaste galerie gothique, dont le parquet disparaissait sous une jonchée de branches de buis. Les murs, couverts
de vieilles boiseries, étaient ornés d'emblêmes de vêneries : têtes de loups,
massacres de cerfs, défenses de sangliers, cornes de chamois et d'aurochs.
Un chauffe-doux, sorte de poêle construit à peu près comme les nôtres, en
occupait le centre et répandait une chaleur douce dans tout l'appartement.

Les nombreux serviteurs d'Estavayé, valets de chambre, écuyers, maîtres
d'hôtel, veneurs, fauconniers, cuisiniers, lavandières, caméristes, entouraient ce poêle et se livraient aux plaisirs de la conversation. Le majordome, reconnaissable à sa longue chaîne d'argent, à sa corpulence, à son
air grave et digne, occupait ses loisirs à boire un flacon de vieux vin avec
le maître d'hôtel et le barbier de monseigneur, tous deux personnages de
quelque importance et les seuls que pût décemment hanter maître Barnabé.
Sensibles à cet honneur, Jorioz, le barbier, et Crépinien, son ami, écoutaient
avec déférence les bons conseils de leur protecteur.

Plus loin les ciseleurs et les valetons, jeunes gens encore étourdis, jouaient bruyamment aux dés. Si le perdriseur amenait trop souvent le double-six, le fauconnier en chef, le piqueur et les chambriers étaient appelés à se prononcer sur la validité du coup.

Les fillettes, caméristes, suivantes, lingères, travaillaient à de menus ouvrages sous l'œil vigilant de la femme de charge, Nanon Martin.

Et l'on causait que c'était merveille.

Pourtant, si Rose laissait échapper quelque expression saugrenue, si Lotte médisait un peu trop vivement du prochain, si Guyonne parlait trop haut de Simon, le pâtour, si Rolande piquait du bout de son aiguille sa voisine Armande la lavandière, la répression ne se faisait point attendre et la voix grondeuse de Nanon éveillait même l'écuyer Maubert, endormi dans son grand fauteuil de cuir.

Odet Guigaz, le bel enfant blond, ne se prévalait point de sa haute position auprès de la châtelaine pour s'écarter de ces réunions populaires où tous les rangs sont confondus. La domesticité avait son aristocratie ; mais le jeune homme, affable et bon, préférait se mêler aux jeux des serviteurs que s'ennuyer, seul dans un boudoir, en tête à tête avec un manuscrit de bénédictin. Sa grand'mère, assise à la place d'honneur, tournait son fuseau, daignant adresser de temps à autre la parole soit au majestueux Barnabé, soit à l'imposante matrone, bergère d'un troupeau bien turbulent. Parfois aussi l'intendant, mons Gautier Warnerod, sortait de la somnolence où le plongeait la digestion laborieuse d'un excellent repas et répondait aux questions de la vieille nourrice, à la condition cependant qu'elles touchassent aux intérêts matériels de la maison.

Ils étaient là vingt-cinq ou trente, heureux, tranquilles.

Tous servaient Estavayé depuis longues années, et leurs pères l'avaient servi avant eux. La maison leur appartenait ; ils y étaient nés, ils y devaient mourir. Profondément dévoués aux maîtres, ils les aimaient, les consolaient dans l'affliction, partageaient leurs joies, souffraient de leurs malheurs, vivaient de leur vie, sans autre but que de remplir leur tâche, sans autre récompense qu'un sourire ou quelque parole affable. La race de ces serviteurs est à jamais perdue.

Aujourd'hui un bon maître rencontre quelquefois, moyennant un gros salaire et des égards, un domestique qui daigne le prendre à son service.

Une discussion orageuse s'éleva entre un maître-queux et son premier marmiton, au sujet d'un mets nouvellement introduit dans l'art culinaire. Le majordome et le maître d'hôtel, gens compétents, furent choisis pour arbitres. Suivant l'usage usité en pareil cas, ils se gardèrent bien de trancher la question et prirent la querelle à leur compte. Seulement, comme ils étaient plus savants, ils y cherchèrent une occasion de faire briller leurs connaissances.

— Je vous affirme, disait le majordome à Crépinien, que je connais la' véritable origine du mot moutarde, cet assaisonnement inventé pour accom‑ pagner le rôt.

— Et moi donc ! c'est fort simple, maître Barnabé, sauf le respect dû à votre barbe grise. Il y a quinze ans, M. de Bourgogne s'en alla porter secours au petit roi de France, lequel marchait en guerre contre les Gan‑ tois. Dijon, révérence parler, qui est une ville aussi belle que Lausanne, fournit mille hommes d'armes au bon duc en échange de quoi elle eut le droit d'écarter son écusson des bandes bourguignonnes et de prendre la devise souveraine : *Moult me tarde !* Et de là vient moutarde. (1)

— Allons donc ! tu plaisantes, Crépinien.

— Ne vous déplaise, ami majordome, la devise est sculptée sur une des portes de la ville, si bien que des voyageurs, sauf respect, l'ont prise pour une enseigne.

— Ta ! ta ! ta ! que de bruit pour arriver à conclure, s'écria Barnabé avec une moue dédaigneuse, que moutarde vient du latin *multum ardet*, ce qui signifie brûlant le palais, et c'est de dom Manuce, le révérend sous-prieur de Payerne, que je tiens la chose.

La science était décidément répandue parmi les gens d'Estavayé, car en ce moment, le digne Gautier Warnerod expliquait à la vieille Amye les cou‑ tumes du pays, en citant la loi des Francs Ripuaires.

— Oui, disait-il en dodelinant la tête d'un air suffisant, j'ai acheté au‑ jourd'hui même le champ du syndic Butra et, suivant la coutume de Flan‑ dre, j'ai coupé une motte de gazon, j'y ai placé une petite branche d'arbre et l'ai portée à l'église, où elle restera jusqu'à la fin des siècles comme une preuve de...

— J'aimerais mieux, interrompit Amye, un bout de parchemin avec des marques noires dessus comme en sait faire un bon clerc, le révérend sous prieur de Payerne, par exemple.

— Oh ! l'acte est dressé, signé et scellé, bonne mère. Seulement, il fallait respecter les anciens usages. Les Francs, poursuivit le vieillard en s'échauf‑ fant, exigeaient trois, six ou douze témoins avec un nombre égal d'enfants que l'on fouettait à tour de bras, afin que par la suite ils se souvinssent du fait et pussent en donner témoignage.

La dispute culinaire arrivait à sa fin comme l'intendant achevait ces pa‑ roles. On n'entendit plus alors que le cliquetis des dés sur le bois, les mur‑ mures des joueurs et les rires étouffés des jeunes filles.

— Monseigneur est parti, dit tout à coup l'écuyer Maubert ; tu n'auras

(1) Cette étymologie facétieuse n'est point de notre invention. Nous la trouvons dans les *Bigarrures du seigneur des Accords*, de Tabouret, ouvrage publié en 1581.

pas de besogne demain, Jorioz, car ton rasoir n'approche guère de notre peau de vilain.

— Parti ! s'écria la Guigaz avec un mouvement de surprise, vous êtes sûr, mon beau garçon ?

— Oui. Il a quitté le manoir avec Folario, ce maudit bouffon piémontais qui se moque de nous, et mon compère Hugonin. Ils vont par devers le comte notre sire, en un pays où j'ai guerroyé au temps du comte Vert, à ce que m'a dit le palefrenier. Puisse-t-il ne pas leur arriver malencontre !

— Amen ! s'écrièrent toutes les voix d'un commun accord.

Après un nouveau silence, assez long, Nanon Martin, la femme de charge, reprit timidement la parole :

— Pas moins, dit-elle, voilà madame toute seule, à présent !

— Bon ! elle est restée seule vingt ans, s'écria Rolande en levant le nez.

— Vingt-sept, ma petite, rectifia Guyonne.

— Oh ! j'étais sûre que Guyonne savait le nombre d'années mieux que moi, riposta la jeune fille avec un malin sourire. Je n'étais pas née — Dieu merci ! — quand madame vint céans, jeune épousée !

— C'était un autre temps, reprit Nanon Martin d'un ton solennel, Estavayé était alors grand, puissant, et — ce qui valait mieux encore — heureux !... Il y avait des fêtes magnifiques... le vieux manoir s'illuminait de mille cierges de cire... Une foule de barons, de chevaliers, de seigneurs, avec de nobles châtelaines, — de jeunes damoiseaux remplissaient la salle des aïeux, la galerie des chasses, et il fallait sept laveuses de vaisselle pour écurer les plats d'argent !...

— Les plus beaux faucons, les éperviers, les gerfauts de Bretagne, ajouta le chef de la vénerie, étaient pour Estavayé. Quelles chasses, mes amis ! Le bruit des trompes s'entendait de l'autre côté du lac, bien loin, sur la pente des montagnes...

— Il se buvait dans un jour, dit à son tour le sommelier, autant de tonnes de cervoise et de fioles de vin qu'il s'en boit aujourd'hui entre les Pâques et Noël !

— Les beaux jours d'Estavayé sont finis ! murmura Amye Guigaz.

Les voix vibrèrent un instant sous les voûtes sonores de l'antique salle, puis elles s'éteignirent ; les joueurs cessèrent d'agiter leurs cornets ; le fuseau resta immobile dans la main d'Amye ; maître Barnabé prit son verre et le vida d'un trait. Les rires ne couraient plus sur les jolies lèvres roses des jeunes filles ; les visages honnêtes de ces loyaux vassaux n'exprimaient plus qu'une morne tristesse. Il y avait tant de différence entre autrefois et aujourd'hui !

Une voix lente et grave, celle de l'intendant Gautier, s'éleva dans le silence.

— L'on dirait que la malédiction d'en haut est sur Estavayé !
Chacun regarda son voisin avec une sorte d'effroi.

— Madame vit comme une recluse, ajouta la blonde Armande avec un soupir. Ses ajustements sont ceux d'une nonne ; elle prie, elle pleure peut-être !...

— Elle pleure souvent, interrompit Amye avec un accent sévère, et de ses larmes on eut fait un lac assez profond pour la noyer. Mais ne parlons pas de cela, nous avons des yeux pour ne pas voir et des oreilles pour ne rien entendre.

— Pas moins, s'écria Nanon Martin en secouant la tête, nous voyons la maîtresse nourrir les pauvres, accueillir les mendiants, donner sans cesse, donner toujours, si bien qu'il n'y a plus un misérable à dix lieues à la ronde qui ne connaisse le chemin d'Estavayé.

— M'est avis, dit Crépinien en posant ses coudes sur la table, mais en baissant les yeux, que monseigneur est moins généreux, lui. Sauf le respect dû à Estavayé, on le dit avaricieux, méchant, vindicatif...

— Chut ! murmura le majordome, si tu tiens à tes oreilles, petit, il faut tenir ta langue au chaud.

Odet Guigaz n'avait pris aucune part à la conversation. Il écoutait les propos des serviteurs d'une oreille distraite.

D'un caractère fort timide, il n'eût point osé se mêler à l'entretien sans être directement interpellé. Mais en entendant parler de la splendeur d'Estavayé, si promptement suivie de sa décadence, il ne put s'empêcher de soupirer et deux larmes perlèrent sous ses paupières.

Il aimait tendrement la baronne, sa bienfaitrice, et, souffrant de ses douleurs, il détestait l'homme qui faisait à la meilleure des épouses une telle existence. L'enfant possédait encore cette fleur d'innocence que les générations actuelles raillent si volontiers, cette candeur dont on ne retrouve plus trace chez la plupart des adolescents ; il avait un cœur ouvert à tous les nobles sentiments et ne vivait que d'affections. Il voulait aimer, être aimé, voir dans tous les hommes des frères et des amis. Sa pensée n'allait pas au-delà. Il ignorait encore les passions brûlantes, la fièvre de savoir, l'ardeur des sens, et jamais un souffle impur n'avait passé sur son front. Elevé par sa vénérable aïeule dans une fidélité inébranlable aux ancêtres, dans la crainte de Dieu, Odet Guigaz était capable de se dévouer jusqu'à la mort pour ceux dont il mangeait le pain ; plein de foi, instruit dans les choses de notre sainte religion, il se sentait fort, tout humble et tout petit qu'il fût.

Généreux, charitable, il voyait dans les pauvres ce que l'Eglise nous enseigne qu'ils sont : des représentants du Sauveur, demandant en son nom à ceux qui sont riches des biens de la terre ; il partageait avec eux le contenu de sa petite bourse, sachant toujours dire un mot de consolation aux mères, faire une caresse aux enfants, témoigner un pieux respect aux vieillards.

On l'avait surnommé Rosefleur, parce qu'il était frêle et mignon comme une jeune fille, doux et bon.

— Rosefleur, dit tout à coup Nanon Martin pour faire diversion à une situation qui devenait dangereuse, vous ne parlez guère, ce soir. Pourquoi ne jouez-vous pas aux dés ? Pourquoi n'aidez-vous pas le majordome à vider son flacon? Pourquoi...

— Oh ! oh ! interrompit le page en rougissant, que voilà de belles questions, Nanette !... J'aimerais mieux que grand-mère nous contât quelque histoire de l'ancien temps.

— Oui ! oui ! s'écrièrent les jeunes filles en tournant des regards suppliants vers la vieille nourrice. Une histoire, dame Amye, une belle chronique... Vous en savez tant !

— Une légende de revenants et d'apparitions, murmura d'un ton insinuant la Guyonne.

— Mieux vaudrait un récit de bataille, avec de grands coups d'épées, des têtes fendues et des membres fauchés comme l'herbe des champs sous la faucille des moissonneurs, ajouta l'écuyer Maubert en frisant sa moustache d'un air martial.

Amye se recueillit un instant et commença :

— Mes enfants, ce que je vais vous dire intéresse Estavayé, car c'est un fait réel dont mon grand'père fut un des acteurs.

Un frémissement de joie courut dans la vaste salle et tous les serviteurs oubliant qui les dés, qui la bouteille, qui la quenouille ou l'aiguille, vinrent se presser autour de dame Guigaz:

— Au temps où la Suisse n'existait pas encore, poursuivit-elle, il y avait dans le pays de Zurich, près du monastère de Fischengen, un château nommé Toggembourg, lequel appartenait au comte Henri. Celui-ci était un homme violent à l'excès, emporté, qui se laissait dominer par la colère. Il avait pour femme une douce et gente châtelaine, Ida. Un jour, il vit au doigt d'un écuyer nommé Hans Heckingen — c'était le père de mon père, Dieu ait son âme en paradis ! — la bague de mariage de la comtesse. Des soupçons odieux naquirent dans son âme. Il fit précipiter la comtesse Ida du haut d'une tour, dans le précipice béant aux pieds du manoir. Hans fut attaché, nu, à la queue d'un cheval indompté et périt broyé sur les pierres du chemin : on ne retrouva aucun lambeau de son corps.

Un murmure d'indignation s'éleva dans l'assemblée et quelques voix exprimèrent avec énergie la réprobation que méritait une semblable cruauté.

— La comtesse Ida, reprit Amye, fut sauvée par un miracle. Elle put se retenir aux aspérités du rocher. Peu de temps après, on découvrit son innocence, car voici ce qui était arrivé. Un corbeau avait volé l'anneau nuptial sur la balustrade d'une fenêtre, puis, l'ayant laissé tomber, Hans Heckingen le trouva et s'en para, ne songeant point à mal. (1)

— Et la comtesse ? demanda Rolande.

— Elle se retira dans un couvent, ne laissant qu'un fils en bas âge, lequel fut l'aïeul du père de madame Catherine.

Cet aveu produisit une impression profonde.

— Ah ! dit Gautier Warnerod en poussant un gémissement, il y a donc bien longtemps que le malheur est dans la famille !

A ce moment on entendit retentir au-delà de l'enceinte, du côté de la ville, les sons d'un cor. La vigie en sentinelle sur la courtine de la porte principale siffla à deux reprises.

— Ah ! dit l'intendant en se levant pour remplir les devoirs de sa charge, il nous arrive un étranger. Ça, que l'on prenne des lanternes et que l'on m'accompagne. Je vais à la tour savoir qui demande l'hospitalité à cette heure de nuit.

Sept ou huit serviteurs sortirent avec le vieillard, et les autres se mirent à s'entretenir de cet événement imprévu, faisant des conjectures sans nombre sur le visiteur inattendu, cherchant à s'expliquer le but de sa visite, se demandant enfin par quel hasard un voyageur arrivait la nuit même du départ de monseigneur, alors que depuis si longues années, le seuil du manoir n'avait été franchi que par les maîtres.

Enfin le bruit de la herse grinçant dans ses rainures et le cliquetis des chaines du pont-levis abaissant le tablier avec un sourd fracas, parvinrent jusqu'à leurs oreilles. Puis les pas de plusieurs hommes battirent sur le pavé de la cour ; la porte du donjon cria sur ses gonds, un murmure de voix retentit sous les voûtes, et l'huis s'ouvrit enfin, livrant passage à l'intendant qui conduisait un étranger. Derrière eux venaient quelques gens d'armes et les palefreniers.

Le nouveau venu paraissait avoir droit au titre d'écuyer. Un justaucorps de peau de chamois brodé de soie sur les coutures, des grègues de drap rayé blanc et bleu composaient son costume. Sa toque à plumes rouges avait pour agrafe une large coquille d'argent.

Il salua courtoisement la compagnie ; ensuite il but le verre de vin épicé que lui offrit l'intendant. Les devoirs de l'hospitalité remplis , Gautier Warnerod se préparait à lui adresser la parole, mais l'écuyer le prévint :

— Sire intendant, lui dit-il avec un accent anglais fortement prononcé, j'apporte à la noble dame d'Estavayé un message pressé. Bien

(1) Historique. V. l'*Histoire de la Suisse* de H. Zschokke.

que l'heure ne soit guère propice, voulez-vous avoir la bonté de la faire prévenir ?

— De quelle part votre message, sire écuyer ? demanda la vieille Amye en le regardant fixement.

— Je sers la fleur de la chevalerie, bonne mère, répondit l'écuyer avec une inclination respectueuse, et mon maître se nomme Othon de Grandson, baron d'Aubonne et seigneur de Sainte-Croix.

Amye devint pâle et trembla, mais elle n'eut point la force de répondre.

Odet courut prévenir sa maîtresse.

Quelques instants plus tard, il revint, tenant à la main une chaîne d'or d'un précieux travail.

— Sire écuyer, dit il, tandis que tout le monde le regardait avec étonnement, la dame d'Estavayé vous prie d'accepter ce présent de bienvenue... Elle regrette de ne pouvoir admettre en sa présence l'envoyé d'un baron que vous avez bien nommé la fleur de la chevalerie, mais des raisons graves s'y opposent. Ma noble maîtresse me charge de vous accompagner jusqu'à la maison du syndic de la ville, où vous logerez cette nuit.

XII

COMMENT LA DAME D'ESTAVAYÉ N'AYANT POINT VOULU RECEVOIR LE MESSAGER
DE GRANDSON REÇUT POURTANT LE MESSAGE.

L'anglais, avec un flegme tout britannique, prit la chaîne que lui tendait·
Odet, la suspendit à son cou, salua de nouveau d'un air digne la société
rassemblée dans la salle, et sortit avec le page, sans avoir dit un mot de
plus. Les serviteurs d'Estavayé, stupéfaits du dénouement inopiné de cette
scène, discutèrent à leur point de vue l'action de leur maîtresse, qui semblait manquer à toutes les lois hospitalières de l'époque. La cloche, sonnant le couvre-feu, mit un terme à ces commentaires. Ils se retirèrent
dans leurs cellules, après avoir fait, suivant l'usage, la prière en commun.

Amye seule resta dans la salle avec l'intendant chargé d'aller ouvrir à
son petit-fils lorsqu'il reviendrait de son expédition nocturne.

Il ne tarda pas à rentrer.

Les issues furent alors soigneusement fermées, les lumières s'éteignirent, et bientôt le château, plongé dans l'obscurité, devint un temple du
sommeil.

Odet et son aïeule s'engagèrent dans un étroit escalier dont la cage évidée à jour s'avançait en saillie dans la salle et qui conduisait à leur petit appartement, contigu à ceux de la baronne.

Ils traversèrent plusieurs passages et couloirs, une immense galerie ornée des statues gigantesques des seigneurs d'Estavayé, enfilèrent un long corridor qui séparait le logis de Catherine de celui de son mari. La chambre du page se trouvait au bout de ce corridor, dans une tourelle en encorbellement suspendue sur le lac.

En passant devant une porte drapée de portières de velours et qui fermait l'oratoire de madame Catherine, l'enfant entendit, à travers les panneaux de chêne, des sanglots étouffés. Il fit signe à son aïeule de prêter une oreille attentive. Tous deux, retenant leur respiration, s'approchèrent et se mirent à écouter. Catherine pleurait et gémissait, balbutiant des mots entrecoupés, invoquant dans son délire les anges et les saints ; elle paraissait en proie au plus profond chagrin.

Amye, espérant lui porter quelques paroles de consolation, éleva la voix et dit avec un accent plein de tendresse :

— Ma fille, ouvre-moi : j'ai le droit de mêler mes larmes aux tiennes.

Un faible cri lui répondit. Le verrou fut tiré et la porte s'ouvrit.

Catherine, livide, les yeux cerclés de bistre, le visage inondé de larmes, presque inanimée, se montra debout sur le seuil. Elle saisit la main de sa nourrice, l'attira dans la pièce, fit signe au page de la suivre et de refermer avec soin. Elle fit ensuite quelques pas en chancelant et vint tomber, haletante, à demi-évanouie, sur un siége.

— Mon Dieu ! s'écria la vieille Amye, en levant les mains au ciel, madame va mourir !... Ah ! pourquoi pleures-tu, ma fille ?... Qui te fait verser ces larmes, plus précieuses mille fois que les diamants de ta couronne ? Dis-le-moi, j'irai lui arracher les entrailles ?... Oh ! Catherine, mon enfant, ma vie, mon trésor, ne pleure plus... Je t'aime et je suis là... pour te consoler... pour te défendre...

Odet mit un genou en terre et dit, en essayant de forcer le timbre de sa voix, afin d'en cacher l'altération :

— S'il vous faut le sang d'un homme de cœur, prenez le mien, madame !

Catherine leur tendit à chacun une main qu'ils couvrirent de baisers.

— Vous êtes bons, leur dit-elle d'une voix faible, et je vois que vous m'êtes fidèles, mais vous ne pouvez rien pour moi... Je sens mon cœur lacéré par les plus cruelles angoisses... Priez Dieu de me donner la force... Priez-le avec ferveur, avec ardeur, ma bonne Amye .. Invoquez notre Mère Céleste, le secours des chrétiens, mon enfant... Vos prières s'élanceront, à travers les espaces, jusqu'au trône de Dieu, pures, chastes, immaculées, sans être ternies par des sentiments humains ! Je ne vous demande rien de plus.

— Ma fille, soyez calme, je vous en supplie. Confiez-vous à nous.

— Madame, un signe de vous et je pars !

Catherine fixa un regard surpris sur le visage loyal du jeune homme ; son front s'empourpra, sa tête s'inclina sur sa poitrine :

— Odet, murmura-t-elle, avez-vous deviné le sujet de ma désolation ?

— Je sais du moins que vous avez besoin d'un serviteur dévoué, répondit le page d'une façon évasive et en baissant les yeux.

Une transformation soudaine s'accomplit en Catherine. Son exaltation fit place à une sorte de calme. Elle essuya ses joues baignées de larmes, ses traits reprirent leur expression habituelle de douceur et de dignité.

Rosefleur la contemplait avec vénération ; il attendait une réponse et s'efforçait de déguiser son agitation sous l'apparence de l'insensibilité.

Amye Guigaz cherchait à comprendre : cette femme qu'elle venait de voir un instant auparavant anéantie, brisée par des souffrances inouïes, tour à tour languissante et dévorée par la fièvre et le délire, cette femme redevenait elle-même sur un seul mot prononcé par la bouche d'un timide jouvencel. Et cet enfant si faible, si frêle, aux joues pâles, aux yeux langoureux, doux, paisible, fait plutôt pour le repos des cloîtres que la vie active des camps, se montrait tout à coup plein d'audace, d'énergie, de mâle courage, et parlait de départ, lui qui n'avait jamais abandonné le giron maternel.

— Odet, je veux la vérité, reprit Catherine avec fermeté. Vous avez raison, ce n'est plus le temps de pleurer, il faut agir.

— Madame, votre mari a quitté le manoir, il y a deux heures, pour mener à fin une œuvre de vengeance. Il se dirige vers Bourg-en-Bresse, afin de renouveler, en présence de notre redouté seigneur le comte Amé VIII et du Conseil de Régence, une accusation qu'il avait déjà portée naguère contre un homme, — son mortel ennemi, prétend-il.

— Continue.

— Hélas ! ma gracieuse dame, pardonnez-moi de révéler les secrets d'un méchant qu'il est de votre devoir d'aimer !... Monsieur d'Estavayé veut calomnier le seigneur de Grandson et rendre cet outrage si public que le prince soit forcé, pour aider la querelle, d'ordonner le jugement de Dieu. Votre époux est sûr d'être vainqueur... Est-ce par sortilége ? Lui seul le sait.

— Je connais cette histoire... Cette haine, on ne me l'a point célée. Mais je ne pensais pas que la perversité de... pût aller aussi loin. Comment es-tu parvenu à pénétrer cet horrible mystère, caché avec tant de soin à ceux qui nous environnent ?

— Madame, votre mari, comme il arrive souvent aux criminels, a cherché des complices...

— Ah ! jeune homme, prends garde ! insulter un absent !...

— De grâce, interrompit l'enfant d'un ton respectueux, daignez me permettre d'achever, puisque vous exigez la vérité. Folario m'a tout révélé,
noble dame. Il feint de partager les sentiments de son maître... et, partant
ce soir pour ne revenir jamais, il m'a confié le soin de veiller sur vous, de
vous avertir. Le messager que vous avez refusé de recevoir...

— Assez !... J'en ai assez. Oui, je dois l'avouer et le proclamer haute-
ment : j'avais choisi Othon de Grandson, modèle d'honneur, exemple de
chevalerie, pour mon époux, et... et... je dus obéir à mon père en imposant
silence à mon cœur. J'ai fait mon devoir. Si j'ai regretté le temps de ma
jeunesse, ma conscience ne me reproche aucune faute, aucune pensée mauvaise. Dieu m'en est témoin ; au prix de ma vie, je ne voudrais pas trahir
celui auquel je suis unie par le plus sacré, le plus indissoluble des liens...
mais je veux le sauver lui-même en sauvant l'ami de mes belles années, le
compagnon de mon enfance, le plus digne de respect...

— Et qu'avez-vous résolu, madame ? s'écria le page, dans les yeux duquel se lisait une joie indicible. Je suis prêt à vous obéir.

— Eh bien ! pars dès l'aurore, et va prévenir Grandson de la trame our-
die contre lui.

— C'est tout ?

— Oui. Dis-lui qu'il épargne son ennemi, qu'il soit généreux... S'il
meurt, je me séparerai du monde à jamais. Et maintenant, laissez-moi,
amis. J'ai besoin d'être seule... seule avec le souvenir... avec Dieu !

Elle mit un baiser maternel sur le front de son fils d'adoption, salua sa
nourrice d'un signe amical et s'agenouilla sur la marche du prie-Dieu.

Odet et son aïeule sortirent aussitôt, agités par des émotions diverses.

Amye Guigaz songeait aux arrangements nécessités par un départ aussi
prompt et qui devait rester secret. Elle emmena le page dans sa chambre,
et sans dire un mot de la scène qui venait de se passer, elle s'occupa des
préparatifs en femme prévoyante. Ensuite elle lui expliqua les précautions
à prendre, les chemins à suivre, les endroits à éviter.

A l'aube, Odet s'embarquerait sur une légère yole destinée aux promena-
des de la baronne et se rendrait à Yverdon. Là, il changerait de vêtements,
se déguiserait en écolier et se mettrait en quête d'une mule qui pût le conduire d'abord à Lausanne, puis à Genève et enfin à Bourg, où le comte
Amédée tenait sa cour. A tous ceux qui l'interrogeraient, il devait se donner pour un étudiant revenant de suivre les cours des universités d'Allemagne, et comme il parlait couramment la langue allemande, il pouvait,
sans danger, soutenir son rôle.

Il reçut une somme d'argent suffisante pour un long voyage, et, comme
gage de sa mission, un anneau de la dame d'Estavayé. Ces dispositions pri-
ses, la bonne aïeule et son cher petit-fils se laissèrent aller à de doux épan-
chements.

C'était la première fois que Rosefleur se séparait de son unique parente. Celle-ci connaissait son exquise sensibilité, la délicatesse de sa santé, ses habitudes paisibles ; elle se demanda plus d'une fois, en bouclant la valise, en roulant le manteau, comment Odet supporterait les fatigues d'un long voyage et quelle serait sa contenance en face d'un péril sérieux.

D'une famille nombreuse, il ne lui restait que cet enfant. Pareille au chêne debout au sein de l'orage, qui ne rompt ni ne plie sous les efforts de la tempête, elle avait vu tomber autour d'elle ses quatre fils et sa fille, impitoyablement moissonnés à la fleur de leur âge par la mort. Elle était prête à sacrifier encore ce dernier rejeton de sa race, les dernières gouttes de son sang, et peut-être ne reverrait-elle plus jamais les soyeux cheveux blonds, les yeux d'azur, les lèvres roses toujours souriantes de ce Benjamin bien aimé.

Ces réflexions n'eurent pourtant aucune influence sur sa résolution. Elle sut contenir l'explosion de ses sentiments, faire preuve d'un courage héroïque en songeant au but qu'il était nécessaire d'atteindre.

C'est que son amour pour Catherine, sa fidélité à la maison de Belp l'emportaient sur les liens de famille et tenaient du fanatisme, s'il nous est permis d'employer une telle expression, en exagérant de quelque façon notre pensée.

Quand tout fut achevé, Odet vint s'agenouiller aux pieds de l'aïeule, qui lui sourit avec bonté. Après l'avoir longuement contemplé, comme pour fixer ses traits chéris dans sa mémoire, elle l'attira sur son sein et couvrit de baisers son visage ; puis, honteuse de manifester ainsi une émotion qu'elle tenait à honneur de cacher à tous les yeux, elle le repoussa vivement et reprit son attitude impassible.

— Ah ! grand-mère, dit Rosefleur en soupirant, je vais être longtemps sans vous voir ? Embrassez-moi encore.

— Qui sait, Enfant ? peut-être ne te verrai-je plus !

— Ne parlez pas ainsi, vous abattriez mon courage.

— Les vieillards de mon âge ne doivent plus songer au lendemain, poursuivit Amye en secouant la tête. L'arbre déraciné par le vent, tombe au moindre souffle et la main d'un petit enfant suffit à le renverser dans la poussière... Que la volonté du Seigneur soit faite ! Mon cœur saigne en te voyant t'éloigner de moi, toi le soutien de ma vieillesse, la joie de mes sombres années... Le sacrifice est pénible... Mais vas, fais ton devoir et je mourrai contente.

— Dieu vous protégera, s'écria l'enfant qui se sentait défaillir, la Vierge vous conservera à mon amour, bonne mère ! Oh ! je ne passerai pas une heure sans penser à vous, sans prier pour vous, sans demander à mon ange gardien de ne point m'abandonner en ce monde, orphelin, sans appui, sans parents !...

A petite cloche.   8

— Fais ton devoir, Odet ! répéta l'aïeule de sa voix lente et monotone. Rappelles-toi que ton père est mort en vengeant un outrage fait au nom de Savoie : à Città Réale, dans la campagne du comte Vert et du roi Louis d'Anjou contre Monsieur de Duras, il tomba frappé d'un coup mortel. Il fut laissé parmi les morts dont le terrain était jonché; un cavalier ennemi, don Gaspardo Mataloni, vint reconnaître le champ de bataille en foulant aux pieds les cadavres des Savoyards, il s'écria avec une joie féroce : « Je me baigne dans les roses. » Ton père l'entendit. Il se traîna sur les genoux, une main dans sa blessure pour empêcher le sang de couler, jusqu'à ce qu'il eut trouvé une grosse pierre. Alors réunissant toutes ses forces, il saisit cette pierre et la lança à la tête de l'italien en lui disant : « Prends encore cette rose ! » Mataloni tomba mort auprès du cadavre de ton père(1). Voilà comment expira Jean Guigaz. Prends modèle sur lui, sois doux aux faibles, dur aux forts. Pardonnes à ceux qui t'injurieront, mais ne laisse jamais impuni un outrage fait à Dieu, à ton pays, à ton maître !

L'enfant pleurait, non de douleur, mais d'orgueil.

— A la cour, tu verras de nobles seigneurs, poursuivit Amye. Beaucoup se souviendront de ton père et ne daigneront point, fussent-ils princes, de tendre la main à son fils.

— Oh ! parlez encore, grand-mère ! murmura Odet subjugué par l'accent plein d'amour de la vénérable femme.

— Je n'ai plus rien à te dire, si ce n'est ceci : sois prudent, sois fidèle !... Aime Dieu, respecte l'Eglise; obéis à tes maîtres. Ne commets jamais un acte que ta conscience puisse te reprocher ; portes le front haut, car tu es d'une race qui ne le cède en antiquité à aucune maison seigneuriale et si tu n'es pas noble, tu peux le devenir. Méfies-toi des beaux discours, des fanfarons, des étourdis qui vivent dans le loisir et nagent dans l'abondance. Il faut, pour réussir, être sobre, patient, persévérant, sage et brave. Acquiers ces qualités et peut-être verrai-je, si la tombe m'attend encore quelques années, surgir l'aurore d'une ère nouvelle.

Les heures s'écoulaient, rapides. Les sommets des montagnes se découpaient à l'horizon plus nettement. Une longue bande couleur d'opale frangeait le ciel et des nuages teintés de jaune annonçaient le lever du soleil. La nature entière s'éveillait du sommeil de la nuit. Le lac se gonflait en vagues mignonnes sous la pression du vent du matin. Les barques des pêcheurs matineux sillonnaient sa nappe d'azur, livrant aux souffles de la brise leurs voiles blanches semblables aux voiles de l'albatros.

— Ma mère, dit Odet en s'arrachant aux bras d'Amye qui le tenait embrassé, voici le jour, il faut partir.

(1) Ce fait est historique

Elle sentit son cœur palpiter, à ces mots qui lui rappelaient que l'heure du sacrifice avait sonné.

— Ma mère, dit encore l'enfant, bénissez-moi.

Elle se leva, résignée.

Les yeux fixés sur le ciel où scintillaient d'un pâle éclat quelques étoiles errantes, elle étendit ses mains sur la tête bouclée de l'enfant, humblement agenouillé devant elle. Et d'une voix tremblante, avec un accent empreint d'une émotion indicible, elle prononça les paroles suivantes, tandis que des larmes abondantes creusaient ses joues flétries :

— Mon Dieu !... Dieu de Tobie... vous avez rappelé dans votre bienheureuse éternité ceux que mes entrailles avaient portés et que je nourris de mon lait... Il me reste celui-là... Si telle est votre volonté, je vous le donne encore et je bénirai votre main divine si vous l'enlevez à mes vieux ans... Conservez-le dans la droite voie... Soyez lui en aide au milieu des orages de cette vie... Qu'il soit loyal, honnête, qu'il observe vos commandements, adore votre Nom, honore vos créatures !... Daignez répandre sur lui vos bénédictions, comme je le bénis moi-même, au nom du Père, du Fils et du Saint-Esprit.

Odet se suspendit au cou de la digne femme, l'embrassa dans une dernière étreinte passionnée, silencieuse.

Il prit ensuite la petite valise, descendit, guidé par Amye, les marches étroites d'un escalier secret, et se trouva devant une porte percée à fleur d'eau, qui fut ouverte sans bruit.

Une bouffée d'air frais sécha ses paupières; il aperçut la yole élégante, peinte en vert qui se balançait gracieusement sur les flots, attachée par une corde à un anneau scellé dans la muraille.

Il déposa son paquet sur les bancs du canot, fixa les rames dans les cavités destinées à les soutenir, fit le signe de la croix et entra dans la barque en s'écriant :

— Adieu, grand-mère, au revoir.

— Va, et Dieu te conduise ! répliqua la vieille femme en lui montrant le ciel par un geste sublime.

La barque glissa comme une flèche sur les eaux limpides. Odet ne détourna pas son regard de la poterne sur le seuil de laquelle il apercevait son aïeule.

Peu à peu, la base du château sembla disparaître sous les vagues ; il ne vit plus qu'un mouchoir blanc agité en signe d'adieu...

Les tours d'Estavayé se couronnèrent d'un diadème de nuages...

Un voile de brouillards s'étendit sur les murailles du manoir.

Alors Odet cacha sa tête dans ses mains et pleura.

Soudain le soleil apparut dissipant les nuées et les vapeurs diaphanes. L'enfant vit resplendir les vitraux du castel et ses murailles dorées... Il reprit les avirons, tourna l'avant de la légère embarcation sur l'est et se mit à ramer, en chantant, pour échapper à de sombres pensées :

Le roi a une fille à marier
A un anglais la veut donner...
. . . .

Deux heures plus tard, il abordait à Yverdon. Son premier soin fut de faire ramener la barque au château par un pêcheur qu'il rencontra sur le port, et, ce devoir accompli, il se mit en mesure de continuer son voyage.

XIII

OU L'AUTEUR A LE PLAISIR DE PRÉSENTER A SON BIENVEILLANT LECTEUR LE
PROPRIÉTAIRE DU SINGE BLEU.

Le Léman, cette mer en miniature, enchassée comme un saphir dans une
ceinture de montagnes, se divise en trois parties que l'on nomme le Petit-
Lac, la Grande-Conche et le Grand-Lac. Celui-ci baigne le Chablais, le
Valais et le pays de Vaud, dont la capitale Lausanne s'élève en amphitéâtre
à peu de distance des rives plantées d'aulnes, sur une éminence appuyée
aux dernières croupes du Jorat. Avec les flèches de sa cathédrale, son antique donjon flanqué de quatre tourelles, son palais épiscopal de style gothique, ses maisons à toits aigus, à pignons pointus, Lausanne apparaît aux
voyageurs comme une oasis de pierre dans un océan de verdure.

Du côté de Vevey, ce sont de riants côteaux couverts de vignobles dont
les pampres enguirlandent les troncs d'arbres, s'étalent en éventail sur les
murgers, grimpent aux murailles, tapissent les provins, splendide manteau nuancé pendant l'automne des plus riches couleurs, d'un vert glauque
ombré de noir pendant l'été.

Au sud, les rochers de Meillerie, blanchâtres, mignonnes falaises que
dominent des monts aux flancs desquels se suspendent les forêts où crois-

sent le chêne gigantesque et le sapin colossal, géants végétaux de nos Alpes.

Au loin resplendissent, diaprées d'or et de pourpre, irrisées d'azur avec les reflets éclatants de la moire et les ondulations argentines de la nacre, les neiges éternelles, diadème à nul autre pareil dont se pare le front orgueilleux des monts altiers.

Des bords du lac, large coupe qui miroite pailletée d'étincelles aux rayons du soleil jusqu'aux pieds de la chaîne du Jorat, s'étalent des plaines chargées d'une végétation luxuriante, immense échiquier dont les cases sont des champs, des bois, des prairies, des pâturages, entrecoupé de vallons, sillonné de torrents tumultueux, de ruisseaux limpides, de rivières coulant à pleins bords, dont les eaux réfléchissent les rangées d'aulnes, de saules, de peupliers qui les bordent ou les rochers noirs, moussus, qui les diguent. Les rives du lac, plages de sable doré, berges escarpées, talus au frais gazon, s'élancent des deux côtés en une courbe élégante, opposant aux envahissements du flot écumeux leurs fragiles barrières que, d'après une loi immuable, qui pourtant n'est écrite nulle part, il ne peut franchir.

Au-delà apparaissent les côtes de Savoie, avec leurs châteaux et leurs villes coquettes : Évian, Thonon, Ripaille et Villeneuve, en face de laquelle on aperçoit, léger point blanc dans l'azur, paresseusement assis dans son île étroite, le château de Chillon, avec ses toits en poivrières, ses clochers sveltes, son donjon crénelé. Plus loin encore, cette masse éblouissante dont la cîme se perd dans les nues, c'est le roi des Alpes, le mont Blanc, sur les flancs duquel descendent, invasion menaçante, des glaciers vierges encore de tout pas humain.

Ah ! combien l'œuvre de Dieu est magnifique ! Quelle diversité dans l'harmonie ! Quelle variété dans une réelle union ! Quels contrastes se déroulant sans opposition trop violente !... Ici les pampas et leurs lianes, et leurs cactus, et leur végétation luxuriante, les savanes, les forêts inaccessibles, les déserts peuplés de lions et d'éléphants ; là, de verts sapins, des prairies verdoyantes, des vallées gracieuses... Ici le mont Blanc... ailleurs le Chimboraço... Plus loin, l'Himalaya... Mon Dieu ! vous avez fait le monde trop grand et trop beau !

Lausanne est une ville ancienne, mais son histoire peut se narrer en quelques mots. Elle fut sagement gouvernée par ses évêques, méconnut son bonheur et préféra la guerre civile aux douceurs de la paix.

Combien de grandes nations pourrait en dire autant d'elles-mêmes !...

Pourtant quelques-uns de ces prélats ne se montrèrent point tels qu'il eût été désirable qu'ils fussent. Ainsi, Burchard d'Ættingen, prêtre d'un caractère ardent, belliqueux, farouche, eut l'audace, malgré les prescriptions des conciles, de contracter un mariage public. Il soutenait les empiétements de l'autorité impériale sur le pouvoir légitime des Souverains

Pontifes, et c'est pourquoi il fut maintenu sur son siége, malgré les récla-
mations de l'Eglise, jusqu'à ce qu'il mourut misérablement à la bataille de
Gleichen, en Thuringe, livrée l'an 1089, par l'empereur Henri aux Saxons (1).
Il eut pour successeur ce Lambert de Grandson, duquel nous avons déjà
parlé quelque part et qui fut, suivant le dire populaire, emporté par le
démon.

D'autres faits regrettables se passèrent en 1239 ; à la mort d'un évêque,
deux candidats furent présentés par deux partis. Les uns soutenaient
Philippe de Savoie, les autres appuyaient les prétentions de Jean de Cossonay. L'empereur prit fait et cause pour celui-ci ; les barons de Farcigny et
le comte de Savoie prêtèrent leur aide au premier. Il y eut bataille. Lausanne fut pillée.

Nous avons déjà fait un récit de ces luttes désastreuses, véritables scandales qui préparaient les voies à la Réforme, en affaiblissant l'autorité
des princes, en souillant d'une tache indélébile la majesté de l'Eglise. (2)

« Mais les exemples édifiants sont bien plus communs, à cette époque
même, dans les annales ecclésiastiques de notre pays. Saint Bernard de
Menthon, employant son patrimoine à fonder, dans les plus âpres sommets
des Alpes, ces admirables hospices qui doivent immortaliser son nom ;
saint Amédée d'Hauterive, donnant aux solitaires d'Hautecombe l'exemple des vertus cénobitiques, après avoir brillé dans les cours, dans l'administration des affaires publiques et dans l'épiscopat; Boniface de Valper-
gue, sur le siége d'Aoste, méritant par sa charité sans bornes d'être mis par
la voix publique au nombre des saints, compensent bien les scandales que
pouvaient avoir donné d'autres prélats peu réguliers dans leur conduite.
Quant aux moines cultivateurs dont on a déjà été dans le cas de parler, il
convient d'ajouter, à leur juste éloge, que, de tous les citoyens, ils se montrèrent les plus affectionnés au gouvernement, qu'ils défrichèrent de leurs
mains les montagnes désertes, qu'ils les peuplèrent de nombreux vallons,
qu'ils y exercèrent l'hospitalité la plus généreuse, dans un temps où les
routes étaient peu sûres et les hôtelleries inconnues ; qu'en instruisant la
jeunesse, ils suppléèrent longtemps aux écoles qui n'existaient pas ; qu'enfin ils achevèrent de mériter la reconnaissance des peuples, en offrant, dans
leurs vastes et solitaires maisons un asile pour les soldats mutilés à la
guerre. (3) »

Nous pouvons ajouter à ces lignes de l'un de nos plus illustres historiens

---

(1) *Chronica Lausannensis Chartularii,* pages 32 et 35. *Annalista saxo. ad, ann.* 1087.

(2) V. notre récit historique *La Mitre et l'Epée.*

(3) *Mémoires historiques sur la maison de Savoie,* par le marquis Costa de Beauregard,
tome Ier, page 111.

nationaux, que les religieux furent, en Savoie, les premiers promoteurs de l'industrie. Les chartreux créèrent des fonderies dans les montagnes d'Arvillars. Les bernardins de Tamié enseignèrent aux habitants de leurs vallées à forger le cuivre et le fer ; les moines lombards, enfin, inventèrent les métiers à tisser.

Lausanne pouvait citer avec orgueil, parmi ses évêques, Gérard de Faucigny, Jean de Rossillon, Jean de Bertrand, Guy de Prangins et nombre d'autres prélats, nobles ou plébéiens, dont la vie et les richesses furent consacrées à rendre heureux, sous leur autorité, les peuples dont la garde leur était confiée.

En effet, les évêques de cette ville, outre le pouvoir spirituel, exerçaient en même temps une puissance temporelle, malgré les prétentions à la souveraineté du pays de Vaud, de la maison ducale de Zeringhen, éteinte vers la fin du treizième siècle. Le dernier roi de Bourgogne, Rodolphe III, élevé au monastère de Saint-Maurice, fut couronné par l'évêque Henri de Lensbourg, vers l'an 993.

L'an 1000 devait être, selon d'antiques prédictions émanées d'une fausse interprétation de l'Apocalypse, le terme de l'existence du monde. Beaucoup de princes voulurent se réconcilier avec le Ciel et se dépouillèrent de leurs richesses pour faire acte d'humanité. Rodolphe, menacé de voir son diadème renversé dans la poussière par les envahissements des vavasseurs laïques, voulut, en attribuant une portion de la puissance temporelle aux seigneurs ecclésiastiques, former un pouvoir pondérateur qui maintînt l'équilibre politique dans ses Etats et diminuât la force des hommes d'épée.

C'est pourquoi il donna le comté de Tarentaise à l'archevêque Amuzzo, le comté du Valais à l'évêque de Sion, le comté du Chablais à l'abbé de Saint-Maurice. En même temps, l'évêque de Lausanne fut investi du comitat de Vaud, le 26 août 1011. (1)

Telle fut l'origine de la souveraineté dévolue aux prélats de notre antique province. (2)

A l'époque où se passe notre récit, Lausanne avait pour premier pasteur Guillaume de Menthonay, d'une antique famille de Savoie, homme d'un savoir éminent, vertueux et si grandement estimé, que le comte Rouge

---

(1) La charte de donation du « comitatus Waldensis sicut ab antiquis terminationibus est determinatus » extraite du cartulaire manuscrit de l'église de Lausanne, conservé dans les archives de Berne, a été publié par SINNER, *Voyage dans la Suisse occidentale*, 1787, t. II. no 172, et reproduite dans les *Monumenta historiæ patriæ*, t. II des Chartres, col. 105.

(2) V. notre *Etude sur les droits seigneuriaux des Evêques de Maurienne*, Puthod, éditeur, Chambéry, 1868. — In-8°.

l'avait choisi pour baptiser son fils, celui qui devait être l'anti-pape Félix-Quint, après avoir été le duc Amédée VIII.

Peu de jours après le départ du page Rosefleur du château d'Estavayé, une émotion populaire agitait la capitale du pays vaudois.

Une foule immense, pressée, composée d'éléments divers, circulait dans ses rues étroites, fort tortueuses, comme les rues de toute cité forcée de se développer en un espace resserré par une enceinte de remparts.

Ce rassemblement de la population se montrait moins compact, et partant moins tumultueux dans la rue de la mercerie, qui monte de la place de la Palud, où se trouvait la maison commune, à la cathédrale bâtie par l'évêque Berthod de Neufchâtel au milieu de circonstances singulières.

Lausanne avait été réduite en cendres par le duc de Zehringen. Trois ans après ce prince mourut, et Berthod, ayant rassemblé sur les ruines le chapitre, la noblesse et la bourgoisie, maudit sa mémoire, remit l'évêché au gouvernement de la Vierge et vota une croisade, à la condition que les quêtes qu'il se proposait de faire dans toute la chrétienté pour la reconstruction de sa ville et de sa cathédrale se trouvassent suffisantes. Ses efforts eurent un heureux résultat et ses vœux furent comblés, mais il mourut le jour même de son départ.

La voie spécialement affectée au commerce des merciers était donc, nous l'avons dit, relativement silencieuse.

Les honnêtes négociants, propriétaires du « Gant Rouge, » de la « Main de la Sybille » — allusion transparente à la sybille Tiburtine, dont l'attribut est une main, parce qu'elle prédit les soufflets que devait recevoir Jésus-Christ ; — des « Rois Mages, » du « Fuseau de sainte Solange, » et autres boutiques du même genre où les chalands trouvaient en quantité de riches ceintures brodées, ganses de velours, escarcelles d'écarlate, aumônières sarrazinoises, gants de peau de daim, rubans multicolores, glands de soie, aiguillettes, boutons ciselés, émaillés, garnitures de toutes sortes ; ces honnêtes négociants, disons-nous, debout sur le seuil de leurs portes, oubliaient d'appeler à eux les clients avec leur voix câline, leur accent insinuant et leurs belles promesses, et contemplaient avec inquiétude la foule des passants, desquels le maintien indiquait une résolution inébranlable de faire du tapage, d'essayer l'émeute, même sans savoir pourquoi.

Assurément aucun d'eux ne songeait à la prochaine élection du roi des merciers, charge importante créée par Charlemagne, et dont le titulaire avait l'inspection des poids et des mesures, délivrait les brevets d'apprentissage, les lettres de maîtrise, percevait des droits considérables, exerçait en un mot une prépondérance réelle sur le corps de métier, ce qui satisfaisait à la fois son orgueil légitime et son amour du lucre.

La rue de la Mercerie, avec ses maisons à angles saillants ou rentrants, fort mal alignées, ornementées chacune suivant le goût de son heureux possesseur, peintes de couleurs vives ou rehaussant la noblesse de leur architecture par d'élégantes sculptures, lanternes, tourelles, balcons, rinceaux, écussons, gargouilles monstrueuses, cheneaux crénelés, pignons dentelés, galeries découpées à jour, présentait un coup d'œil des plus pittoresque. L'effet en était encore augmenté par le nombre infini, la variété des enseignes suspendues aux tiges de fer contournées avec cet art qui s'appliquait aux plus menus détails.

Un jeune étranger, récemment arrivé à Lausanne, à en juger par son ignorance des lieux, et qui portait le costume des étudiants de l'Université de Cologne, semblait remarquer plus particulièrement, parmi ces demeures, un bâtiment peu élevé, peint en bandes alternées gris et vermillon. Au-dessous du balcon ouvert sur toute la longueur de la façade, pendait une enseigne représentant d'un côté saint Julien, patron des hôteliers, et de l'autre un singe magnifique, duquel le pelage avait cet inconvénient d'être d'un beau bleu céleste, ce qui pouvait induire le voyageur à penser que le digne propriétaire de l'hôtellerie ne connaissait point l'histoire naturelle.

Cet animal hétéroclite — nous avons l'intention de désigner ainsi le singe — tenait à la main un cartouche portant cet exergue :

AU SINGE BLEU

BON LOGIS, FREISCHE BEUVERIE.

Notre jeune étudiant, ne voulant sans doute point compromettre sa robe de drap pers et son bicoquet de velours nacarat dans une taverne de bas étage, s'approcha d'une fenêtre fermée par un chassis de papiers huilé, mais de laquelle un carreau avait été crevé probablement dans quelque bagarre.

Il vit une assez grande salle dont le plafond et les parois n'avaient pour tapisserie qu'une épaisse couche de plâtre bruni par la fumée. Une cheminée supportée par des colonnettes mal équarries, mais égayée par un feu pétillant, occupait le fond de cette pièce. A droite, un dressoir en bois commun, chargé de vaisselle, de plats d'étain, brocs, hémines, setiers, chopines, jarres et de cruches de métal ou de grès ; à gauche, entre une crédence, et deux bancs adossés à la muraille, se voyait, à demi entre-baillée une porte conduisant, sans doute, à la cuisine. Enfin, au centre de la pièce, quatre longues tables entourées d'escabelles.

Cet intérieur, peu luxueux sans doute, était fort décent pour l'époque, et quiconque eût flétri cet endroit du nom de cabaret eût eu maille à partie avec le glorieux inventeur du « Singe Bleu », Grégoire Tardavit, et ses nombreuses pratiques.

Celles-ci appartenaient pour la plupart à l'honorable corps des écoliers, clercs de tabellion, scribes, enfants de la chicane, et si l'on tolérait la présence de quelques apprentis, il fallait qu'ils fussent employés par de riches marchands, pelletiers, orfèvres ou merciers.

Cette joyeuse compagnie se trouvait précisément assemblée autour des table qui gémissaient sous le poids des gobelets et des brocs, incessamment vidés et remplis par le vigilant Tardavit, plus soucieux de ses intérêts que de la bonne tenue de ses habitués.

Bazochiens, procureurs, petits greffiers et autres gens de palais formaient bande à part.

Les écoliers, glorieux de leurs priviléges, s'enivraient séparément.

Les commis marchands s'asseyaient à une table voisine.

Tous parlaient très-haut et beaucoup, gesticulaient sans relâche, s'interpellant, vociférant, mêlant à leurs discours les uns des axiômes formulés en jargons judiciaires; les autres force termes techniques, ceux-ci des proverbes, ceux-là des sitations latines. Un garçonnet imberbe chantait les villanelles, ballades et virelais en vogue, s'accompagnant, faute d'un rebec, en battant la mesure avec son couteau sur son verre, et parfois frappant si fort, qu'il renversait contenant et contenu, au grave préjudice des vêtements de ses voisins. Çà et là retentissaient quelques injures, aménités prévues par les règlements du lieu et qui valaient au délinquant une amende en nature, — vin, liqueurs ou cervoise — profitable aux gosiers toujours altérés des camarades.

N'oublions pas de mentionner une particularité curieuse.

Les écoliers et les gens de la bazoche étaient chaussés tous à neuf de souliers à la poulaine d'une longueur démesurée, à la pointe desquels pendaient des aiguillettes d'argent ou de soie. Les beaux fils du commerce, eux, portaient, brodée sur l'épaule et sur la poitrine, la figure d'un râteau. Du reste, la foule qui circulait dans Lausanne était partagée en deux camps distingués l'un de l'autre par ces étranges signes de ralliement, et chaque fois qu'une bande, en chaussures ornées d'aiguillettes rencontrait un groupe de gens vêtus de capes marquées d'un râteau, il se faisait un copieux échange de horions et d'injures.

La salle de l'hôtellerie se trouvait le théâtre d'une discussion animée qui menaçait de se transformer d'un instant à l'autre en querelle. Heureusement Grégoire Tardavit sentait le danger et, craignant pour sa vaisselle, il avait soin de ne jamais laisser vide les mesures de boisson; comme ses clients, échauffés par l'usage immodéré de la parole, se rafraîchissaient de minute en minute, il espérait les voir bientôt ivres; or, il estimait qu'une fois ivres ils n'auraient plus assez de force pour bosseler ses brocs d'étain et casser ses plats de faïence, ni assez de présence d'esprit pour vérifier le total de l'addition.

L'objet de la dispute était les mérites différents de deux personnages; suivant la coutume, chacun des deux partis attribuait à son chef les plus nobles qualités, les meilleurs sentiments, le but le plus honorable, chargeant, au contraire, le chef adversaire de passions viles, de défauts odieux, lui prêtant des desseins subversifs de tout ordre public.

Si les uns avaient raison, les autres devaient avoir tort, suivant l'évidence. Mais c'était le cas d'appliquer un dicton populaire : Les opinions ressemblent à des clous, plus on frappe dessus, plus on les enfonce.

Enfin on allait en venir aux mains, malgré les objurgations, les supplications et les gens désespérés de l'honnête hôtelier, lorsqu'un incident inattendu vint mettre le holà.

La porte s'ouvrit brusquement. Un jeune homme frêle, blond, vêtu d'une robe de drap pers et coiffé d'un bicoquet de velours nacarat apparut sur le seuil. C'était l'étudiant de Cologne.

Ayant apparemment trouvé la compagnie de son goût, il venait de se décider à s'introduire dans le domaine placé sous la direction du singe d'azur.

XIV

CE QUE PEUVENT SIGNIFIER UN RATEAU BRODÉ SUR UNE MANCHE, ET DES
AIGUILLETTES COUSUES AU BOUT DE SOULIÉRS À LA POULAINE.

Le nouveau venu fut accueilli par un profond silence. Il alla s'asseoir
auprès de la cheminée, dans un vaste fauteuil réservé à l'usage exclusif de
Grégoire Tardavit, s'y établit commodément, avec une telle aisance ou
plutôt une telle désinvolture que l'hôtelier, d'abord scandalisé d'un pareil
sans-gêne, crut devoir ne faire aucune observation, réfléchissant qu'un
semblable oubli des convenances pouvait et devait même obtenir une compensation pécuniaire.

Ce n'est pas lorsqu'il loge le diable dans sa bourse qu'un étudiant se
permet des allures aussi dégagées !

Le cabaretier s'approcha donc du jeune homme et lui demanda, en employant des formules respectueuses, ce qu'il lui plairait de choisir parmi
les boissons dont sa cave était abondamment pourvue. Il lui fut répondu
qu'il eût à servir, sans tarder, une ou deux bouteilles de son meilleur vin
du Rhin.

Grégoire cligna de l'œil en regardant ses chers écoliers et fit clapper sa langue comme pour leur donner à entendre que cette opulente pratique méritait des égards.

L'un de ceux-ci, grand et beau garçon d'environ vingt ans, assez richement vêtu, mais fort débraillé, qui avait le verbe haut, le maintien suffisant d'un homme possédant une confiance illimitée en soi-même, se retourna vers l'étranger auquel il adressa la parole d'un ton délibéré :

— Ça! lui dit-il, vous venez de loin, camarade? Je vois à votre costume que vous appartenez aux universités d'Allemagne, et, si je ne me trompe, à celle de Cologne?

— En effet, répliqua l'inconnu d'une voix très-douce, accompagnant sa réponse d'un gracieux sourire. Vous avez bien deviné, mon camarade.

— Et alors, si vous êtes écolier comme nous, quoique d'une école rivale, et de plus étranger à la cité de Lausanne, pourquoi ne venez-vous pas vous attabler avec nous, au lieu de vous cacher en un coin, comme une chouette, un hibou, une orfraie ou tout autre oiseau de mauvaise augure? Par saint Nicolas, patron des joyeux garçons, je m'en pourrais fâcher!

Le jeune homme prit son escabelle et la porta près de la table. Puis, comme Grégoire Tardavit rentrait dans la salle avec deux bouteilles au long col à la main, il lui cria d'un ton dégagé :

— Dix flacons, mon maître, vingt flacons! Il faut bien, puisque vous m'admettez à l'honneur de votre compagnie, poursuivit-il en s'adressant à l'écolier, que je paie ma bienvenue.

Son entrain, sa générosité, dissipèrent les premières préventions excitées par sa qualité d'étranger. Toutes les mains se tendirent vers lui. L'on choqua les verres à plusieurs reprises, l'on porta la santé du prince, et ces préliminaires terminés, l'amitié fut cimentée à tout jamais.

— Par saint Nicolas! dit alors l'écolier, qui avait le premier salué le voyageur, votre figure m'est extraordinairement sympathique, mon jeune ami; je m'appelle Louis de Monteil. Voici messieurs Jehan de la Fontaine, Remy Pernot, Jacques de Vufflens, Henri Malardier, tous étudiant le droit, *Jus romanum.* Vous plaît-il, maintenant?

— A Cologne, interrompit l'étudiant, l'on me nommait Rosefleur.

Après quelques mots insignifiant sur son voyage, ses études, sa famille, Rosefleur se hasarda à dire à ses amis de fraîche date qu'il lui avait semblé, au moment d'entrer dans l'hôtellerie, entendre un certain bruit de voix, montées à un certain diapason, et de ces indices il avait pu conclure qu'une discussion fort importante s'était élevée, sans doute au sujet des Pandectes ou des ouvrages du jurisconsulte Beaumanoir. Avant de répondre, Louis de Monteil consulta du regard ses camarades, et lisant une approbation dans leurs yeux, il répliqua :

— Non! non, mon jeune ami... Quand nous venons ici, nous oublions les lois de Justinien — et plût à Dieu que le moine qui les découvrit à Amalfi, en l'an de grâce 1137, n'eût jamais existé ! — aussi bien que le livre des coutumes du très-savant et très-ennuyeux Philippe de Beaumanoir, et le *Conseil* de Messire Pierre de Fontaines, légiste non moins savant et non moins fastidieux. Avez-vous entendu parler de la querelle qui s'est élevée entre monsieur de Grandson et monsieur de Estavayé?

— Certainement, à Fribourg, à Moudon, l'on...

— Très-bien. Nous tenons pour Grandson, lequel est un preux et très-estimable chevalier.

Désignant alors par un geste assez dédaigneux les apprentis et les marchands, il ajouta :

— Ces courtauds de boutique tiennent pour Estavayé, le plus vil pendard qui soit sous le soleil, un jaloux, un félon qui sequestre depuis vingt-sept ans sa femme, enfermée dans son donjon des bords du lac !

— Tiens ! reprit Rosefleur sans sourciller, je ne savais pour qui me décider, mais puisque vous êtes pour Grandson, pour Grandson je serai.

La querelle s'envenima à la suite de ces propos. Furieux de se voir traités si légèrement, ceux que Monteil appelait des courtauds de boutique reprirent l'offensive :

— Eh ! vous avez sujet de servir ce Grandson ! vociférait un gaillard bien découplé, investi de toute la confiance du plus riche orfèvre du Grand-Port. Un vieillard édenté, presque fou, traître à sa patrie, qui va manger ses écus chez des sauvages et qui n'a pas seulement cent marcs de bonne argenterie !

— Un homme caduc, à la tête chenue, qui n'a pas changé la forme de son pourpoint et la coupe de ses chausses depuis le règne du bon comte Vert, ajoutait un tailleur d'habits. Par saint Barthélemy l'écorché, notre glorieux patron ! voilà un beau chevalier, avec son doublet tailladé, ses manches maheutres et ses robes fendues sur le côté !

— Il m'a marchandé une fourrure de zibeline, dit à son tour un pelletier, et c'est à peine si je le surfaisais de trois livres !

— Belle affaire, en vérité ! riposta l'un des écoliers, De telles raisons conviennent à des pourpointiers, fripiers, tireurs d'or, fourreurs et autres gens de cette espèce niaise... Cuve de saint Nicolas !... sous les beaux habits d'Estavayé bat un cœur de traître et de lâche !... Il a des bijoux et des joyaux par boisseaux , il achète la zibeline sans marchander, mais il est vil, sans courage, à coup sûr il participe à la fois du loup, de la vipère et du scorpion.

Cet échange de propos insultants faillit provoquer une rixe. Les couteaux sortirent de leurs gaînes, les bâtons tournoyaient dans les mains. Rosefleur s'interposa et réussit à calmer ses compagnons.

Sur ces entrefaites, le son des cloches annonça que le populaire allait commencer une émeute. Les commis s'élancèrent dans la rue, suivis de près par les écoliers. Monteil resta seul avec son nouvel ami, qui le pria de lui servir de guide au milieu de cette ville menacée de toutes les horreurs du désordre. Après avoir largement payé Grégoire Tardavit, qui s'inclina, stupéfait, en voyant sur un coin de la table plusieurs pièces d'argent, Rosefleur prit le bras du jeune Louis et franchit le seuil.

Il y avait, en effet, grand bruit dans la bonne ville de Lausanne. La place de la Palud regorgeait de monde. Aux fenêtres se pressaient les femmes, charmées de prendre part au tapage, sinon par l'action, du moins en spectatrices impartiales.

Quelques individus, n'osant point risquer leur vie et désireux néanmoins d'assister à un drame qui pouvait devenir sanglant, s'étaient juchés sur les toits, sur la plate-forme des tourelles, au sommet des clochers.

Le Grand-Port, la rue Cité-Devant, la Riponne, contenaient une foule immense. Les villages d'alentour avaient envoyé leur contingent à cette assemblée souveraine, qui se préparait à se battre, ne sachant même pas en faveur de qui et contre qui elle se battrait.

Les corps de métiers n'avaient eu garde de manquer au commun rendez-vous. Les cardeurs, les talmelliers ou boulangers, les tisserands, les charpentiers, les tourneurs, les teinturiers, les forgerons, les tonneliers s'étaient armés des outils de leur état, peignes à dents de fer, pelles, barres, haches, varlopes, pioches, marteaux, pointes aiguës emmanchées au bout de longs bâtons. Les uns portaient le rateau d'Estavayé, les autres les aiguillettes de Grandson.

Les bourgeois, coiffés de morions, enchâssés dans leurs cuirasses comme des tortues dans leurs carapaces et fort empêchés, sous le harnais guerrier, essayaient de prendre une attitude martiale, ou se tenaient prudemment à portée de l'huis de leurs maisons. D'autres, plus accoutumés à de pareilles scènes, arpentaient le terrain d'un air fanfaron, frisant leurs moustaches, faisant retentir leurs éperons sur le pavé. D'aucuns remorquaient leurs femmes, pestant en leur for intérieur contre la sotte curiosité de ces aimables bourgeoises, et contre leur propre faiblesse.

Enfin des écoliers, des apprentis, des enfants même se joignaient aux hommes plus âgés, heureux de se donner une importance apparente en prenant part au tumulte.

Ces groupes de gens aux vêtements bariolés, taillladés, de couleurs vives, les uns courant d'un air affairé, les autres assemblés dans les carrefours; ces rues ornées d'enseignes bizarres, bordées de maisons singulièrement agencées, présentaient aux yeux un spectacle pittoresque.

Tout ce monde parlait, causait, pérorait, délibérait, criait, et l'ensemble de ces sons variés partant de milliers de bouches, formait, avec le retentissement des armes, le tintement des cloches, un concert majestueux. Cette foule houleuse, bondissante, sans cesse en mouvement, ressemblait à la mer pendant une tempête.

Louis et Rosefleur admirèrent cette scène curieuse, qui se déroulait sur un théâtre si vaste.

Ils se dirigèrent vers le château épiscopal dont les abords étaient occupés par le peuple et remarquèrent tout d'abord un groupe de bourgeois et d'artisans auxquels ils vinrent se mêler.

Un boucher, reconnaissable à sa veste de cuir tellement souillée de sang que de jaune elle était devenue rouge, de rouge, brune et de brune presque noire, à son large tablier blanc, à son assommoir suspendu par une chaîne de fer à sa ceinture, et qui serrait entre ses doigts crispés un énorme coutelas, pérorait au milieu de ce groupe. Or, si les bouchers de Lausanne ne valaient pas les bouchers de Gand, — lesquels prétendaient descendre en masse d'un comte de Flandres et s'intitulaient *prince-Kinderen*, « enfants du prince, » — ils composaient une communauté fort puissante, riche, et que l'on craignait beaucoup. Leur doyen n'avait qu'à planter sa bannière sur la place de la Palud, devant l'Hôtel-de-Ville, à faire sonner la cloche du beffroi, la corporation tout entière venait se ranger sous l'étendard.

Dans la querelle entre les deux nobles seigneurs vaudois, les gens de métier avaient généralement pris le parti d'Estavayé, soit en haine des classes riches, des hommes exerçant des professions libérales, soit qu'ils eussent été soudoyés par l'or de l'ennemi de Grandson.

La foule écoutait patiemment l'orateur. Les uns en fronçant les sourcils, en portant les mains sur leurs armes ; les autres, avec des applaudissements plus bruyants que sincères. Monteil et Rosefleur s'aperçurent que les premiers étaient en plus grand nombre et résolurent de profiter de l'avantage.

— Ah ! ah ! s'écriait le boucher d'une voix rauque, avec un accent de rudesse et des gestes violents, en ricanant par intervalles et promenant parfois un regard féroce autour de lui. Ce Grandson est, par le porc de saint Antoine ! un vilain traître et couard chevalier ! C'est un avaricieux qui entasse trésors sur trésors dans son castel des bords du lac et refuse l'hospitalité même aux pauvres pèlerins revenant d'Ensiedeln...

— Hé ! Marcomir Galuche, interrompit une voix moqueuse, tu sais bien le contraire puisqu'il t'a nourri, toi et les tiens, pendant huit ans !...

— C'est un mensonge ! répliqua l'homme au coutelas en faisant tournoyer son arme terrible au dessus de sa tête. Et ce serait vrai ? Il voulait me corrompre, voilà tout ! Ces beaux seigneurs s'engraissent aux dépens du peuple et je ne vois pas pourquoi ils ne partageraient pas avec nous qui les nourrissons leurs champs et leurs terres ! Puissé-je ne jamais plus assommer de bœuf et ne jamais plus suspendre à mon étal une tête de veau, si je ne lui ouvre pas la gorge à première occasion !...

A *petite cloche.* 9

— Oh ! oh ! reprit la même voix railleuse, il t'ouvrira d'abord la panse avec sa bonne épée, s'il en daigne souiller la lame du sang d'un truand tel que toi !

Ces apostrophes parurent porter à son comble l'exaspération du boucher.

— Qui a parlé ? vociféra-t-il en grinçant des dents, qui a parlé ? Qu'il arrive donc à moi, ce damoisel, ce jouvenceau, ce dameret ! Je lui apprendrai à respecter l'honorable confrérie des...

— Des tueurs de cochon, bourreau ! interrompit encore son invisible adversaire.

Hors de lui-même, l'écume à la bouche, Marcomir Galuche reprit de sa voix tonnante :

— Vil champion d'un lâche assassin, approche si tu l'oses, et défends ta misérable vie ! Grandson, mes amis, a lâchement poussé au tombeau notre bon comte et suzerain, Amédée le Rouge...

— Par saint Maurice, patron de Savoie, tu en as menti !

Et Rosefleur, en qui nous pouvons maintenant reconnaître l'agresseur du boucher, se frayant un passage à travers la foule, suivi de Louis de Monteil, vint se placer en face de lui, les bras croisés sur sa poitrine, si beau d'indignation, de courage et d'énergie, que la multitude l'acclama et battit des mains.

Les deux antagonistes se regardèrent un moment en silence ; le premier, ivre de fureur, prêt à bondir sur une proie qu'il se flattait de terrasser d'un coup de sa lourde main ; l'enfant, calme, impassible, railleur.

Puis un rugissement de bête fauve retentit, et le boucher se précipita, l'arme haute, sur Rosefleur. Celui-ci l'attendit de pied ferme, évita le choc en se jetant légèrement de côté, saisit son ennemi par ses longs cheveux noirs, se suspendit à cette épaisse crinière et fit si bien qu'il le renversa à ses pieds.

Lui posant alors le genou sur la poitrine, tandis que Monteil s'emparait du coutelas, il tira sa dague et lui enjoignit de demander merci.

A cette vue, les partisans d'Estavayé s'ébranlèrent, ceux de Grandson brandirent leurs épées... Une clameur immense déchira les airs et la bataille commença.

D'abord ce fut une mêlée générale qui ne tarda pas à dégénérer en une lutte corps à corps. Les combattants s'entrelaçaient, bondissaient, frappant sans relâche. On entendait résonner sourdement, sous le choc des épées, l'acier des cuirasses et des casques. Des cris de rage, des appels de défi retentissaient, dominés par les lamentations des blessés et les hurlements des gens de métiers. Rosefleur faisait des prodiges de valeur, admirablement secondé par les écoliers du « *Singe bleu*, » accourus aux cris des partisans d'Othon :

— A petite cloche, grand son !

Bientôt, quoiqu'ils se fussent bravement conduits, le boucher et ses compagnons furent mis en fuite.

Plusieurs blessés râlaient, étendus sur le pavé ; les uns, la tête fendue ; les autres, la poitrine trouée ; d'autres encore plus maltraités et ruisselants de sang.

La cloche tintait lugubrement. Dans la ville basse, des combats partiels avaient lieu. Déjà les insurgés parlaient de se porter sur Morges et d'aller à Genève, ceux-ci pour se plaindre à Madame la Régente des menées d'Estravayé, ceux-là pour obtenir justice de la prétendue félonie de Grandson.

Ainsi vont les fureurs populaires quand elles sont excitées par des passions politiques ; elles s'exagèrent le danger comme le mal, ne savent point s'arrêter à temps, s'accroissent en raison de la résistance, appellent à leur aide le pillage, la licence, l'orgie, s'étendant comme une tache d'huile et menaçant, fléau mille fois plus terrible que l'incendie, de tout dévorer.

La querelle de deux particuliers mettait en feu un pays entier.

Quelle puissance avaient donc ces nobles d'autrefois et quelle influence possédaient-ils sur le peuple pour le voir accourir ainsi, dévoué jusqu'à la mort, prêt à soutenir leurs querelles ?

C'est que la noblesse, en Savoie, fidèle par inclination à la maison régnante, affectait pourtant de ne voir dans le prince qu'un gentilhomme, le premier, il est vrai, de l'Etat. Elle soutenait le peuple dans ses luttes contre lui, prenait part à son affranchissement, le protégeait, l'aimait, rendait la justice égale pour tous, ne commettait aucune exaction, vivait dans ses terres en répandant l'abondance autour d'elle, ne s'écartait, en un mot, jamais de son rôle, qui était de maintenir un équilibre parfait entre toutes les classes de la société, d'unir le pouvoir suprême aux classes laborieuses et de servir d'intermédiaire actif, toujours impartial, entre ces deux puissances.

Aussi n'est-il aucun pays de l'Europe où la noblesse ait conservé plus longtemps son prestige. Si, de nos jours, elle ne jouit d'aucun privilége, si ses richesses ont diminué dans la proportion de l'accroissement des fortunes plébéiennes, il n'est aucun pays où elle soit plus respectée, plus aimée, grâce aux souvenirs qu'elle a laissés de sa bienveillance, de sa générosité, de sa charité, de ses vertus.

Dans les récents malheurs qui ont affligé la France, n'avons-nous pas vu les fils d'un grand seigneur que toute la Savoie pleura lorsqu'il fut rappelé dans un monde meilleur (1), abandonner leurs femmes, leurs enfants, pour

_____

(1) Le marquis Pantaléon Costa de Beauregard, ancien écuyer de Charles Albert, roi de Sardaigne.

voler au secours de la patrie en danger, sans autre désir que celui de vaincre ou de mourir? L'un d'eux (1) est mort sur un champ de bataille livré à l'ennemi par la trahison; quatre de ses frères ont combattu avec lui... Sept autres membres de la même famille, portant le même nom, se sont rangés sous nos drapeaux. Quel exemple!

Et dans ces pages, nous avons cité plusieurs fois déjà le nom de leur aïeul, un de nos historiens les plus savants, qui, pendant les loisirs de sa vie militaire, traçait les belles pages de ses mémoires historiques sur la maison de Savoie.

(1) Olivier Costa de Beauregard, tué à Sédan.

XV

CE QUE VENAIT FAIRE À LAUSANNE MESSIRE OTHON DE GRANDSON.

Tandis que nos écoliers se battaient avec le boucher Galuche et ses compagnons pour l'honneur du nom de Grandson, un cavalier suivi d'un seul écuyer galopait à bride abattue dans la direction de Lausanne, sur la route de Cossonay.

Il portait une légère cotte de maille sur laquelle était jetée une casaque de satin rayé bleu et blanc.

Il ne tarda pas à arriver à la porte de la ville et comme il ralentissait l'allure de son cheval pour franchir le pont-levis et donner le mot de passe au corps de garde, un homme vêtu d'un costume semi-ecclésiastique s'approcha et lui fit cette question :

— Pardon, messire, n'êtes-vous pas le seigneur d'Aubonne ?

— Oui, mon ami, que désirez-vous de moi ?

L'homme fit un pas en avant et reprit sur un ton plus bas :

— Monseigneur de Menthonay m'envoie vous avertir, messire, qu'il y a grabuge dans les faubourgs à cause de vous. Il vous prévient, en bon compère et allié — ce sont ses propres termes — que les gens d'Estavayé en veulent à votre vie. Par ainsi, vous feriez bien de tourner bride ou de continuer votre marche vers Morges.

— Où est monsieur l'Évêque ?

— En sa tour d'Ouchy? Mais il se prépare à revenir céans, car, dit-il, la place d'un pasteur est parmi ses brebis, surtout au moment où le loup rôde autour du troupeau.

— Je reconnais là mon cher Guillaume, s'écria le cavalier avec un accent d'admiration affectueuse. Eh bien! mon ami, va dire à monsieur l'Évêque ceci : Le seigneur d'Aubonne croirait déshonorer le nom de Grandson, s'il se montrait moins courageux qu'un vénérable vieillard. Au surplus, j'irai lui baiser la main, car je compte séjourner à Lausanne ce jourd'hui et demain.

— Messire, soit fait suivant votre volonté. Les insurgés ont changé le mot de passe, ajouta le messager, au lieu de *Croix Blanche* c'est *Comte Rouge* et vous répondrez *Rateau*.

— C'est bon. Merci.

Le seigneur d'Aubonne piqua des deux, passa devant la sentinelle avec la rapidité de l'éclair en lui criant le mot d'ordre.

Le logis de messire Othon de Grandson, seigneur d'Aubonne du chef de sa défunte épouse Jeanne Aleman, était situé sur la place de la Palud, auprès de l'Hôtel-de-Ville.

C'était une maison carrée, bâtie en pierre de taille, dont les murs avaient une épaisseur considérable. Élevée de trois étages d'une certaine hauteur, elle ressemblait assez à une tour massive. Sur chacune des façades s'ouvraient neuf croisées — trois par étage, coupées de meneaux sculptés et entourées d'une guirlande de feuillages et de pampres, entrelaçant les coquilles des Grandson.

Le faîte s'évasait en corbeille soutenant une rangée de créneaux, dominé par un toit à quatre pans, aigu, terminé par deux girouettes, signe de noblesse. Aux quatre angles, ce bâtiment était flanqué de tourelles supportées par un cul de lampe, avec une sirène pour ornement principal et des enroulements d'arabesques finement travaillées. Ces lanternes, coiffées de toits en poivrières donnaient au logis l'apparence d'un donjon.

Tel qu'elle était, avec ses charmants détails, cette demeure n'avait rien qui la distinguât des constructions voisines. Les riches bourgeois étant, à cette époque, parfois mieux logés que les seigneurs. A la fois palais et forteresse, elle était assez solide pour soutenir un siège, assez vaste pour abriter une famille nombreuse, assez petite pour n'exciter la jalousie d'aucun orgueilleux baron.

Un rassemblement nombreux d'artisans, d'ouvriers, de compagnons et d'apprentis — les classes laborieuses, nous l'avons dit, composaient le parti d'Estavayé — s'était formé devant cette maison.

L'on avait d'abord essayé de parlementer avec la garnison, un vieux concierge, ancien soldat, qui l'habitait et la gardait. Retranché derrière les battants épais de la porte de chêne, doublés et chevillés de fer, ce fidèle serviteur s'était borné à répondre qu'étant au service de Grandson depuis longues années, c'était l'insulter que de lui demander une trahison. Or les fenêtres étaient défendues par des grilles scellées dans les murs et tenter l'assaut eût été fort téméraire.

L'on délibéra.

Un jeune garçon proposa modestement d'enfoncer l'huis au moyen d'un bélier. Un maçon offrit de desceller les gonds. Un coutelier opina pour l'incendie, mais son compère, le forgeron du coin, objecta qu'il serait dommage de ne point piller auparavant l'hôtel. Ces honnêtes gens ne savaient à quoi se résoudre.

Le concierge ne perdit point une syllabe de leurs propos et jugea le moment venu de sonner la cloche d'alarme. Aussitôt une centaine d'écoliers et de bourgeois aux souliers ornés d'aiguillettes déboucha de la rue voisine et vint cerner les émeutiers. D'autres partisans de Grandson accoururent de tous côtés.

— Par l'enclume de saint Eloi ! s'écria le forgeron, aux marteaux ; mes beaux garçons, et balayons ces liseurs de grimoires ! Quoi, de braves gens ont l'occasion de se divertir un peu, de s'enrichir sans nuire au prochain, et ces corbeaux en robes noires viendraient les en empêcher !... Sus ! battons le fer pendant qu'il est chaud.

En proférant ces paroles, cet homme, dont la taille herculéenne intimidait la foule, brandissait une énorme massue.

— Les biens des traîtres doivent être confisqués, opinait un bazochien à la figure de fouine. Le trésor de notre seigneur est assez rempli et c'est justice que de mettre en notre escarcelle des écus neufs du sire de Grandson.

— Du traître de qui le forfait a été impuni, vociféra le coutelier en jetant un regard menaçant aux partisans d'Othon, grâce à la française... mais, chut ! il ne fait pas bon dire la vérité devant les fils du menteur !

— Menteur toi-même, lui répondit un écolier, et Dieu me damne si je ne fais rentrer ton mensonge dans ta gorge, truand ! ribaud ! coureur de guinguettes !...

Cet échange d'aménités démocratiques amena une explosion de colère qui se traduisit par une avalanche d'injures que nous demandons la permission de ne point relater ici.

Les bourgeois, pacifiques par tempérament, s'efforçaient de calmer l'ardeur impétueuse des écoliers, lesquels, dans leur fougue juvénile, voulaient tirer une vengeance immédiate des calomnies dont on accablait le vénérable Grandson. De leur côté, les amis d'Estavayé n'osaient en venir

aux mains, ils étaient inférieurs en nombre à leurs adversaires et craignaient que les archers du guet, les pertuisaniers de l'évêque et les sergents
de la ville ne se missent de la partie.

Le hardi forgeron tenta d'éveiller leur convoitise en énumérant les meubles précieux, les pièces d'argenterie, la quantité d'or et d'argent monnayés
qu'ils trouveraient dans l'hôtel du seigneur d'Aubonne. Il parlait avec une
éloquence grossière mais persuasive, et l'appât du pillage décida les mer-
cenaires soudoyés par l'implacable ennemi de Grandson à faire enfin acte
matériel d'hostilité.

Deux robustes compagnons apportèrent une longue poutre et la soulevant
sur leurs épaules, ils se préparèrent à frapper de coups redoublés l'huis
écussonné aux armes du chevalier. Les remontrances des bourgeois, leurs
abjurations ne purent alors arrêter l'élan des jeunes gens. Ils tirèrent leurs
épées, leurs dagues, brandirent leurs bâtons, poussèrent le cri de guerre
et se précipitèrent sur l'ennemi, résolus à vaincre ou à mourir.

La cloche tintait lugubrement, dominée par le fracas immense de cette
multitude en fureur. Les femmes sanglotaient, appelant d'une voix éplo-
rée leurs fils, leurs maris, leurs pères. Un beau soleil d'automne inondait
de ses rayons dorés cette horrible scène, cette lutte fratricide. On voyait
briller comme un éclair la lame des miséricordes, flamboyer les glaives
ruisselants de sang. Des hurlements de rage vibraient dans l'air unis aux
clameurs des spectateurs, aux gémissements des blessés.

— Mort ! Mort !

— Tue !

— A petite cloche, grand son !

— Le râteau d'Estavayé !

Les écoliers pliaient. Leurs adversaires, plus avancés en âge, plus en-
durcis à la fatigue, avaient encore l'avantage des armes. Ils opposaient
aux couteaux des écoliers, aux poignards des enfants de la bazoche, leurs
pesants fléaux, leurs masses de fer, leurs marteaux, leurs grandes haches.
Les coups pleuvaient. Le vide se faisait devant l'intrépide forgeron, debout
sur un monceau de cadavres. Les bourgeois fuyaient en désordre, jetant
çà et là les diverses pièces de leur accoutrement militaire, afin de courir
plus vite. La victoire se décidait en faveur des émeutiers ; le mauvais droit
allait triompher...

Soudain, la foule oscilla, recula, s'ouvrit, laissant le passage libre à un
cavalier vêtu d'une casaque de soie par-dessus un léger haubergeon de
mailles. Le cheval avait l'écume à la bouche, les flancs labourés par l'éperon. Affolé par ce tumulte, il se cabrait, ouvrant à chaque instant une
brèche dans la muraille humaine qui se dressait aux deux côtés de la route.
Le seigneur d'Aubonne, les rênes aux dents, soulevait à deux mains son
gigantesque flamard.

Il fut aussitôt reconnu ; pressé, entouré des replis tortueux de cette foule furieuse. Encouragés par sa présence , les étudiants se ruèrent de nouveau sur l'ennemi. Grandson poussa son cheval au milieu de la mêlée et se mit à frapper d'estoc et de taille. Chacun des coups de son arme terrible faisait mordre la poussière à quelque rebelle. Tout à coup, il s'arrêta, jeta son glaive à ses pieds, se dressa sur ses étriers et cria d'une voix retentissante :

— Amis ! ce combat est inutile... Je ne veux pas que de braves gens soient égorgés à cause de moi... Si c'est ma vie que vous voulez, prenez-la... J'ai assez vécu, puisque j'ai vu ceux que j'ai nourris me cracher au visage et souiller mes cheveux ! Vos pères étaient meilleurs que vous : ils vénéraient les vieillards et réservaient leur sang pour l'offrir en sacrifice à la patrie.

Les combattants, stupéfaits d'un tel courage, s'étaient arrêtés pour écouter les paroles généreuses mais empreintes d'une noble fierté de ce vieillard. Son attitude imposante, son geste majestueux, sa parole vibrante, firent une impression profonde sur les deux partis. Ce calme, cette grandeur, furent sur le point de désarmer ses ennemis, mais le forgeron, exalté par l'appât du gain, ivre de sang et de rage, ne voyant qu'un adversaire à combattre, se tourna vers les siens et leur dit en désignant le chevalier :

— Sa tête vaut mille florins !

C'en fut assez pour ranimer les fureurs des agents d'Estavayé.

La bataille recommença.

Plusieurs s'étaient frayés un chemin jusqu'à l'intrépide vieillard, et le voyant résolu à ne point se défendre se proposaient de l'attaquer tous à la fois.

Un nouvel incident changea la face des choses. Plusieurs compagnies de soldats, débouchant à la fois de toutes les issues de la place refoulèrent au centre les émeutiers et les chargèrent avec impétuosité. En même temps une voix fraîche, railleuse, s'éleva dominant le tumulte :

— Ah ! mes agneaux, disait-elle, dix contre un ! ce n'est pas assez ! Noël pour Grandson !

Et deux jeunes gens, presque des enfants, bondissant par dessus les cadavres, agiles, souples, rapides comme l'éclair, eurent en un clin-d'œil dégagé Grandson, dispersé les assassins.

Les archers firent le reste. En les voyant apparaître, les *Rateaux* furent saisis d'une panique soudaine. Leurs rangs se rompirent. Les plus vaillants se laissèrent arrêter après une résistance désespérée, les autres s'enfuirent, cherchant partout un refuge.

Au bout d'un quart-d'heure, la place était déserte. Il n'y restait que Grandson, Roseffeur et Monteil. Le chevalier contemplait d'un œil humide de larmes, quinze ou vingt cadavres couchés dans le sang.

— Ah ! dit-il en exhalant un profond soupir, il est cruel de voir tant de braves gens mourir assassinés par leurs frères !...

Bientôt arrivèrent les femmes, qui venaient chercher parmi les victimes ceux des membres de leurs familles qu'elles pensaient avoir succombé dans la lutte. Des soldats s'établirent à l'entrée des rues pour empêcher l'accès de la place à la multitude. Peu à peu le bruit s'éteignit. Un silence de mort se fit dans cette ville, en proie un instant auparavant à toutes les horreurs de la guerre civile.

Grandson abandonna son cheval aux soins de son écuyer et se dirigea vers la porte de sa maison que le concierge venait d'ouvrir.

— Monseigneur de Grandson ! lui dit Rosefleur s'approchant d'un air timide, j'ai besoin de vous parler.

Le vieillard jeta sur lui un regard scrutateur :

— Entrez, mon enfant, lui répondit-il simplement.

Il adressa quelques paroles bienveillantes à son fidèle serviteur et le remercia d'avoir si bien soutenu l'assaut dont l'émeute le menaçait.

Puis, suivi du jeune homme qui le considérait avec intérêt comme une personne de qui l'on a beaucoup entendu parler et que l'on voit pour la première fois, il pénétra dans un petit salon orné de tentures de velours bleu.

Là, sous un beau Christ d'ivoire appendu à la place d'honneur, et sur une console de bois d'ébène merveilleusement sculptée, se trouvait un bracelet d'argent niellé, fort simple, recouvert d'un voile de crêpe noir. Le regard du jeune homme se porta d'abord avec une instinctive curiosité sur ce singulier objet.

— Vous avez à me parler, mon enfant? dit Grandson d'une voix douce.

— Oui, monseigneur, mais permettez-moi de vous féliciter avant tout du danger auquel vous venez d'échapper.

— Vous avez contribué à me sauver, damoiseau. Je ne l'oublierai pas. Il fut un temps où Grandson vous eût témoigné sa reconnaissance par le don de quelque seigneurie. Hélas ! ce temps n'est plus et je ne pourrai même t'inviter à faire partie de ma maison, car le malheur est sur moi !... Oui, si le seigneur résiste aux envahissements du peuple et met un frein à l'émeute, on l'accuse de lèse-nation... Le gentilhomme devient bourreau... Si le peuple, lui, triomphe, il peut se vautrer dans le sang, se repaître de victimes, on dira qu'il a reconquis sa liberté et, qui sait, la postérité l'acclamera !... Triste sort que le nôtre !... Tu me regardes, enfant? tu es étonné, sans doute? Ces paroles amères dans la bouche d'un vieillard, ces reproches, ils te surprennent ? Peut-être t'indignent-ils ? J'ai vécu plus de soixante années; comme toi, je fus jeune, confiant dans l'avenir, expansif, plein d'amour pour l'humanité. Je subis de cruels mécomptes ! Chaque année m'enleva une illusion... des déceptions sans nombre blanchirent mes cheveux... Dieu te garde, beau garçonnet aux cheveux dorés, de jamais boire à la coupe amère du désenchantement.

Sa voix était si douce et si pleine de charme que Rosefleur se sentit pénétré d'une profonde émotion. Il admirait ce vieillard, calme après d'aussi poignantes douleurs, qui ne mettait dans sa bouche aucune plainte et n'adressait aucun reproche à ses persécuteurs. Il comprenait la grandeur de ce caractère, lisait dans cette âme comme en un livre ouvert sous ses yeux. Pour cet homme qu'il connaissait à peine il eut donné sa vie.

— Qui es-tu? lui demanda Grandson avec bonté.

— Monseigneur, on m'appelle Odet Guigaz et je suis page de la gracieuse dame d'Estavayé.

Le chevalier devint pâle et mit la main sur son cœur comme pour en comprimer les battements.

— Envoyé par ma maîtresse, je venais, continua le page, informer Votre Seigneurie des trames ourdies contre son honneur et sa vie. Vous avez par vous-même pu juger de la situation en trouvant Lausanne divisée en deux camps. Demain le pays Vaudois sera en feu : la guerre civile éclatera sur tous les points du territoire. L'on veut attirer l'attention, rendre publique l'accusation calomnieuse portée contre vous, forcer Madame la Régente à s'en occuper et demander enfin que vous soyez traduit devant une cour souveraine que l'or de vos accusateurs fera votre ennemie. Puis vous mourez!... Non point comme un Grandson doit mourir, dans la bataille, sa bannière à la main, pour la patrie, pour le prince!... mais ignominieusement, de la main du bourreau, sur l'échafaud où l'on aura, la veille, rompu les membres de quelque assassin, pendu quelque voleur nocturne!

— Et la dame d'Estavayé, reprit le gentilhomme redevenu grave, impassible, me fait mander que j'aie à me tenir sur mes gardes.

— Oui, magnifique seigneur !

— Eh bien ! mon enfant, va lui dire que Grandson, l'ami de son enfance, le fiancé de sa jeunesse, est maintenant un vieillard maladif, traînant péniblement une existence empoisonnée par la souffrance morale, mais que ce Grandson, si chétif, donnerait ce qui reste de sang dans ses veines pour la remercier du souvenir gardé après si longues années !... Dis-lui que tu as vu, là, ce bracelet d'argent, relique précieuse, le seul présent que je reçus de sa main.

— Rien de plus?

— Je pars incontinent pour la ville de Bourg, où se trouve Madame la Régente, et je me disculperai facilement. Ils ont tué Pierre de Lompnes et Grandville, mais on ne touche un gentilhomme qu'à la tête!... Mes pairs ne condamneront point un innocent... Enfin, s'ils doutent — car ils sont hommes et peuvent mettre en doute la parole d'un Grandson — j'en appellerai au jugement de Dieu.

Rosefleur mit un genou en terre et reprit avec l'accent de la prière :

— Magnifique seigneur, ma dame et maîtresse vous requiert encore de ceci : « En souvenir du passé, au nom des jours heureux du printemps de votre jeunesse, daignez épargner celui que vous savez être le plus acharné, le plus cruel de vos ennemis !... Quelle que soit l'issue de ce procès, madame a fait vœu de prendre le voile au monastère de Sainte-Claire-d'Orbe... Elle attendra son heure en priant pour vous... pour vous, et... pour lui ! »

Ecrasé par une émotion poignante, Othon inclina la tête.

— Dût-il en résulter ma propre mort, dit-il, va ! j'obéirai.

Puis, jetant au cou de l'enfant la chaîne d'or qui scintillait sur sa poitrine, il fit un geste d'adieu et s'enfuit, éperdu.

XVI

PORTRAITS ET CARACTÈRES.

L'histoire du pays de Vaud ressemble à l'histoire de toutes les provinces françaises ou italiennes du quatorzième siècle. Là, comme ailleurs, l'Église s'efforçait d'adoucir les mœurs et de tempérer leur violence.

Le premier en Europe, l'évêque Hugues de Lausanne, fit publier la trêve de Dieu et voulut que toutes guerres cessassent durant certaines époques de l'année. (1) Pendant ce temps d'armistice, il était défendu de manier l'épée, la lance ou le poignard, si ce n'était en cas de légitime défense.

La personne du laboureur était sacrée, et l'attaquer alors qu'il touchait le manche de sa charrue fut longtemps un crime réservé à la justice du Roi.

Une femme, la reine Berthe, seconda la pacifique activité de l'Eglise, la tutrice des peuples. Elle établit des routes, défricha les terrains incultes, encouragea l'agriculture, les métiers. Une superstition locale la montre encore, apparaissant au sommet des montagnes de la Vaux, portant un van plein d'or et qu'elle répand sur le pays. (2)

(1) Concile de Montriond, sous Lausanne, en 1033.

(2) LOUIS WUILLEMIN, le canton de Vaud.

Madame Catherine d'Estavayé semblait s'être donné pour modèle cette noble Berthe aux grands pieds. Elle travaillait, sans trêve ni relâche, à soulager autour d'elle toutes les misères.

Il n'existait pas de pauvre, dans tout le territoire d'Estavayé, qu'elle ne connût et qui ne l'aimât. Elle visitait les chaumières de la montagne, tout ainsi que les frestes et les cabornes des bourgeois. (1)

Misérables sans travail, veuves, orphelins, malades, infirmes, mendiants de toute sorte, pèlerins, voyageurs, soldats mutilés, étudiants en tournée, se voyaient également accueillis au vieux manoir, dont la herse ne retombait jamais devant eux. Chaque jour, accompagnée de la bonne Amye, la châtelaine descendait, parcourait la ville, ses faubourgs, et rentrait escortée d'un cortége de malheureux. Le reste de son temps, elle l'employait à coudre des vêtements destinés aux vassaux, à administrer, en ménagère intelligente, la fortune de son indigne mari, ou bien elle écoutait quelques passages des Ecritures que lui venait lire parfois un des prêtres de la paroisse.

D'amères pensées troublaient quelquefois la quiétude de cette vie consacrée aux pauvres du Seigneur. Elle pensait à ce noble vieillard pour qui son cœur avait battu, aux doux temps de la jeunesse. Et quand son regard se reportait en arrière, quand elle revenait à cet antique schloss de Belp, à ce jour où, pâle fiancée, couronnée du chapel de roses blanches, elle avait été conduite à l'autel, des larmes humectaient ses paupières, un triste sourire flottait sur ses lèvres violacées.

Le malheur semblait s'être attaché à ses pas depuis cette heure néfaste où, tandis que retentissait au dehors le son de l'oliphant d'Othon, le prêtre l'unissait à un homme que jamais elle n'avait contemplé sans terreur.

Seule, isolée pendant les plus belles années de la vie, elle ignorait le monde et ne connaissait rien. Dieu ne lui avait même point accordé cet immense bonheur d'être mère; épouse abandonnée de son époux, elle ne savait sur qui reporter ses affections. Son âme, ouverte à tous les sentiments qui vivifient, appartenait tout entière au Seigneur. Et souvent les anges durent sourire, à voir ce beau visage où resplendissait tant d'innocence et de bonté.

Le départ du page Odet enlevait à la baronne un de ses amis les plus chers : elle aimait cet enfant comme un fils et tremblait qu'il ne lui arrivât malheur; elle n'osait déjà plus regarder en face la vénérable aïeule, s'accusant tout bas d'avoir engagé Rosefleur dans une périlleuse entreprise.

Amye Guigaz calculait froidement les chances de succès. Elle avait fait à sa maîtresse le suprême sacrifice que lui dictait son dévouement aveugle

(1) Les *frestes* étaient les maisons à deux toits; les *cabornes* n'en possédaient qu'un seul.

à la maison de Belp. Pas un mot n'était sorti de ses lèvres depuis cette nuit terrible pendant laquelle, préparant le bagage de l'enfant, elle n'avait cessé de le contempler afin de graver son image dans sa mémoire.

Souvent sa pensée, rapide comme l'éclair, s'envolait vers ce fils chéri ; elle soupirait alors, caressant en rêve ses tresses blondes, baisant ce front candide, souriant à ces paroles naïves qu'il savait si bien trouver.

Que de fois, lorsqu'elle s'asseyait auprès de la baronne, sur la plate-forme de la tour, ses yeux errèrent sur le beau lac d'azur, espérant y voir briller la voile blanche de la barque qui lui devait ramener l'enfant ! Que de fois elle admira les flèches d'or et les tours massives de la ville d'Yverdon, illuminée par les rayons du soleil couchant, en se disant que peut-être il attendait, sur la berge ou sous le porche de l'église, que l'heure fût venue d'embarquer !

Où pouvait-il être ? Auprès de Grandson ? à la cour ? Oui, sans doute, à la cour où le gentil comte remarquerait sa mine gracieuse et l'inviterait à rester auprès de lui. Puis le page deviendrait un bel écuyer bien appris aux grandes manières, un politique habile à conseiller son maître, un vaillant capitaine à qui l'avenir réservait l'honneur de porter la cornette blanche de Savoie.

Hugonin, de retour au logis, n'avait point dit un mot de la rencontre de la forêt de la Sarraz.

Grâce à son imagination fertile, il avait su éviter les questions indiscrètes, en fournissant un prétexte inattaquable. Ses allures, du reste, n'étaient plus les mêmes. Il cherchait à gagner les faveurs de Nanon Martin, flattait Gautier Warnerod, causait sans aucune morgue avec le barbier, prenait joyeusement part à tous les ébats de la domesticité.

On ne l'aimait pas encore, mais on le craignait moins. Il témoignait à dame Guigaz une déférence profonde, ne manquait jamais de la saluer humblement lorsqu'il la rencontrait dans les corridors ou les escaliers du château, si bien qu'Amye semblait avoir quelque peu oublié ses anciennes préventions contre lui.

De son côté, comblée de prévenances pour l'écuyer qui ne laissait échapper aucune occasion de lui être agréable et faisait de son mieux pour témoigner de sa bonne volonté, la baronne échangeait de temps à autre quelques paroles avec lui et le traitait comme un homme en qui l'on a pleine confiance.

Un jour, ou plutôt un soir, après le souper, il y avait nombreuse réunion dans la salle où nous avons déjà eu l'occasion d'introduire notre lecteur. Tous étaient là : maître Barnabé, le majordome, attablé avec son inséparable Pylade, le barbier Jorioz ; Nanon Martin, les yeux baissés et tournant le fuseau de ses doigts agiles ; autour du chauffe-doux, le perdriseur, le fauconnier, et les coquettes caméristes, et les babillardes lavandières, et le menu frétin, gens de cuisine ou d'écurie. Les langues allaient un train que c'était merveille. De quoi causait-on ?

— Pauvre petit, disait une sémillante chambrière avec un accent sincèrement ému, qu'est-il devenu ? On ne sait ! Madame pourtant ne semble point inquiète et l'Amye Guigaz...

Une voix rauque l'interrompit :

- — Une sorcière, disait cette voix d'un ton sentencieux, une *nortzé*, une magicienne, vous dis-je.

— Croyez-vous, ma mie Gothon ? demanda le majordome après avoir lentement vidé son hanap empli jusqu'aux bords d'une bierre mousseuse.

— Aussi vrai que le Niton (1) a tressé les crins du cheval de Jean Guer, du village de Cudrefin, répliqua la vieille Gothon en branlant sa tête chenue.

— Et qui peut vous faire supposer ? ⁏

— Maître Barnabé plaisante ! je vous assure que notre maîtresse est *eindhewa* (2) par l'Amye Guigaz, et le roi Wan (3), l'*ancheu* (4), la *mala Bithid* (5) et le reste. Or, Dieu sait s'il y en a, de ces mauvais génies, puisqu'ils se sont divisés les rocs et les glaciers des montagnes et qu'il n'y a pas eu pour chacun plus d'une livre pesant.

Ces mots, proférés d'une voix caverneuse, avec une intonation menaçante, firent courir un frisson d'effroi dans toute l'assemblée. Plus d'une jeune fille pâlit au seul nom de ces êtres mystérieux qui possédaient pour empire les glaciers inaccessibles des Alpes.

— Mais, objecta timidement le sommelier, par quelles raisons soupçonnez-vous ?...

— Soupçonner !... s'écria Gothon d'un ton indigné, pour qui me prenez-vous, Joé Sac-à-Vin ? Eh ! comment la dame ne serait-elle pas complétement *einortzi* (6) puisque c'est l'Amye qui est devenue la maîtresse, censément. Tenez ! le cordonnier de la rue aux Cuirs doit depuis trois ans la redevance d'une paire de souliers à notre seigneur. Le sénéchal, vexé d'attendre si longtemps, l'allait chercher l'autre jour, lorsque dame Guigaz lui défendit de molester le cordonnier, sous peine de céder sa verge ! Et le sénéchal n'osa point désobéir.

---

(1) Le malin, le farfadet.
(2) Ensorcelé.
(3) Wogan, le Mars des Barbares.
(4) L'ancien, un des surnoms de Satan.
(5) La mauvaise bête, lutin monstrueux.
(6) Sous le charme.

— Bon ! après ? grommela maître Barnabé, le majordome, d'un ton grondeur.

— La femme du meunier tremblait de la fièvre ; dom Manuce, le prieur de Payerne, que l'on dit bien plus savant que les plus vieux savants docteurs d'Allemagne, avait déclaré qu'avant le cinquième jour elle serait morte. Or savez-vous ce qui arriva ? Dame Guigaz lui administra un breuvage mystérieux, et la malade guérit.

A ces mots, accentués avec une intonation triomphante, le barbier Jorioz répondit :

— Cela prouve que dame Guigaz est plus savante en l'art de guérir que le révérendissime prieur !

— Sacrilége ! s'écria Gothon en se couvrant le visage de ses deux mains. Et comment la nourrice a-t-elle découvert que le palefrenier volait tous les jours une mesure d'avoine ? Et comment...

— Chut ! ma bonne, interrompit le fauconnier en riant, vous allez vous échauffer le sang outre mesure si vous continuez à parler ainsi. Rappelez-vous l'histoire du prieur de Romain-Moutiers. Un jour qu'il fit une procession pour demander la pluie à saint Concors, la grêle survint et brisa tout : « Chein ! dit-il alors, *nos ein preichi tro rudo !* » (1) Qui veut trop prouver ne prouve rien, ma mie !

— Oui, dit à son tour Nanon Martin qui, durant le dialogue précédent, avait plusieurs fois froncé le sourcil. Vous parlez trop, ma Gothon, et trop parler nuit ! Que nous dites-vous des choses qui ne nous regardent en rien ? Sommes-nous gens à gages de monseigneur pour écouter aux portes et médire ?

Cette véhémente apostrophe mit fin à la discussion. L'irascible lavandière n'osa point relever le gant et tenir tête à la femme de charge.

Elle se tut, mais son visage revêtit une expression très-visible de courroux et de dépit.

Nanon continua d'enrouler autour de son fuseau les spirales régulières du fil, que ses doigts roulaient avec une habileté sans pareille. Le sommelier plaça de nouveaux pots de terre brune sur la table et les hommes s'empressèrent autour de l'amphytrion.

Dans le coin des jeunes filles, on babillait de plus belle.

— C'est grand dommage, en vérité, disait Guyonne, la fiancée de Simon, le pâtour. Il était si gai, si rieur, si bon !

— Il avait toujours un mot aimable à dire en passant, ajouta Rolande en manœuvrant son aiguille avec prestesse, pour cacher la rougeur de ses joues.

(1) « Malheur ! dit-il, nous avons prié trop fort ! » Historique.

— Et quels jolis virelais il chantait, dit à son tour la gentille Lotte qui se mit à fredonner d'une voix fraîche et sonore :

Le roi a une fille à marier
A un Anglais la veut donner.
Elle ne veut mais :
Jamais mari n'épouserai s'il n'est Français.)

— Elle l'épousa quand même, observa Guyonne d'un ton chagrin.
— La politique !... reprit Lotte en haussant les épaules.
Il y eut un instant de silence.
— Où peut-il bien être allé? demanda soudain Rolande, fort ennuyée de rester muette.
Lotte se chargea de la réponse. Elle était, ce soir là, en veine d'éloquence. Du reste, qui jamais a rencontré une jeune fille à court de bavardage.
— On ne sait pas, dit-elle. D'aucuns prétendent qu'il est parti nuitamment, sur le pauvre petit esquif de madame, seul... Il a traversé les montagnes, sans doute, les hautes montagnes couvertes de grandes forêts sombres et tapissées de mousses qui n'ont jamais vu le soleil... Il a rencontré peut-être les fées dansant en rond sur l'herbe flétrie... C'est signe de bonheur... Peut-être aussi a-t-il vu les lavandières, comme Jacques Toughex, de Tresserve.
Qu'est-ce que Jacques Toughex? demanda Guyonne.
L'auditoire parut vivement intéressé.
— Vous ne connaissez pas l'histoire, mes filles, reprit Lotte, heureuse d'attirer l'attention : Je m'en vais la conter, écoutez.
Et d'une voix claire, émue, elle commença un récit que toute l'assemblée écouta avec une attention digne d'éloges et que nous allons dire à notre tour, en un moins naïf langage.
— C'était un joyeux enfant que Jacques Toughex, de Tresserve, et si pieux, et si bon! aimant avec tendresse le père Colomban, son bienfaiteur, lequel, au dire des bonnes gens du village, en avait fait quelque chose comme un petit savant.
Jacques Toughex avait quinze ans : il était né la nuit de la Toussaint de l'an de grâce 1305 ; or tout le monde sait que ceux qui naissent pendant cette nuit ont le don de seconde vue. Rien pourtant jusqu'alors n'avait décelé que Jacques eût ce triste privilége.
Il était gai, toujours gai, disposé à chanter, à rire et à courir sans cesse. Et cependant le malheur, ce triste oiseau de la nuit, l'avait déjà heurté de

son aile noire. Sa mère, la belle Bibiane, était morte en lui donnant le jour, et son père, l'honnête charpentier Aymon Toughex, s'était brisé le crâne en tombant du haut d'un échafaudage.

Le petit Jacques avait été recueilli par sa grand'mère, qui vivait du produit de son fuseau et du petit revenu d'une langue de terre que lui avaient donné les moines d'Hautecombe. Elle habitait, à une portée d'arbalète du village, une vieille masure délabrée.

Pour tout serviteur, elle n'avait que son grand lévrier Fido.

Quand Jacques eut dix ans, un des moines d'Hautecombe, le digne Père Colomban, lui fit faire sa première communion, et, remarquant de combien d'intelligence l'enfant était doué, il lui donna les principes du gai savoir. Jacques, qui étudiait avec passion, devint bientôt un calligraphe habile et un assez bon latiniste. Il devait entrer dans les ordres.

Quoique Jacques fût plus instruit que tous les autres enfants du village, il n'en était pas plus fier pour cela, et jouait gravement aux billes avec eux sur la place de l'église, le dimanche après vêpres.

Il chantait sans cesse, et sa devise, car il y avait pris une devise, était :

Toujours gaiment !

Il était si bon, si doux, si gracieux, si complaisant, si prévenant, ce petit Jacques, que tout le monde le chérissait. Jusqu'à ce sombre Marin Hibou, le fossoyeur de la commune, qui l'avait pris en affection.

Dans la nuit du 1ᵉʳ novembre 1320, — il y avait juste quinze ans que Jacques était né, — la porte de la maison de la grand'mère s'ouvrit doucement, et Jacques sortit.

Oh ! ce n'était pas pour courir le guilledou, sachez-le bien ! C'était pour aller prier une dernière fois auprès du lit du Père Colomban, qui se mourait.

Jacques devait à ce moine tout ce qu'il savait. Aussi, quoiqu'il eût peur et que la nuit fût noire, il partit emmenant avec lui le grand lévrier Fido.

— Je trouverai bien, s'était-il dit, une barque abandonnée sur les bords du lac ; je la prendrai et je pourrai du moins fermer les yeux à celui qui a eu tant de bonté pour mon enfance.

Et il marchait, chantant pour s'enhardir la vieille ballade composée lors de la mort du comte Amédée II, que sa femme, Jeanne de Genève, suivit de trop près au tombeau.

Au nouveau Glas, geindre et plourer
Ores, venez, gens de Savoye !
Pour notre Amé, plus n'est de joie

> Car Jehanne va trépasser...
> Ores, pleurez, gens de Savoye !
> Elle a passé, doulce Colombe,
> Comme la fleur brûlée au vent.
> Son bel époux, qui tost succombe
> Las ! va la joindre dans la tombe.
> Ores, jà plus d'amusement. !

La nuit était sombre : à courts intervalles, la lune dardait à travers les nues un pâle rayon qui venait se briser sur les eaux noirâtres du lac du Bourget, et les faisait miroiter comme des paillettes d'argent. Çà et là on apercevait l'arête d'un rocher à fleur d'eau, qui scintillait un instant et retombait dans l'ombre.

Le chemin que suivait le petit Jacques était bordé d'un double rang d'arbres desséchés qui dressaient dans les airs, comme des spectres, leurs bras nus.

Le vent sifflait dans leurs branches, qui s'entrechoquaient avec un petit bruit sec. Le sifflement de la brise d'hiver accompagnait le son grave et monotone des cloches qui sonnaient la nuit des morts.

Rien d'aussi lugubre que le glas du jour des morts en Savoie... Une petite cloche frappe trois petits coups aigus qui traversent les airs comme un gémissement d'agonie, puis un son grave et prolongé part d'une cloche plus grosse ; on dirait un *De profundis !*

Jacques Toughex marchait toujours, les cheveux au vent, à peine couverts par sa toque rouge, les deux mains enfoncées dans les poches de son sayon de bure. Son pas retentissait sur le sol durci par la gelée.

Fido, le grand lévrier au poil noir, aux yeux de feu, galopait à quelques pas en avant de son jeune maître.

Minuit sonna.

Les douze coups grondèrent sinistrement et s'éteignirent en vibrant encore, mais doucement, comme les soupirs des harpes éoliennes.

Et Jacques chantait toujours :

> Au nouveau glas geindre et plourer,
> Ores, venez, gens de Savoye !

Sa voix fraîche, argentine, sonore, s'élevait, disant avec des modulations d'une tristesse et d'une douceur infinies la dernière strophe de l'antique ballade.

Un hurlement strident, saccadé, l'interrompit.

A deux pas de lui, il vit Fido, le poil hérissé, les yeux sortant de leur orbite, tremblant de tous ses membres.

— Qu'est-ce, Fido ? dit Jacques.

Puis il leva les yeux.

Au bord du lac, douze femmes idéalement belles, vêtues de longues robes blanches, lavaient en silence des amas de linges tâchés de sang.

Leurs cheveux dénoués retombaient sur leurs épaules comme un manteau de velours ; leurs yeux brillaient d'un éclat surnaturel ; sur leur front resplendissait une étroite langue de flamme ; une lueur phosphorescente les environnait d'une blanche auréole et jetait sur leur pâle visage des reflets étranges.

Une d'elle s'approcha :

— Qui es-tu ? dit-elle d'une voix suave au pauvre Jacques tout tremblant.

— Jacques Toughex, de Tresserve, répondit celui-ci ; et toi, au nom de Dieu, qui es-tu ?

— Nous sommes, mes sœurs et moi, celles que vous appelez les *lavandières* ou laveuses de nuit. Mais ne crains rien, Jacques Toughex, ton cœur est pur et ta conscience sans tache, va où ta reconnaissance te conduit. Les criminels seuls doivent nous craindre, et pourtant, pour la faute d'un autre qui te touche de près, tu subis le châtiment de nous voir !...

Une barque toute noire sortit des roseaux ; Jacques y monta en faisant le signe de la croix. Au bout d'un instant il se retourna ; tout avait disparu.

Peu à peu, la barque s'effaça dans l'ombre. . . . .

. . . .

Le lendemain, Jacques revint à Tresserve.

Hélas ! vous n'auriez pas reconnu, dans cet enfant au visage blême, aux yeux éteints, aux lèvres décolorées, le joyeux garçon aux joues roses et aux yeux bleus.

Dom Colomban était mort dans la nuit, mais petit Jacques n'avait pas pleuré. Sa tristesse était morne. La vie n'animait plus ce cadavre ambulant.

Aux feuilles vertes suivantes, Jacques mourut.

Hélas ! ceux qui voient les *lavandières* pendant la nuit des morts n'ont plus que peu de temps à passer sur la terre, car cette vision est un funèbre présage.

Pauvre Jacques !... il avait offert sa vie pour racheter les fautes de son père.

Ses dernières paroles, lorsque le vieux recteur lui eut donné le pain de vie, furent celles qu'il avait prononcées si souvent.

— Il n'y a que là-haut, murmura-t-il à l'oreille du recteur, qu'on puisse dire :

TOUJOURS GAIEMENT !

XVII

COMME QUOI LE PAGE ODET N'AVAIT RENCONTRÉ NI FÉES, NI KORRIGANS, NI LAVEUSES DE NUIT.

— Pauvre Jacques ! dit Armande lorsque Lotte eut achevé son récit.

Plus d'une fois la charmante narratrice avait été interrompue par les cris d'effroi de ses auditeurs. Plus d'une larme avait perlé sous les cils blonds d'une jeune fille, plus d'un de ces hommes rompus aux émotions de la guerre, s'était senti ému en écoutant cette simple et touchante histoire.

C'est que Lotte narrait si bien ! sa voix sonore prenait des intonations si variées, exprimant tour à tour les sentiments les plus opposés : la joie, la souffrance, la mélancolie, la terreur.

Elle sentait profondément ce qu'elle disait, riait avec Jacques lorsqu'il courait, la nuit, regardant les folles gambades du grand lévrier Fido; elle tremblait avec lui, frissonnait, quand il rencontrait les lavandières ; pleurait en décrivant avec un accent doux et tendre les derniers mots qu'exhalèrent ses lèvres en même temps son dernier soupir.

Et chacun, malgré soi, comparait à cet adolescent le gracieux page Fleur-de-Rose, que tous aimaient parce qu'il était la joie de la maison, l'âme de famille. Il y a de ces cœurs d'élite qui répandent autour d'eux comme un parfum de sagesse et de piété; qui inspirent de prime abord des sympathies invincibles.

On ne pouvait rencontrer Odet sans l'aimer. On devinait tant de vaillance, une si énergique volonté sous cette frêle enveloppe ! Il y avait dans ses yeux, sur son visage, une telle expression de candeur, de bonté, de loyale franchise !

Parmi les serviteurs assemblés ce soir-là, dans la salle d'Estavayé, l'on n'aurait pu nommer personne qui n'aimât Rosefleur comme un fils d'adoption, comme un frère, comme un ami de qui l'on pouvait attendre un dévouement sincère à la fois et désintéressé.

Son âme, vierge de tout sentiment impur, de toute pensée coupable, renfermait des trésors d'affection. Il avait un immense besoin d'aimer et d'être aimé et ce fut là pour lui la cause d'indicibles douleurs.

Il arrive souvent que l'on effleure de ses lèvres la coupe d'amertume, avant d'avoir vu s'évanouir les brillantes années de l'adolescence ; les désenchantements, les désillusions, les déceptions flétrissent parfois un front sur lequel on ne devrait lire que le calme et la paix. Qui jamais a trouvé sans passer par de cruelles expériences, une âme sœur de la sienne ? Quel cœur n'a pas été froissé dans ses sentiments les plus délicats ? Qui donc ignore que vivre, c'est aimer, et qu'aimer, c'est souffrir ?

Un grand poète, prisonnier, enlevé au monde par la plus cruelle infortune, Silvio Pellico a écrit ces vers charmants :

> Primavera, gioventù dell'anno,
> Gioventù, primavera della vita.

« Oh ! printemps, jeunesse de l'année ; ô jeunesse, printemps de la vie ! »

Hélas, que d'orages viennent assombrir ce printemps de l'existence humaine... que de noires nuées maculent ce beau ciel bleu !... que de larmes sous le sourire... que d'heures sombres en ces jours dorés !...

— Pauvres Jacques ! avait dit Armande avec un soupir, en pensant à son petit frère, appelé par les anges dans ce beau paradis toujours entr'ouvert sur nos têtes.

— Il naquit, aima et mourut ! murmura la vieille Nanon d'un ton sec et dur que démentait l'émotion empreinte sur ses traits ridés.

— Il fut plus heureux que nous, ajouta Gothon, la hargneuse, en promenant son regard morne sur l'assemblée. L'enfant ne connut point les tristesses de cette vie, il n'eut pas à lutter contre lui-même et contre les autres. Bienheureux ceux qui meurent avant que la première morsure ait ensanglanté leur cœur...

— Odet !... fit une voix après un instant de silence.

On ne répondit pas tout d'abord, parce que l'on craignait d'entendre une triste révélation. Ce fut le barbier Jorioz qui se chargea de résoudre la difficulté.

— Qui sait ? dit-il, il n'est peut-être pas mort !...

Ces mots, exprimant un doute affreux, firent une impression profonde sur les serviteurs d'Estavayé. Chacun faisait à par soi une réponse à cette question qui ne définissait rien et semblait être une prédiction funèbre.

Il était parti seul, on ne savait comment, pour aller on ne sait où, sans guide, la nuit. On n'était déjà plus au temps où une jeune fille pouvait aller de Genève au mont Cenis avec un sac d'argent à chaque main.

Les routes se peuplaient de vagabonds, de maltôtiers, soldats licenciés après la guerre et vendant leur épée au premier venu, mendiants étrangers, tziganes ou bohémiens, juifs nomades plantant leur tente le soir et levant le champ à l'aurore. Dans les forêts erraient des loups, dans les cavernes des montagnes se cachaient des ours, tous affamés et prêts à se jeter sur la proie que leur envoyait le hasard.

Odet, jeune, d'apparence chétive, n'eut, certes, inspiré ni crainte ni pitié à ceux-là et n'eut pu se défendre contre ceux-ci. Quel était le but de son voyage ? Pourquoi s'enfuir ainsi, quelques heures après le départ du maître, sans avertir personne ? Il y avait un mystère, on le soupçonnait ; tous cherchaient à le pénétrer, les têtes de linottes des pimpantes fillettes, comme l'esprit épais et obtus du majordome, de l'écuyer, des fauconniers, cherchaient à déchirer le voile.

— Vous souvenez-vous ? demanda Nanon Martin. Le petit enfant de mie Germaine se laissa tomber dans la douve. — Ils sont si turbulents, ces enfantelets ! Celui-là jouait avec les fils du concierge, — deux beaux chérubins à cheveux d'or et qui sont de méchants diablotins, en vérité pure, sauf respect. — Bref, en s'ébattant, il roula sur la pente? Que fit mon mignon Odet ? Au péril de sa vie, il se jeta tout habillé dans l'eau et sauva le garçonnet de Germaine.

— Et ce jour qu'il ramena la vieille mendiante, dit à son tour Guyonne d'un ton ému. Il l'avait rencontrée dans le bois, à demi-morte de froid et de faim. Il voulut qu'elle s'appuyât sur son bras et la conduisit ici avec autant de respect que si elle eût été une comtesse. — A sa place, moi, j'aurais eu peur de gâter la manche de mon doublet de satin rose, vous savez? ce riche pourpoint tout chamarré de passequilles d'argent, que madame lui donna à la Chandeleur passée. — Mais il dit que les pauvres étaient les représentants de Notre-Seigneur Jésus-Christ et qu'il les fallait honorer comme tels.

— Il avait raison, dit sentencieusement Gothon ; mais nos muguets n'entendent plus rien à la charité... un habit de satin rose... des passequilles...

Belle affaire, vraiment !... Les souliers du lutin Schotairn sont faits d'un seul diamant creusé, et le Grabelhiou...

— Paix, bonne femme, interrompit le majordome impatienté de ce verbiage.

— Une autre fois, dit à son tour Armande qui lança un regard ironique à la méchante lavandière, notre ami Rosefleur ne sauva-t-il pas le sire Folario que sa tête folle avait conduit en pleine embuscade de malandrins ? Doux Sauveur ! Il revint avec une grande estafilade sur le bras gauche et de son tabart de velours couleur jonquille, il ne restait que le collet... Il ferait un hardi capitaine, oui-dà !

— Ce bouffon joue quelque singulier rôle, reprit Nanon Martin sans lever les yeux. Il a de longues conférences avec le gentil page, et toujours en cachette de monseigneur... Cependant, il a quitté la cour pour venir s'enterrer en ce manoir lugubre, et ce ne fut pas sans raison, paraît-il ? Dites-moi, vous autres, savez-vous ce que c'est que la politique ?... Voilà un mot souvent répété, là-bas, dans la vieille salle où les ancêtres d'Estavayé, depuis Conus jusqu'à Gérard VII° attendent que l'heure du jugement dernier sonne et les fasse descendre de leurs piédestaux de marbre. Le Comte-Rouge fut occis, assurément, et le nain, et monseigneur y sont pour quelque chose, car ce nom prononcé devant eux, les fait trembler et pâlir. Ah ! comme disait Amye, l'autre jour, où est la gloire d'Estavayé : où sa puissance ? où la paix qui régnait sous le toit de céans ?

Les serviteurs, effrayés, se jetaient des regards inquiets, en écoutant ces paroles décousues, ces phrases jetées l'une après l'autre, sans transition directe.

— Mère, dit Gautier Warnerod qui se fit l'interprète du sentiment général, vous causiez tantôt de prudence et voilà que vous parlez, parlez, parlez !... N'oubliez pas que nous mangeons le pain d'Estavayé.

Sur quoi il emplit son verre et but d'un seul trait après avoir salué à la ronde. La salle présentait en ce moment le coup d'œil le plus étrange. Les lueurs fumeuses d'une lampe à trois becs éclairaient les visages moitié souriants, moitié effrayés des jeunes filles ; la vieille Gothon, jalouse, méchante, sombre, semblable à ces hideuses sorcières dont elle aimait tant à parler, dardant sur ces frais visages un regard atone qu'illuminaient parfois des éclairs d'envie, de colère ; Nanon Martin filait machinalement, laissant errer ses regards dans l'espace, et poursuivait, en tournant son fuseau, sa pensée fugitive.

Le groupe des buveurs, coudes sur table, nez au vent, s'arrondissait autour de l'immense table de chêne poli dans laquelle se réfléchissait leurs figures barbues.

Chacun avait son verre devant lui et l'on pouvait dire que ce récipient n'était jamais ni plein ni vide, car il était aussitôt vidé que rempli. Cette opération s'accomplissait avec le calme et la gravité qu'elle comporte chez les dégustateurs de profession. Leurs traits ne dénonçaient qu'une tranquillité somnolente, voisine de l'apathie. Que leur importaient les divagations de Nanon Martin, le babil des enfants, les paroles haineuses de Gothon ?

Le majordome, avec sa large et longue chaîne d'argent, reluisant sur son pourpoint de drap noir, allait de l'un à l'autre, son broc d'étain à la main. Il faisait boire beaucoup le barbier Jorioz, son ami ; personne, il faut le dire, n'osait protester contre cette faveur manifeste ; d'abord, parce que maître Gauthier Wernerod était fort aimé, ensuite parce que son malicieux compère inspirait une certaine crainte.

Cet intérieur offrait un tableau digne des pinceaux de Teniers ou de Van Ostade ; ces oppositions brusques d'ombres et de lumières se jouant sur des murailles chaudement coloriées ; ces types bien caractérisés, ces vêtements de coupe antique, bariolés, se drapant sur de longs corps maigres, émaciés, ou collant sur le torse vigoureux des veneurs et des écuyers ; cette lampe aux langues rouges, couronnées des spirales d'une fumée noire ; ces coupes d'étain rutilant, de formes singulières, cet assemblage de choses bizarres, heurtées, eût tenté, nous le répétons, l'imagination de quelque maître flamand.

La porte de la salle s'ouvrit en grinçant sur ses gonds. Tous, garçons et filles, se retournèrent, anxieux.

L'écuyer Hugonin montra par l'entrebâillement de l'huis son honnête figure, un peu niaise.

— Eh bien ! maître Gauthier, vous n'entendez pas le son du cor ? un étranger se présente à la grille. Il faut ouvrir, oui-dà !

Un appel retentissant traversa l'espace, éveillant dans le vieux manoir mille échos endormis :

— Ah ! murmura Nanon, nous entendîmes ce cri la nuit où le pauvre petit Odet partit de céans.

Une seconde fanfare vive, pressée, perçante, éclata au-delà des épaisses murailles.

— On y va, grommela Gauthier. Le temps de sécher le fond de mon vidrecome.

Il sortit, accompagné d'Hugonin, qui daigna adresser une révérence courtoise aux vieilles femmes, un agréable sourire aux jeunes filles.

— *Chein !* s'écria Jorioz, quand le lourd battant de chêne se fut enfoncé dans son chambranle massif, je n'aime guère la face de hibou de cet Hugonin, *Thancre de bou !* l'homme est déplaisant, la voix coasse, le sourire grimace, l'œil vairon pique... un engoulevent ! J'aime encore mieux le nain piémontais qui nous fait pourtant endurer tant de tourments, le malin sire ! Hugonin me fait l'effet d'une larve... Il donne peur.. N'est-ce pas, ma commère Gothon, nortzé chère à la *bithiâ croze* (1) ?

— M'est avis que l'écuyer de monseigneur lui chante noise souvent, ajouta la Guyonne d'un ton délibéré. Cependant...

— Cependant ! interrogea d'une voix aigre Nanon.

— Ah ! dame !... vous savez, bonne mère, il a de bons angelots dans son escarcelle, et vienne la Saint-Jean, on pourrait entendre crier des bans à la messe du dimanche d'après !

— Qui peut arriver à cette heure, pensait tout haut la gentille Lotte. Ce n'est pas un voyageur ordinaire, car les bons chevaliers ont désappris le chemin du manoir d'Estavayé... Qui cela peut-il être ? un pèlerin ? Ces voyages gâtent les poumons ? Un capitaine ? Les soldats ne savent pas si bien sonner du cor... Je m'y perds. Serait-ce ? Qui donc. . . . . . .

Depuis la nuit tombée, madame Catherine d'Estavayé, toujours accompagnée de sa fidèle Amye, s'était refugiée dans sa chambre de retrait, suivant sa coutume. Là, étendue à demi dans un vaste fauteuil garni de cuir de Cordoue et sommé du tortil baronial, elle avait repris un travail commencé depuis de longues années et qu'elle voulait mener à bonne fin avant de passer de vie à trépas.

C'était une immense pièce de tapisserie, destinée à couvrir la paroi de quelque salle d'honneur.

Elle représentait un épisode de la prise de Saint-Jean-d'Acre par les infidèles : Othon de Grandson — l'ancêtre du seigneur d'Aubonne — se faisant jour avec sa hache à travers une nuée de Sarrasins et ramenant avec lui ses compagnons d'armes. Sur un cartouche de soie couleur pourpre déployé dans le ciel azuré se lisaient en lettre d'or ces mots, devise de la maison du preux chevalier : À PETITE CLOCHE GRAND SON.

La chambre de retrait était une petite pièce de forme octogone revêtue de tapisseries en cuir gaufré ; des meubles énormes, lourds, massifs, ornés de coussins de laine, un crucifix sculpté avec ce dédain de la forme et cet amour de l'expression, apanage exclusif des artistes du moyen-âge en étaient les seuls ornements. Cette retraite austère convenait bien à une châtelaine rêveuse, à tout jamais séparée du monde qu'elle n'avait fait qu'entrevoir et qui, vouant à Dieu ses heures de solitude, expiait les fautes de son époux, rachetant par ses prières et ses larmes cette âme égarée.

Catherine, absorbée dans ses pensées, travaillait machinalement ; elle piquait avec lenteur son aiguille chargée de laine, dans le grossier canevas ,étudiant les nuances, les variant avec un art infini et s'ingéniant à imiter de son mieux la nature.

---

(1) Sorcière chère à la bête aux griffes crochues.

Depuis la fin du repas elle n'avait pas prononcé une seule parole.

Amye, silencieuse aussi, la considérait avec une expression chagrine. Le visage flétri de la vieille nourrice accusait une douleur lente, continue, profonde, une inquiétude incessante ; ses yeux rougis n'avaient plus d'éclat ; ses lèvres décolorées restaient entr'ouvertes pour laisser échapper une respiration haletante ; affaissée sur elle-même, elle semblait pencher vers la tombe, écrasée sous le poids des ans, elle que nous voyions, trente jours auparavant, si forte, si vaillante encore.

Pauvre Amye !

Pendant plusieurs heures, elles restèrent ainsi, l'une en face de l'autre, muettes, évitant de laisser leurs regards se rencontrer. Elles souffraient pour la même cause toutes les deux.

Puis, fatiguée de ce morne silence qui faisait ressembler cet appartement sombre et triste, à peine éclairé par la pâle lueur d'une torche de cire, à un caveau sépulcral, Amye Guigaz poussa un profond soupir, s'agita sur son siége et dit enfin à la baronne, d'une voix qu'elle essaya vainement de rendre enjouée.

Voilà cette œuvre bientôt finie, madame, et vous avez un magnifique ornement à suspendre aux murailles de la salle des Aïeux, au schloss de Belp.

— Jamais cet ouvrage de mes mains ne sortira d'ici, bonne mère. C'est un souvenir précieux pour moi... C'est aussi, peut-être, un enseignement.

— Ah !

Un nouveau silence plus pénible encore que s'il n'avait pas été rompu suivit cette exclamation de la nourrice. Les deux femmes cherchaient le moyen d'amener la conversation sur ce sujet qui leur était cher et que, depuis le message de Grandson à Catherine, ni l'une ni l'autre n'avaient osé aborder. Il y avait un mois de cela, jour pour jour. Odet n'avait point donné de ses nouvelles ; si l'aïeule, mère avant tout, demandait à Dieu si son fils était encore vivant, Catherine, anxieuse, interrogeait son cœur et se demandait si l'enfant avait pu arriver à temps, prévenir Grandson, le préserver des embûches tendues sous ses pas par le plus haineux des rivaux, l'ennemi le plus implacable.

— Eh bien ! ma fille ? à quoi pensez-vous ?

— A quoi je pense ? répondit Catherine en rougissant. Moi-même, je l'ignore, bonne Amye ! Mes pensées voguent çà et là, s'envolent dans l'espace, courant après ces brillantes chimères qui font le bonheur de la jeunesse. Oui, je songe à mes belles années du printemps de la vie ; je me vois courant, petite enfant blonde, sans souci, joyeuse de rien, dans les vastes salles du schloss... Je revois mon père, le fougueux baron, sombre et sévère, toujours bardé de fer, faisant résonner ses éperons sur les dalles et ne parlant jamais que batailles, combats, aventures, brigands pourfendus, grands coups d'épée donnés en l'honneur du prince, tournois somptueux, fêtes magnifiques... Je revois ma douce mère, pieuse, bonne, charitable, heureuse, qui d'un mot savait calmer toutes les colères, et d'un sourire pansait tant de plaies... Je sens encore sur mon front ses derniers baisers, ses dernières larmes... et je me dis que mieux eût valu pour moi qu'elle vécût de longues années et que je partisse à sa place... Et vous, Amye, à quoi pensez-vous ?

— Moi, je pense à ce temps-là, madame, comme vous. J'avais deux fils, deux beaux garçons, l'espoir de ma vieillesse, mon orgueil, mon espérance. Ils sont morts. Ils étaient nés sur la terre de Belp, mon mari et moi leur avions appris à vénérer tout ce qui portait le nom de Belp... Et pour Belp, ils sont morts... Ils laissaient chacun une veuve et des enfants... des chérubins aux yeux bleus que j'aimais bien, allez, madame !... Les anges en avaient envie et Dieu me les prit pour les mettre en paradis... Leurs mères — hélas ! vous ne savez pas ce que c'est qu'une mère — leurs mères partirent à leur tour et me voilà seule, seule au monde...

— Odet ! murmura Catherine d'une voix tremblante et sans oser lever les yeux.

Amye Guigaz répondit avec un accent empreint d'un calme trop profond pour être réel :

— C'était le dernier : je vous l'ai donné.

— Ah ! nourrice...

— Je le devais. Nous autres, gens du peuple, madame, nous ne savons point mesurer l'étendue de nos sacrifices ; nous sommes tout à fait bons ou tout à fait mauvais... Or, après Dieu, rien qui me soit plus cher au monde que la gloire et l'honneur de Belp. Ma famille a contracté envers la vôtre une dette de reconnaissance telle que tout notre sang, versé, ne suffirait point à la payer. Oh ! ma fille, j'aime bien mon cher petit Odet, l'enfant de mon enfant ! Il eut été le soutien de ma vieillesse — car je suis bien vieille, madame, et chaque ride de mon visage, chaque mèche de cheveux blancs marque pour moi la date d'un malheur... Eh bien ! cette joie, cette consolation de mes vieux jours, je vous l'ai donnée parce qu'il le fallait pour la gloire et le bonheur de la dernière fille de Belp...

— Et s'il est mort, crois-tu, nourrice...

— Il faut espérer contre toute espérance... Si noir que soit le soleil sur notre tête, si terribles que soient les événements, si grandes que soient les peines, il faut avoir confiance en Dieu : il n'a point fait de l'espérance une menteuse.

— Amye, vous êtes une sainte !

— Je suis une pécheresse... Mais supposez qu'il fût parti pour ne plus revenir... Supposez encore que l'on me rapporte son cadavre, pâle, froid, inanimé... Pensez-vous que je pleurerais davantage que lorsque mes doigts ont tracé le signe de la rédemption sur son front le jour de son départ? Il ne reste plus de larmes dans ces yeux flétris... Je vous l'ai donné, répété-je, sa vie est à vous... Il se doit à Belp.

Catherine, éperdue, vient se jeter en sanglotant dans les bras de cette femme, sublime modèle du dévouement, admirable exemple de la reconnaissance et qui ne savait point marchander quand il fallait prouver l'un et l'autre.

Amye disait simplement ces paroles ; elle restait, droite, impassible sur son siége, comme une figure de cire, blême, rigide. Le sentiment du devoir étouffait en elle tout autre sentiment. Aujourd'hui l'on ne connaît plus les caractères trempés ainsi ; la race des serviteurs, voués sans réserve à leurs maîtres est à peu près éteinte,

— Amye ! Amye !... s'écria Catherine donnant enfin un libre cours à ses larmes, vous êtes bien une sainte, puisque vous donnez pour moi plus que votre vie...

A ce moment le son du cor parvient jusqu'à leurs oreilles. Amye se leva, frémissante, presque transfigurée. Son visage rayonnait d'une joie indicible.

— C'est lui ! c'est lui ! dit-elle... Il revient, le voilà...

Il se fit un grand bruit... La herse glissa lourdement dans ses rainures. Le pont levis s'abattit avec fracas. On entendit les allées et venues des serviteurs parcourant les corridors. Puis des pas pressés, un fracas de portes s'ouvrant et se fermant.

Un main impatiente écarta les portières soyeuses.

Odet parut sur le seuil.

L'aïeule poussa un grand cri et tomba, pâmée, sur les coussins.

— Madame, dit l'enfant en mettant un genou en terre et sans paraître voir sa grand'-mère, expirante, monseigneur de Grandson est en danger de mort et le comte Amé VIII vous mande à Bourg-en-Bresse, où vous devez arriver après-demain.

Que s'était-il donc passé ?

XVIII

OU L'ON JETTE UN COUP D'ŒIL, A LA DÉROBÉE, SUR LA COUR DE MONSEI-
GNEUR LE COMTE DE SAVOIE.

D'après Aristote et les préceptes de la rhétorique, une œuvre littéraire doit avoir l'unité de temps, et l'unité de lieu. Nous avons plusieurs fois déjà dérogé à ces règles : nous sommes forcés de continuer cet errement déplorable en conduisant notre lecteur sur les traces des personnages de ce récit, lesquels apparemment aimèrent fort les voyages.

Nous l'avouons avec une profonde humilité, nous ne sommes pourvu d'aucun diplôme émané de la docte université de France et même nous n'avons jamais dépassé, dans nos classes, la seconde, anciennement appelée classe des humanités.

Elève d'un collége où nous reçûmes un enseignement jésuitique — et ce fut un bonheur pour nous ! — il ne nous a point été permis, de par la puissance de la faculté médicale, de poursuivre nos études scolaires.

Ce bout d'explications, incidemment donné, suffira, nous l'espérons, à excuser notre ignorance aux yeux bienveillants du lecteur.

Aymar du Rivail, dans son *Histoire des Allobroges*, place Bourg-en-Bresse et le pays de Ségusiens dans l'Allobrogie, erreur facile à démontrer puisque cette contrée se terminait, vers le nord, à la rive gauche du Rhône et que les Ségusiens habitaient au-delà.

Ce serait ici le cas de citer les Commentaires de César, mais les conquérants et les envahisseurs ne sont plus en faveur dans notre patrie et nous ne nous soucions guère, d'ailleurs, de nous faire une querelle avec les archéologues et les antiquaires, gens intraitables.

Il fut un temps ou Bourg-en-Bresse se nommait *Taurinum Burgus*, mais à Belley, sa rivale, on montre avec orgueil deux colonnes du temple de Cybèle.

Bourg ne se peut targuer d'aucun vestige d'antiquité. Pourtant les antiquaires y fleurissent.

Faire l'histoire de cette cité nous serait difficile, car nous ne possédons aucun document. Soumise à la juridiction ecclésiastique des archevêques de Lyon, elle appartenait aux comtes de Savoie depuis l'an 1272 que le comte Philippe l'acquit de Sybille de Baugé, femme d'Amédée V.

Nous n'en savons pas davantage et d'ailleurs cette ville n'acquit un plus grand lustre que sous Philibert le Beau, dont la mère, Marguerite de Bourbon, y fit bâtir la merveilleuse église de Brou.

La cour de Savoie habitait Bourg depuis quelque temps.

Après cette orageuse séance des Etats généraux de Savoie que nous avons décrite dans un de nos chapitres précédents, le calme était revenu et la régente Bonne put poursuivre son œuvre. Cette même année, le jeune comte Amé VIII fut conduit à Tournus par ses gouverneurs, sur la parole des ducs de Bourgogne et de Berry qu'ils le renverraient en Savoie aussitôt son mariage conclu. Nous avons dit que le prince était fiancé depuis longtemps avec Marie de Bourgogne. Les oncles du roi de France tinrent leur promesse. Pourtant ils placèrent auprès de l'enfant des gouverneurs et des conseillers nécessaires, les uns bourguignons, les autres savoyards, hostiles à la régente, ce qui diminua sensiblement l'autorité de celle-ci.

Après quelques mois, grâce aux efforts de Louis de Bourbon, sa sœur put reprendre son œuvre, libre de toute entrave.

A travers mille contrariétés, Bonne de Bourbon surveilla l'administration de la justice, s'occupa de la prospérité des provinces, maintint la paix avec ses voisins, et consacra les soins les plus assidus à l'éducation du jeune prince qui lui était confié. Sa sollicitude fut couronnée du plus heureux succès.

Il ne manqua au vertueux Amédée VIII pour être, même dès sa jeunesse, un prince accompli, que la force de se soustraire à l'influence du duc de Bourgogne. La sagesse et la fermeté avec laquelle il tint en main les rênes du gouvernement dès qu'elles lui furent remises disent assez qu'il ne faut pas mettre sur son compte les troubles de la régence. (1)

(1) Frezet. Tom. II.

La cour habitait donc l'hôtel du comte à Bourg-en-Bresse. Moins grandiose dans son ensemble que le château de Chambéry, duquel nous avons
eu déjà l'occasion de parler, cette résidence possédait néanmoins la magni-
ficence qui convenait à sa destination.

Les appartements du prince formaient une longue suite de pièces déco-
rées avec luxe. Après avoir traversé les salles réservées aux archers de la
garde, aux pages, aux écuyers, aux gentilshommes pourvus des offices se-
condaires de la maison comtale, on pénétrait dans une vaste antichambre
tendue de belles tapisseries à sujets historiques, où, seuls, avaient accès
les princes du sang, les grands seigneurs, les principaux officiers de la
couronne.

C'était là, qu'un matin, ces illustres personnages attendaient le lever du
jeune Amédée VIII.

La réunion était fort nombreuse.

A la porte de la chambre se tenait, l'épée à la main, Jean de Vernay, maréchal de Savoie. Auprès de lui le chancelier, le trésorier-général Jean
Braida, grand juge de Piémont, le prince d'Achaïe, le seigneur d'Arvillars,
s'entretenaient des affaires de l'État. Amédée de Menthon, Boniface de
Chalant, causaient en se promenant avec François de la Palud-Varembon
qui devait se signaler sous les deux règnes suivants. Des magistrats, des
prélats, se mêlaient à la foule des chevaliers.

Dans un angle de la salle, des troubadours italiens qu'on appelait alors
gizellari discutaient avec animation sur les règles de la poésie et les différents genres à la mode.

Bonne de Bourbon leur accordait une protection spéciale. Elle aimait à
s'entourer d'artistes, de poètes, de savants et avait coutume de dire que
noblesse d'intelligence passait avant noblesse de naissance. Aussi hono-
rait-on d'une estime particulière ces *gizellari* devenus, par leur propre
mérite, les égaux des plus fiers barons.

Différents groupes s'étaient formés et devenaient autant de points de
ralliement.

Là, M. le cardinal de Brogny ramassait autour de lui nombre de gentilshommes que sa parole éloquente et son exquise affabilité charmaient. Plus
loin, on se pressait autour de deux hommes d'un âge mûr, vêtus simplement, et qui paraissaient assez insensibles aux marques de considération
qu'on leur prodiguait. L'un se nommait Jean de Liége et remplissait les
fonctions de peintre domestique de la cour (1) ; l'autre, Michel Broederlam,

---

(1) Nous commettons ici un anachronisme : les patentes de peintre domestique de la cour
de Savoie, expédiées à maître Jean de Liége, sont datées de Pont-d'Ain le 9 octobre 1413.
Elles lui attribuent 60 florins de traitement annuel et une exemption de tout impôt durant
vingt ans.   (Archives de cour, à Turin.)

était valet de chambre du duc de Bourgogne et peintre, comme son compatriote.

Ailleurs, le grand-maître des chevaliers de Saint-Jean-de-Jérusalem, Fabrizio Carreto, devisait gaiement avec Luquin de Saluces et le seigneur de Piossasque, écuyers de Sa Grâce.

— Ainsi, dit Luquin de Saluces au grand-maître, nous ne pouvons plus rien de ce côté-là?

— Non, mon ami, répliqua Fabrizio Carreto. J'avais espéré, comme vous; les circonstances ont détruit mon espoir.

— De quoi parlez-vous donc, messieurs? s'écria le seigneur de Piossasque en les regardant d'un air effaré. J'ai beau chercher à comprendre, mais c'est en vain... Posez-vous des énigmes?

Le grand-maître de Rhodes sourit avec malice et répondit :

— Vous pensiez à la damoiselle de Chissé, votre fiancée; voilà pourquoi vous n'avez point suivi le fil de nos discours. Je disais à monsieur de Saluces que nos efforts pour obtenir la cession de Gênes n'ont pas abouti.

— Ah!

— Vous ne comprenez pas davantage?

— Non, je l'avoue.

— Peu vous importe ce qu'il advient dans le pays où brille dans les forêts l'arbre parfumé des pommes d'or! Je vais donc recommencer pour vous seul, Hubert. Gênes, vous le savez, fut gouverné par les Doria et les Spinola jusqu'au moment où le peuple, fatigué des interminables dissensions de ces familles, s'érigea en oligarchie comme Venise et voulut un doge. En 1363, une famille plébéienne, celle des Adorni, s'agrégea à la casa Fregosi, et son chef, Gabriel, élu par le populaire, se coiffa de la corne ducale. Son fils Antonio lui succéda, fut dépossédé et rétabli une seconde fois, puis de nouveau dépossédé, grâce aux intrigues des Fregosi, ses ennemis. Si bien que, las de sa querelle avec ceux-ci comme le peuple l'avait été des factions entre Doria et Spinola, il résolut d'y mettre un terme, et pour ce faire, ne trouva rien de mieux que de céder au roi de France la souveraineté de Gênes. Il y a de cela trois ans. Je passais auprès de lui ce laps de temps, travaillant sans relâche à obtenir une cession en faveur...

— De votre ordre? interrompit Piossasque.

— Non, reprit Fabrizio avec un indéfinissable sourire, en faveur de monseigneur de Savoie. La Ligurie borne le Piémont vers la mer, et c'eût été, pour notre prince, une splendide acquisition.

— Et vous avez échoué?

— Complétement. Ce vieux singe d'Adorno prétendit qu'ayant donné sa parole au roi Charles, il ne pouvait revenir sur une parole donnée. J'insistai. Il en écrivit à Monsieur de Bourgogne, lequel vient d'envoyer à Gênes le comte de Saint-Pol, Valéran de Luxembourg, pour gouverner la République.

— C'est partie remise, dit gravement Luquin de Saluces. Gênes, tôt ou tard, sera province savoyarde. Ces gouvernements républicains ne durent pas : voyez Rome ! Après la grandeur vient la décadence. Voyez Venise ! La monarchie seule est stable.

— Oui, murmura Fabrizio, rêveur, parce qu'elle est un principe !

— Oui, ajouta Piossasque, et les principes sont éternels, comme Dieu. Mais qui peut dire vers quel abîme penchent les monarchies ? La France par exemple, s'en va d'émeute en émeute, de révolution en révolution... L'Etat n'est plus gouverné. Le peuple n'a plus confiance en son roi et tout l'échafaudage s'écroule. Il faut prendre garde aux colères du peuple, messieurs !... Moi, je suis un piémontais ignorant et je n'entends rien aux finesses de la politique, mais je sens venir l'orage.

Monsieur le cardinal de Brogny, prélat déjà renommé quoiqu'il eût à peine cinquante-cinq ans, venait de se rapprocher de deux ecclésiastiques qui entraient à l'instant même dans la salle. De ces nouveaux venus, doués tous les deux d'une figure distinguée, quoique fort modestement vêtus, l'un était Aymon Séchal, prévôt de Montjoux, archevêque de Tarantaise ; l'autre se nommait tout simplement Antoine de Chalant et possédait l'abbaye de Saint-Michel de la Cluse, en Piémont.

— Eh bien ! monsieur le prévôt, dit le cardinal de Brogny à Aymon Séchal, vous êtes nommé patriarche de Jérusalem. Le légat de notre Saint-Père vient de me remettre vos bulles d'institution.

— Ah ! vraiment !... s'écria le prêtre sans pouvoir dissimuler un élan de joie. Sa Sainteté me comble, poursuivit-il d'un ton modeste, et je suis pénétré à son égard de la plus vive reconnaissance, car je ne mérite aucunement, indigne ministre que je suis du Dieu de miséricorde, les faveurs du Saint-Siége. Merci, monsieur le cardinal, à vous qui vous faites un plaisir de m'apporter cette nouvelle.

Antoine de Chalant tendit la main au prévôt et lui dit avec un accent de sincère amitié :

— Permettez, monsieur le Patriarche, que je sois le premier à vous féliciter. Ce m'est une grande joie par l'ombre de Tayaut, mon feu basset ! de voir dans cette enceinte deux illustrations de l'Eglise, car monsieur le cardinal, ici présent, est pour ceindre un jour ou l'autre la tiare des Pontifes de Rome... à peine ses cheveux prennent-ils couleur de neige, que le voilà déjà revêtu de la pourpre, évêque de Viviers, archevêque d'Arles. C'est beau.

A ce moment, la conversation était fort animée entre maître Jean de Liége et le peintre Broederlam.

— Oui ! disait ce dernier, l'abbé de Saint-Gall fut trente-cinq ans prince et prélat du pays de Liége, et l'on disait de lui : *Notgerum Christo, Notgero cœtera debes*. Ce que vous traduisez ainsi en langue de France, monsieur mon ami : « Tu dois Notger au Christ et le reste à Notger ! » Il avait choisi la bonne place : toujours au combat, à la chaire, auprès du pauvre et du malade. Plus d'honneur que d'honneurs. C'est une idée qui en vaut bien une autre, par la noble tour de Malines !

Ceci aurait pu paraître une allusion, si l'on eût supposé que le Flamand eût entendu la conversation des prélats.

Du sein d'un mélange confus de sons, s'élevait la voix grave, mais vibrante, de M. de Brogny.

— Oui, disait-elle, ce cardinal, ce prince de l'Eglise, Chalant, n'est pourtant qu'un homme du peuple que votre père eût refusé d'admettre parmi ses pages d'écurie, un paysan qui eût paru indigne de porter la queue du manteau de madame votre mère. On veut oublier que, sous la moire de cette robe quasi-royale, il y a un pauvre pêcheur simplement nommé Jean Fraczon.

— La vertu, le mérite anoblissent, observa M. de Chalant d'un ton insinuant.

— Passe ! nous ne sommes point encore au temps où ces vérités prévaudront.

— Et comment êtes-vous ?...

— Ah ! vous êtes bien curieux, monsieur Séchal, mais qu'à cela ne tienne... Je gardais un jour les pourceaux de mon père sur le bord d'un chemin. Déjà grandelet, j'essayais d'apprendre à lire et cherchais à déchiffrer un bout de parchemin trouvé je ne sais où. Deux moines vinrent à passer : deux cordeliers. Ils sourirent de me voir ainsi occupé et causèrent un instant avec moi. Puis, l'un me demanda si je voulais les suivre, me promettant de me faire goûter à la coupe de la science. Ces moines servent quelquefois à quelque chose ! vous verrez que nos neveux les appelleront fainéants...

Mon père avait beaucoup d'enfants et ce n'était pas tous les jours qu'on voyait du pain sur la table. Il pleura bien, mais il me laissa partir et je fus moine. Alors il arriva, qu'ayant été hardi en ma façon de prêcher, le pape m'enjoignit d'aller à Rome. Je ne possédais pas de souliers et logeais, comme on dit, le diable dans mon escarcelle. J'allais faire visite à mon cordouanier, Hilaire Tromichu, comptant qu'il m'accorderait crédit...

— Et le ladre vous refusa ! interrompit en riant le patriarche.

— Que non pas. Il prit sa plus belle paire de sandales et me les remit en me disant : « Vous me les paierez quand vous serez cardinal. » Et deux ans après, il fut payé. Seulement, je ne l'ai pu faire démordre, il ne voulut accepter que l'écu parisis, valeur de la chaussure (1).

L'histoire fut goûtée de tous ses auditeurs.

C'était vraiment grand plaisir que d'entendre ce vieillard à qui les rois disaient *mon cousin*, avouer, en si noble compagnie, qu'il s'était trouvé un jour sans un écu parisis pour se mettre des sandales aux pieds.

Nos parvenus feignent d'avoir toujours eu salons dorés, habits de fin drap, grooms, chevaux et le reste. Ils ne placent, du reste, aucun orgueil à se proclamer fils de leurs œuvres.

Ce beau prélat, à la stature imposante, au visage flétri par l'excès du travail, si noblement drapé dans son riche costume rouge et dont les cheveux blancs frangeaient d'argent les bords de sa barrette cardinalice, n'y mettait point tant de façon.

De gardeur de pourceaux, il s'était fait moine, et ce moine se voyait aujourd'hui en passe de succéder à Pierre, sans même s'en douter.

La modestie sied aux grands.

— Savoir, murmura Chalant d'un air rêveur, d'où provient le mot *Cordouanier*.

— Voilà bien nos savants ! reprit la cardinal. Ils poursuivent partout la pensée fugitive. Je n'en sais rien, vous m'en pouvez croire, monsieur mon ami, et, ne vous en déplaise, je ne chercherai point, craignant fort de m'embrener en fumier de l'erreur.

— Peuh ! s'écria l'archevêque de Tarentaise d'un ton dégagé. Ce n'est pas difficile !

— Vous savez ? dit vivement l'abbé de Saint-Michel. Oh ! mon cher Aymon, apprenez-le moi bien vite, je vous en prie.

— Bon ! pour que vous m'inscriviez tout vif en votre histoire du roi Modus et de la reine Ratio. Non.

Il fallut des instances répétées pour que le bon prélat consentît à exaucer les vœux du poète, car il s'amusait de l'anxiété de Chalant, qui, de tout le récit du cardinal, paraissait n'avoir entendu que le mot cordouanier.

— Eh bien ! dit Séchal en riant, cordouanier vient de Cordoue, parce que c'est dans cette ville que se fabrique un certain cuir dont on fait des chaussures très-belles. Tenez ! Monsieur d'Estavayé avait hier des souliers à la poulaine merveilleusement ouvrés et faits de cette peau, dûment gaufrée, dorée et vermillonnée. Que si vous voulez aller au fond des choses, Cordoue se dit en espagnol *Cordova*, en latin *Corduba*, lequel mot

(1) Cette anecdote est rigoureusement historique, ainsi que tout ce qui se rapporte au cardinal de Brogny, grande illustration qu'un juif a outrageusement calomnié dans un opéra qui se joue depuis trente ans et que la   sure n'a pas eu le courage de défendre.

vient du phénicien *Korta-Tuba*, ce qui signifie ville considérable. Etes-vous satisfait?

— Monsieur l'archevêque, vous êtes un puits de science.

— C'est ce que disait, hier, à son bouffon piémontais Folario, monsieur d'Estavayé, précisément après que le dit Folario m'eut donné les renseignements que je viens de vous transmettre.

Chalant atteignit ses tablettes et inscrivit soigneusement l'étymologie précitée que le hasard nous a fait retrouver en un poudreux bouquin. Après quoi il reprit la parole et dit avec un accent insinuant :

— Puisque vous voilà en veine de science, mon ami, enseignez-moi d'où se tire le vocable *bourno* qui, chez nous, veut dire fontaine.

— Et! vous l'ignorez. Comme l'allemand *born*, l'anglais *burn*, le provençal *bourneau*, le nom de la rivière de Borne, au pays de Faucigny, ce mot vient du celtique *born*, soit puits ou fontaine. Demandez plutôt à maître Folario qui cherche partout un disciple sans le pouvoir aveindre. Ce sera merveille que voir l'abbé de Chalant élève du fou d'Estavayé.

— Ce livre du roi Modus et de la reine Ratio est-il enfin terminé? demanda Brogny en souriant de la raillerie de l'archevêque.

— Ah! monseigneur, il le serait sans la maudite querelle de Grandson, car je devais aller dépouiller le chartrier de cet excellent seigneur, et maintenant que le piteux Estavayé aboie à ses chausses, comme une meute d'allans forçant un dix-cors, le voilà sur les dents et je ne puis rien faire.

— Triste querelle, vous l'avez bien dit, Chalant, continua le cardinal qui devint songeur. C'est grand pitié que de voir un généreux seigneur pourchassé par la haine d'un ennemi implacable. S'il a péché, pourtant!...

— Péché! se récria Chalant, indigné. Il aimait bien trop le bon Comte Rouge. — Dieu l'ait en son paradis!... Je vous le dis, en vérité, mes maîtres, on ne sait pas quel tort font à la science les misérables disputes de ces roquets de cour... J'entends parler de cet Estavayé, oui bien !

XIX

QUI PEUT-ÊTRE CONSIDÉRÉ COMME LA SUITE DU PRÉCÉDENT.

Avez-vous quelquefois vu, lecteur, un de ces portraits de Hans Holbein qui ressortent, maigres, jaunis comme le vieil ivoire, dont les yeux brillent sous des sourcils nettement dessinés, dont la bouche, aux lèvres pâles, exprime le doute, et qui, ridés, flétris, empreints d'une virile énergie, font rêver à ces vieillards du temps jadis, si imposants dans leur simplicité?

Melchior ou Michel Broederlam, l'histoire lui donne indifféremment ces deux prénoms, eut pu servir de modèle à l'illustre peintre allemand. C'étaient les mêmes traits calmes, reposés, le même regard atone, éclairé parfois, à de rares intervalles, par l'éclair du génie; le front haut, bombé, couvert de protubérances, la même bouche correctement dessinée, avec la lèvre inférieure avancée, un peu tombante.

Vêtu d'une *hungherline* de drap gris, usée aux coudes et aux parements, coiffé d'un béret de velours noir à ganse d'écarlate ternie, il ressemblait à un moine sorti de son couvent, pour se mêler, ébahi, aux tumultes de ce monde.

Son interlocuteur, Jean de Liége, était, au contraire, un homme petit, replet, au visage bouffi, fortement enluminé et qui, voulant « paroistre, » avait cru bien faire de draper sur ses membres trapus une magnifique robe de cendal mordoré, chargée de vanequilles de soie.

Maître Broederlam venait de terminer les peintures du fameux autel qui se trouve aujourd'hui au musée de Dijon, peintures qui sont l'œuvre la plus complète de l'artiste que nous mettons en scène, et au sujet desquelles un critique d'art consommé (1) s'exprime en ces termes :

« C'est un retable d'autel sculpté et formant triptyque. Fermé, il peut mesurer 2 mètres 60 centimètres de long; ouvert, 5 mètres 20 cent. Sa hauteur est à peu près de 1 mètre 60 cent. Les figures, en plein reliefs, sont dorées et se détachent sur un fond également doré; elles ont 40 centimètres de hauteur. Le panneau central est divisé en trois sujets : *l'Adoration des Mages*, neuf figures; *le Calvaire*, vingt figures; *la Mise au tombeau*, huit figures. L'intérieur de chaque volet est orné de cinq figures de saints et de saintes dans des niches. La dernière figure, à gauche du volet gauche, saint Georges, en chevalier du XIVᵉ siècle, terrassant le démon sous la figure d'un dragon, a été souvent reproduite par le moulage. Enlevée à ce retable en 1792, elle était arrivée dans la collection d'un amateur de Lyon, qui permit au mouleur du Louvre, M. Jacquet, d'en prendre des épreuves, et qui, depuis, a consenti à la céder au musée de Dijon où elle a repris sa place primitive.

» Ce retable, avec un autre dont nous parlerons plus bas, magnifique spécimen de la menuiserie, de la ciselure et de l'orfèvrerie en France à la fin du XIVᵉ siècle, figurait autrefois sur le maître-autel de la Chartreuse, fondée par Philippe le Hardi en 1383, à Champmol-lez-Dijon, pour servir de sépulture aux princes de la famille. Les comptes de la cour de Bourgogne nous ont transmis le nom de l'artiste auquel on doit cette œuvre. Il se nommait Jacques de la Baerze, habitait Dundermonde en Flandre, et l'exécuta vers 1391. Transportés à l'église cathédrale convertie en magasin en 1792, lors de la suppression des communautés religieuses, les deux retables y restèrent jusqu'en 1819, abandonnés, couverts de poussière et de plâtre, se disjoignant de tous côtés. A cette époque, l'attention se porta de ce côté. Il fallut huit ans pour que la ville en obtînt la cession, et ce n'est guère qu'en 1827 que l'on commença les restaurations dont ils avaient un si pressant besoin. Il s'écoula vingt-quatre ans avant que l'on eût obtenu du conseil municipal les modiques sommes nécessaires à une restauration complète, car en 1850 ils n'étaient pas encore exposés dans la salle où nous les avons vus en 1852. Ces simples dates ne prouvent-elles pas surabondamment tout ce qu'il y a encore à faire pour que les musées de province

_____

(1) Le comte Clément de Ris.

reçoivent l'extention implicitement comprise dans le décret du Premier Consul qui les instituait ?

» Mais la sculpture n'est pour nous que la partie accessoire de ce retable. A l'extérieur, les volets sont ornés de peintures qui réclament plus particulièrement encore notre attention. Elles représentent sur le volet gauche *l'Annonciation et la Visitation;* sur le volet droit *la Présentation et la Fuite en Egypte.* La composition, la perspective, la façon dont les personnages sont groupés, l'architecture, le paysage, les procédés de touche, tout rappelle les miniatures des manuscrits et indique un enlumineur plutôt qu'un peintre.

» M. Cavalcassel s'exprime ainsi dans la description qu'il donne de ces tableaux et ce qu'il dit corrobore trop bien mon opinion pour que je néglige le plaidoyer d'un avocat aussi autorisé : « Les tableaux de Melchior Broederlam sont surtout remarquables par la teinte claire et légère qu'il sait donner aux chairs, mais il manque de vigueur; la lumière et les ombres sont coupées trop abruptement; il a une maigreur de coloris et une absence de clair-obscur qui ont le caractère particulier de l'ancienne école de Westphalie. Les têtes sont plates et sans reliefs, les figures laides, les mains et les pieds trop longs, les formes humaines sont lourdes et sans élégance, et le type de l'enfant Jésus est désagréable à la vue. Si Broederlam a ces défauts, de l'autre côté ses draperies ont la simplicité et la grâce de l'ancienne école de Cologne. Dans ces panneaux, il ne peut y avoir de contraste plus frappant que celui qui existe entre le style facile et élégant qui caractérise les figures de la Vierge et du Sauveur dans la *Fuite en Egypte* et la lourdeur de pose et de traits de saint Joseph. Evidemment le peintre luttait entre le désir de produire une imitation naturelle de la nature et les inspirations gracieuses des maîtres de Cologne.

» Le talent de ces enlumineurs est connu de tous, et je ne sais ce qui doit frapper le plus, ou de la naïveté qui brille dans les têtes et les gestes des personnages, ou de la vigueur des draperies, de leur jet si simple et si large. Bien qu'attribués à un artiste flamand, je ne puis trouver dans ces quatre sujets aucun des caractères de l'école primitive flamande. Ils s'éloignent également du style italien, bien que la ténuité des colonnes qui soutiennent les coupoles, la couleur rose des murailles ou bleue des coupoles rappellent les gothiques italiens de la même époque et autorisent à penser que le peintre avait vu l'Italie. A plus forte raison, n'ont-ils aucun point de commun, ni comme dessin, ni comme couleur, avec l'école de Cologne; et en cela je diffère d'opinion avec M. Cavalcassel. Leur caractère est tellement original, tellement particulier, que faute de pouvoir les rattacher à aucune école connue, je les considère comme un des rares spécimens de l'art français à la fin du xive siècle.

» A qui doivent-ils être attribués ? On n'en sait positivement rien. Seulement on trouve dans les comptes de la cour de Bourgogne, en 1385, 1386, 1394 et jusqu'en 1397, le nom de Melchior Broederlam, comme peintre de monseigneur et varlet de chambre. Il est peu probable que l'on ait confié à un autre qu'au peintre en titre les peintures du retable formant le principal ornement de la chartreuse de Champmol. M. Cavalcassel date ces peintures de 1398.

» La peinture des sculptures et des décorations, dit-il, fut d'abord confiée à Jean Malouel qui habitait alors Dijon ; mais son travail n'ayant pas paru satisfaisant, Melchior Broederlam en entreprit la tâche. Il peignit sur les volets *l'Apparition et la Salutation de l'Ange à Marie, la Présentation au temple et la Fuite en Egypte ;* et, en haut, *Dieu le Père, ceint de la triple couronne et environné d'anges.* »

» Melchior Broederlam était Flamand; la forme de son nom ne permet pas d'en douter. Par la date relevée par M. Cavalcassel, il serait antérieur de vingt-cinq ans aux premiers ouvrages des Van Eyck. Aussi ne doit-on pas être surpris de ne rencontrer dans les panneaux de Dijon aucun des caractères de l'école flamande. Si la manière de Melchior Broederlam était celle des peintres de son temps, on peut assurer quelle ne présente que des rapports bien éloignés avec celle que les Van Eyck mirent en faveur trente ans plus tard. Je le répète, les signes distinctifs de cette manière sont une coloration très-vigoureuse, mais sans éclat dans ses draperies, et au contraire un ton pâle dans les chairs et les accessoires. »

Peut-être avons-nous tort, au sujet d'un personnage secondaire de notre histoire, de citer aussi longuement une appréciation purement artistique. Mais, outre que nous avons la prétention d'instruire en amusant, il nous semble que notre lecteur ne perdra rien à lire une page finement écrite et finement pensée. Bien au contraire, ce langage d'orateur dissertant un point controversé de la science, le reposera des émotions du drame.

Car le drame va renaître, émouvant dans ses nouvelles péripéties, pour se dénouer plus tard autrement que l'ordonnent les bonnes règles, et l'usage et la morale propre aux romanciers.

L'imprévu n'y manque pas et l'auteur n'a aucunement à chercher dans sa pauvre imagination des effets que lui offre, simples et vrais, l'histoire du passé.

A voir les deux peintres discourir ensemble, calmement, et M. de Varembon les écouter en frisant ses longues moustaches, on eût dit qu'il s'agissait d'ocre et de vermillon, mais alors déjà, beaucoup sortaient de leur état pour donner carrière à leurs ambitions.

La grasse figure bouffie de Jean de Liége, le visage sec et parcheminée de Broederlam ne laissaient rien deviner.

Ces peintres étaient diplomates.

Ils ont, de nos jours, cédé la place aux avocats.

— Ce travail, disait Michel Broederlam, serait aujourd'hui terminé ; maître Jean, sans la singulière idée qu'à eue monseigneur de m'envoyer céans avec ses ambassadeurs ; je ne suis point avocat, moi, par le Mannken-Piss de Bruxelles ! Et vous savez bien que le patron des avocats, saint Yves, un Breton fort têtu, n'entra au paradis que par surprise et qu'il n'en sortit pas pour ce seul motif qu'on n'y put trouver un seul huissier pour lui signifier son expulsion.

Cette saillie, dont le piquant étaient encore augmentée par l'accent prononcé du peintre étranger, amena un sourire sur les lèvres de tous.

M. de Chalant, seul, murmura à demi-voix :

— Barbare ! Des *que*, des *qui*, des *pour* !... Vraie langue de flamand, barbouilleur de tableaux !...

— Et dans quel but, mon cher ami, demanda Jean de Liége d'un ton mielleux, dans quel but, monsieur de Bourgogne vous a-t-il mis au rang des avocats ? Ne pouviez-vous, comme disent nos légistes, exciper de votre incompétence ? Mais non, c'eût été — pardon si je me fais mal comprendre — une oblitération de votre caractère.

— Le fait est, s'écria François de Varembon, — celui-là même qui devait être surnommé plus tard la Palud au Nez d'argent, — qu'adjoindre un homme de votre sorte à des seigneurs portant noble épée...

— Eh bien ! seigneur comte ?

— Ah ! monsieur, se hâta d'interrompre Jean de Liége en faisant un profond salut, qu'on nous laisse à nos pinceaux, à nos planches : nous ne cherchons nullement à marcher sur les brisées des gentilshommes.

— Mais enfin, insista Varembon, que viennent faire ici messieurs les bourguignons, Ponchon de Langhat, le sire de Giac et les autres ? Avons-nous quelque guerre à craindre de ce côté ? Oui ? Tant mieux : je frapperai d'estoc et de taille.

— Ah ! messire, comme vous vous enflammez ! s'écria le doucereux Jean de Liége. Il ne s'agit point de fourbir vos cuirasses et d'essayer la trempe de votre flamard, et d'arborer à votre cimier le plumail aux couleurs de la Palud. Notre mignon seigneur, le comte Amé VIII — Dieu lui donne longue vie ! — n'est-il pas le fiancé, l'époux de madame Marie de Bourgogne ? Maître Michel, mon illustre et savant confrère, vient avec les ambassadeurs de Sa Grâce pour traiter de la grave querelle qui divise messieurs vos cousins de Grandson et d'Estavayé.

François prit un air de mauvaise humeur et frappa du pied avec colère.

— Maudite soit cette querelle, dit-il en fronçant le sourcil. Par ma foi ! je ne sais quel sot acharnement ce misérable Gérard met à poursuivre le brave sire d'Aubonne ?... C'est inexplicable.

— Hé ! seigneur, la jalousie...

— Jalousie de quoi ? pour obéir à d'absurdes rumeurs, n'a-t-on point

vendu à Jean de la Baume et au comte de Gruyère, les seigneuries d'Aubonne et de Coppet moyennant quatorze mille florins d'or ? C'est une honte,
vous dis-je. Il faut vider cette querelle par un combat, et si chacun des
deux champions y venait avec tous ses partisans, la partie serait mal liée
pour Estavayé.

— L'avenir jugera, dit sentencieusement le valet de chambre du duc de
Bourgogne.

Une voix vibrante retentit, couvrant le murmure de toutes ces voix, le
bruissement des étoffes, le fracas sourd des talons ferrés éraillant les dalles. Il suffit du nom que prononça cette voix pour que le silence le plus
profond se fît aussitôt, et ce nom qu'elle annonçait était celui-ci :

— Monseigneur de Grandson.

Il se fit un grand mouvement. Tous les regards se dirigèrent vers l'huis,
puis la foule se porta à la rencontre du chevalier, à l'exception de quelques tenants d'Estavayé, qui restèrent dans un coin, isolés.

Grandson était calme, imposant. Il n'y avait nulle trace de souci, nulle
crainte sur son mâle visage. Tête haute, regard droit et franc, sourire grave
aux lèvres, il traversa les groupes, saluant avec aménité les uns, serrant
cordialement la main aux autres.

Ses vêtements, riches et d'un goût merveilleux, semblaient choisis pour
la circonstance. C'était une robe de satin noir lamé d'or, ornée d'une belle
fourrure de martre et serrée à la taille par une ceinture d'orfèvrerie suppor-
tant un poignard de merci. Les coquilles d'argent de son écu brillaient sur
ses épaules. Il parut si grand, si noble, sous ce costume, que toute l'assemblée l'acclama.

Avant qu'il pût répondre aux nombreuses questions dont on l'accablait,
la porte des appartements du petit comte s'ouvrit et Amédée VIII parut sur
le seuil.

Ce prince, qui devait être plus tard l'arbitre de l'Europe, abdiquer, ceindre la tiare des anti-papes — de bonne foi et se croyant légitimement élu
— abdiquer encore et mourir après avoir mérité le surnom de Salomon de
son siècle, ce prince avait alors quatorze ans.

Sous la tutelle de sa grand-mère et de son précepteur Odon de Villars,
il savait déjà si bien gouverner, au milieu des nations voisines, en proie
aux guerres étrangères et aux discussions civiles qu'en Savoie seulement,
dit le chroniqueur Olivier de la Marche, on trouvait alors sûreté, richesse
et bonheur.

Comme tous ceux de sa maison, il possédait les dons extérieurs qui sont
pour beaucoup dans la popularité des souverains. Svelte, élancé, d'une
tournure élégante, bien fait, il savait parler, sourire, saluer, avec cette
grâce et cette distinction qui sont l'apanage des natures privilégiées. Ses
traits délicats conservaient l'expression candide des adolescents élevés

chrétiennement ; ils peignaient un caractère doux, affable, disposé à la clémence ; on lisait en même temps dans le regard de ses yeux bleus une fermeté virile, un courage invincible et cette majesté que donne aux rois la conscience de leur devoir plus encore que l'habitude d'être toujours obéis.

Vêtu avec simplicité, lui qui devait proscrire le luxe dans les *Statuta Sabaudiæ* qui sont un des monuments de son règne, il n'avait rien en lui qui décelât une vanité puérile, cette recherche efféminée trop à la mode dans les cours de cette époque.

Sa mère, Bonne de Bourbon, à peine vieillie depuis le temps où elle luttait contre sa bru pour conserver la régence, venait derrière lui tenant par la main la petite comtesse Marie de Bourgogne encore enfant et qui jouait avec un beau levrier danois, présent du sire de Gyac.

Les seigneurs s'inclinèrent devant celui qu'ils regardaient comme leur élu, comme le premier gentilhomme de ses États.

Le prince, après avoir gracieusement salué ses amis, fit le tour du cercle, accordant à chacun une bonne parole. Il était joyeux. Sa voix charmait ; son sourire faisait plaisir à voir.

— Monsieur le cardinal !... dit-il en s'arrêtant devant Jean de Brogny, avons-nous de bonnes nouvelles de Rome ? Le saint Père Urbain VIe travaille sans relâche au bonheur de la chrétienté ; ce sera un illustre pontife, en vérité... Ah ! voici le nouveau patriarche de Jérusalem. Quand donc irons-nous conquérir le tombeau de Notre-Seigneur, messire ? Hélas ! notre aïeul Aimé le Grand périt à la tâche. Le Turc et le Sarrasin souillent de leur présence ces Lieux sacrés où s'accomplit le grand mystère de la Rédemption, et le pasteur de la ville sainte est obligé de vivre en exil... Ne ferez-vous pas la chronique des hauts faits de nos barons, monsieur de Chalant, vous qui êtes si savant ? Il y a de belles pages à écrire sur ce sujet !... Mon cher Varembon, je vous salue. Toujours prêt à tirer le glaive, hein ? J'aime à voir des preux comme vous orner notre cour... Eh bien ! mon peintre, continua le prince en tendant la main à Jean de Liége qui s'inclina pour la baiser, quel chef-d'œuvre nous allez-vous créer ? Car vous n'êtes pas, vous, ajouta-t-il avec un accent où perçait un peu d'amertume, de ceux qui abandonnent le pinceau pour la plume et jamais il ne nous passera par la tête de vous envoyer comme ambassadeur à monsieur de Bourgogne.

Il arrivait devant Othon de Grandson qui n'avait point fait un pas à sa rencontre et attendait qu'il lui plût de l'apercevoir.

Amédée s'arrêta devant le chevalier et le regarda un instant sans dire une parole. Puis, soudain, il entoura son cou de son bras et le baisa sur la joue en disant très-haut et d'une voix émue :

— Je suis content de vous voir, cher seigneur Othon, mon père vous aimait et je vous aime comme lui.

— Monseigneur!... balbutia le chevalier en fléchissant le genou.

Il ne put en dire davantage. L'émotion l'empêchait de prononcer les paroles d'amour et de reconnaissance qui montaient de son cœur à ses lèvres.

— Oui... oui... reprit le comte en secouant la tête avec tristesse... je sais qu'on vous fait de la peine, bien de la peine... cher seigneur Othon... mais le jour de la justice luira. Qui pourrait en douter?...

Bonne de Bourbon s'avança et, saluant d'un affectueux sourire le noble vieillard; elle ajouta d'un ton qui surprit tous les assistants :

— Vous êtes ici devant des amis, Grandson, et non point devant des juges.

— Madame, répliqua le chevalier en lui jetant un regard où resplendissaient les admirables sentiments de cette âme chrétienne, il ne faut des juges qu'à un coupable...

— Ou bien à un accusé, interrompit Amédée VIII en se redressant avec une majesté enfantine. Mais si monsieur de Grandson pouvait être accusé, serais-je là, moi, la main dans sa main? La justice doit être égale pour tous : le pauvre et le petit y ont droit comme le riche et le puissant. Et quand l'homme ne peut faire éclater son innocence, Dieu prend des moyens merveilleux pour le prouver. Qui me contredira?

Comme il achevait ces mots, la voix du page de service au grand portail annonça, d'une voix qui domina le susurrement des courtisans, ce nom qui semblait être une réponse à la question du prince :

— Messire Gérard, seigneur d'Estavayé!

XX

COMMENT OTHON DE GRANDSON RÉPONDIT AUX ACCUSATIONS DE GÉRARD D'ESTAVAYÉ

Le misérable ennemi de Grandson se voyait à la veille d'être vaincu. Ses machinations n'avaient encore abouti à aucun résultat. Le roi de France et les princes de sa royale maison, se portaient garants de l'innocence du malheureux persécuté. Depuis tant d'années que cette lutte durait, le ressentiment d'Estavayé eut dû s'émousser insensiblement et faire place peu à peu à des sentiments plus généreux. Mais rien n'est tenace comme la haine. Un jour donc, Gérard d'Estavayé se présenta devant le bailli de Vaud, Louis de Joinville, seigneur de Divonne. Les chroniques du temps nous ont conservé la description du cérémonial suivi dans ces sortes de procès et nous en tirons parti, en insérant dans notre récit cette description, à titre de document historique.

« Entre les 8 et 9 heures du matin, le grand Métral, revêtu de son manteau de livrée arrive au château, demande au très-honoré seigneur baillif s'il lui plaît d'aller présider le droit? Ledit seigneur ayant reparti qu'oui, ledit grand Métral va à l'église sonner la cloche ordinaire pour l'assemblée du droit; ensuite venant au château il prend le bâton de la justice et suit

Petite Cloehe.

le seigneur baillif jusqu'à l'hôtel-de-ville , soit au cabaret, et ledit seigneur étant entré au poile (salle) de justice , il demande si tous les justiciers sont arrivés , et se place ensuite au haut de la table, en ordonnant aux justiciers présents de prendre séance. Après séance prise , il commence par demander au lieutenant Baillival , (au cas que celui-ci soit absent) au Banneret.

— M. le lieutenant ou Banneret, trouvez-vous que nous soyons en nombre suffisant , en lieu convenable , et à l'heure due pour administrer droit aux requérants au nom et pour la part de Son Altesse notre souverain et maître le comte de Savoie, glorieusement régnant.

Le lieutenant ou Banneret répond :

— Noble et très-honoré Baillif ! je remarque que nous sommes en nombre suffisant , en lieu convenable et à l'heure due pour administrer justice aux requérants au nom et pour la part de mondit redouté seigneur le Comte et par conséquent le Droit peut siéger.

Après cette réponse du lieutenant ou Banneret , le seigneur Baillif fait brièvement la même demande que dessus aux autres jurés en les appelant de suite chacun par son nom ; et ceux-ci répondent tous , relativement à la réponse du lieutenant au banneret :

— Bien connu. (Bien prononcé).

Ensuite le seigneur Baillif ordonne au grand Métral qui est près de la porte, d'appeler les parties et avant tous autres les tuteurs , les curateurs , les pupilles, etc.

Il est de pratique que personne ne doit entrer en droit, sans avoir obtenu au préalable la permission du seigneur juge et que chaque partie qui entre doit se présenter respectueusement par-devant le seigneur président pour avoir la permission de prendre un *parlier* (1), soit rapporteur ; permission qui s'accorde toujours , à moins que celui qui se présente n'ait pas la permission d'entrer en droit.

Lorsqu'il est question d'une connaissance à rendre , le seigneur Baillif tenant le bâton de justice en main demandera les suffrages de tous les justiciers en commençant par le parlier de la partie actrice , et ensuite, par celui de la partie *rée* (du latin *reus* ; *partie défenderesse*) ; après lesquels deux suffrages donnés, il s'adressera au lieutenant, au banneret, et ensuite aux autres jurés qui sont en l'Assemblée (2).

Ce fut devant ce tribunal que le chevalier Gérard accusa Grandson d'avoir été au moins l'instigateur du meurtre d'Amédée VII , dite le comte Rouge de Savoie.

(1) Les *Parliers* étaient pris parmi les juges pour porter la parole devant les tribunaux où es parties et leurs avocats ne pouvaient la porter sans la permission du président.
(2) Le Curial Pierre Romain Ducrest.
(Communiqué par M. l'archiviste Schneuwly.)

.. Nous avons déjà vu que cette accusation toujours renouvelée , ce duel entre les deux plus puissants seigneurs de Vaud , suivant l'expression d'un historien contemporain , excitèrent la plus vive agitation.

Aussi lisons-nous , dans le livre des Comptes de la ville de Nyons ,'à la date de 1396 :

« On paie 37 sols pour les frais de ceux qui ont été à Moudon et à Rue , où toutes les communautés de Vaud étaient convoquées pour déterminer de combien chaque ville aiderait le seigneur Gérard d'Estavayé pour la cause dans laquelle il a prié le seigneur de citer promptement le seigneur Otton de Grandson. — On paie six deniers à un certain envoyé qui a apporté un mandat par lequel la ville de Moudon invite la ville de Noyon à l'aider de soixante florins, pour prêt de l'appel du seigneur Gérard d'Estavayé. »

Les villes du pays de Vaud épousaient donc la querelle du traître , poussées par cette étrange jalousie qui soulève contre les nobles la bourgeoisie et le peuple ignorant.

Au moment où Gérard pénétrait dans la salle , Grandson disait au jeune comte :

— Il ment , j'en prends à témoin Dieu , sainte Anne et sa benoîte lignée, et j'en serai cru , du moins hors du pays de Vaud , où je vois qu'ils me tiennent pour leur ennemi , ce dont fort me grève (1).

— Mon ami , répliqua le prince, consolez-vous. Si l'envie s'attaque à vous et si la calomnie vous noircit, il vous reste un bon ami : c'est moi ! Il vous reste une honnête protection : Madame ma mère !

Les traits du baron d'Estavayé portaient l'empreinte des mauvais sentiments qui l'animaient. On y lisait les viles passions auxquelles il cédait, en calomniant sciemment un gentilhomme respectable et par son âge et par les services rendus. Son regard fauve étincelait au fond d'orbites caves, sous une paupière bistrée. Sa barbe et ses cheveux , d'un noir à reflets bleuâtres , faisaient ressortir la pâleur mate de ses joues et de son front. Le rictus qui, d'ordinaire , contractait ses lèvres en découvrant les dents , défigurait encore ce visage, animé d'une expression de férocité dont il n'avait lui-même pas conscience.

Revêtu d'un somptueux pourpoint de soie damassée d'argent, il se pavanait, cherchant à imiter les airs cavaliers des jeunes muguets à la mode. Il était à la fois odieux et ridicule.

Il fut assez mal reçu. Quelques-uns répondirent à son salut, mais en ne déguisant nullement une certaine froideur. D'aucuns se bornèrent à lui envoyer, de loin, un signe de tête familier. D'autres lui tournèrent le dos,

(1) Ces paroles, la tradition les place textuellement dans la bouche de Grandson.

feignant de ne le point apercevoir. Parmi ceux-ci, nous pouvons nommer François de la Palud Varembon.

Le souple Jean de Liége, d'un ton calculé de façon à n'être entendu de personne, lui dit :

— Bienvenu soyez-vous, monsieur d'Estavayé. La dame baronne est au manoir, je suppose? Que de choses nouvelles se sont passées ici?... A propos, voici monsieur mon compère et ami, maître Michel Broederlam, peintre et valet de chambre du bon duc Philippe.

— Ah ! ah ! répliqua Gérard, l'un des ambassadeurs de Bourgogne ? Que dit-on à Dijon, mon joyeux compère ?

— Ce que l'on dit partout, magnifique seigneur : qu'il y a loin de la coupe aux lèvres.

— Surtout quand il y a du poison dans la coupe, je comprends.

Sur ces mots il s'avança vers le cardinal de Rrogny qu'il salua avec force démonstrations de respect. Le prélat reçut d'un air peu accueillant ces témoignages de vénération qu'il avait grand'raison de ne point estimer sincères.

— Je souhaite, murmura Gérard à demi-voix, que la précieuse santé de votre Sérénissime Grandeur soit toujours bonne. Il importe à notre pays de conserver longtemps un prince de l'Eglise aussi distingué par ses vertus que par son illustre naissance.

— Hélas ! riposta le cardinal en forçant le diapason de sa voix, je ne suis qu'un pécheur, monsieur, et ne me targue pas de valoir plus qu'âme au monde, tout sérénissime que m'a fait le pape Urbain. Quant à ma naissance elle est illustre : Je suis fils de chrétien, quoique mon père défunt — Dieu l'ait en sa miséricorde ! — gardât les vaches de son père.

— Flatteur, poursuivit-il après que Gérard, froissé de cette réponse et du ton dont elle avait été faite se fut détourné pour chercher un interlocuteur moins franc. Langue de vipère !... tu rampes à mes pieds parce qu'ils paraissent sous la pourpre et que tu n'adores que ce qui est riche ou puissant par la permission de Dieu. Voilà une vilaine figure, Séchal, un visage de mauvaise augure, monsieur de Chalant. Le pauvre Grandson !...

Gérard voulut serrer la main à François de Varembon, mais le brave soldat ignorait l'art de faire patte de velours. Il mit le poing sur la hanche, prit entre ses doigts les poils de sa moustache rousse et s'écria, de sa voix de stentor, en fixant un regard terrible sur le déloyal chevalier :

— Par la hart qui serra le col de Judas l'Iscariote ! monsieur, passez votre chemin. Oncques ne vous connus, et je ne tiens, sous respect, à faire votre connaissance, tripes de Ganelon !...

Sur quoi il tourna le dos et s'éloigna sans attendre de réponse.

Frémissant de rage, Estavayé se dirigea vers un autre groupe. Une main qui se posa sur son épaule l'arrêta au passage. Il se retourna et se trouva face à face avec Luquin de Saluces, un des écuyers du prince d'Achaïe :

— Monsieur, proféra ce dernier avec une politesse tellement exagérée qu'elle frisait l'insulte, vous partîtes de céans, malade, ce me semble ; voulez-vous me permettre d'avoir l'honneur de vous demander si le changement d'air vous a été favorable ?

— Je vous suis, Monsieur, répondit Gérard en se mordant les lèvres, fort reconnaissant de votre sollicitude. Je suis mal portant : la lame use le fourreau. Cependant j'espère que d'ici à peu de temps...

— Vous guérirez ? interrompit Saluces avec impertinence. Peuh !... J'en doute, cher... On voit que vous venez de province. La chasse, hein ? vous forçâtes beaucoup de sangliers dans leurs bauges et messire Antoine de Chalant, très-expert en matière de vénerie — comme votre ami le bouffon Folario, du reste. — me disait que l'homme prend les habitudes des êtres qu'il hante... ceci sans malice, cher seigneur d'Estavayé !

La pâleur de ce dernier augmentait sensiblement.

Il éprouvait un sentiment de rage indicible en se voyant ainsi bafoué, sans pouvoir répondre à ces amères railleries par une provocation. Mais il était décidé à supporter toutes les avanies sans paraître les comprendre, afin de poursuivre, sans en être détourné par d'autres préoccupations, l'œuvre de sa vengeance.

Il balbutia donc quelques paroles sans suite pour répondre à cette injure de l'écuyer d'Achaïe et se hâta de se diriger vers le fond de la salle où se tenaient, entourés de nombreux gentilshommes, le comte Amédée, sa mère et Grandson.

— Il faut pourtant, disait madame Bonne de Bourbon, en finir une bonne fois avec toutes ces calomnies. Nous sommes décidés... C'est-à-dire, monsieur de Grandson, le comte, mon fils, est tout disposé à constituer un tribunal chargé de recevoir votre justification. Holà ! Saluces, dites à Gérard d'Estavayé que nous le mandons ça.

Luquin s'élança vers Gérard et le rejoignit au moment où il approchait du cercle royal.

— Monsieur, lui dit-il en faisant une mine passablement dédaigneuse, je suis désespéré de vous arrêter encore, mais croyez bien que si je prends la liberté de vous entretenir, c'est que j'y suis forcé.

— Il vous est donc bien désagréable de m'adresser la parole, Saluces ?

— Chut ! monsieur, pas de familiarité... on nous écoute et vous concevez qu'il ne m'est point doux de me montrer en votre compagnie.

— Cependant, si nous causions... à l'ombre... l'épée et la dague à la main...

— Non, chacun tient à se battre avec ses pairs. Vous n'êtes plus gentilhomme depuis que vous faites métier d'espion, monsieur d'Estavayé. Madame la régente m'envoie vous quérir. Veuillez donc me suivre.

— Ah ! monsieur de Salmes, vous me rendrez raison de toutes ces insultes, ou, par le râteau d'Estavayé, je vous les ferai rentrer dans la gorge avec la pointe de mon poignard !

— Croyez-vous cette pointe aussi acérée que votre langue, seigneur ?

L'attitude de Bonne de Bourbon n'était point faite pour inspirer au traître une grande confiance.

Elle le couvrait d'un regard méprisant dont il lui fut impossible de supporter l'éclat.

De son côté, Amédée VIII le fixait avec une curiosité mal déguisée, comme on toise un animal féroce ou quelque phénomène monstrueux. Ce dédain écrasant mettait Gérard au supplice.

Othon de Grandson, toujours souriant, toujours impassible, semblait ne prêter aucune attention à ce qui se passait autour de lui. L'assemblée, persuadée que le drame allait se dénouer là, se pressa autour de ce groupe.

Gérard, humilié, mal à l'aise sous le feu de ces regards hostiles qu'il sentait converger sur lui, surpris de l'accueil hautain de celle qu'il avait un moment espéré voir devenir sa complice, comprit alors seulement l'horreur de sa situation.

Il se vit perdu s'il ne soutenait pas jusqu'au bout son odieux mensonge, s'il ne continuait pas à jouer son rôle infâme. La crainte d'être publiquement dénoncé comme un vil calomniateur, la peur du châtiment qui devait inévitablement suivre sa défaite, l'orgueil réagissant contre ce double effroi, lui donnèrent du courage. Il fit appel à toutes ses forces et tenta des efforts inouïs pour composer son visage.

Le ricanement de M. de Saluces, qui le coudoyait, irritait cet homme, comme l'aiguillon du *banderillero* surrexcite la fureur du taureau.

Après un silence qui lui parut bien long et bien lourd, madame la régente, froide, hautaine, laissa tomber de ses lèvres ces paroles qu'elle daignait à peine articuler nettement :

— Vous vous souvenez de la scène qui se passa, il y a plusieurs années déjà au château de Chambéry ? Vous, revêtu de l'ordre honorable de chevalerie, rejeton d'une illustre lignée, vîntes me dénoncer le seigneur d'Aubonne, Othon de Grandson, comme coupable du plus grand forfait dont se puisse souiller une âme humaine. Vous l'accusâtes d'être un parricide, un empoisonneur, un lâche, qui n'ose même pas accomplir son crime au grand jour. Notre justice a puni deux hommes qu'elle a cru coupables et que nous nous accusons, non sans remords, d'avoir laissé condamner malgré des preuves insuffisantes. Non contents de ce fait, vous que personne n'a chargé de venger les mânes de mon auguste fils, le comte Amédée VII, de glorieuse mémoire, vous soulevez aujourd'hui, dans nos États, une sorte d'émeute, accusant à nouveau, avec un acharnement inconcevable, le noble Othon de Grandson d'avoir été l'instigateur de ce régicide. Eh bien ! il faut que la vérité se fasse jour. Nous tenons Othon de Grandson pour un loyal chevalier et un féal sujet ; cependant si vous prouvez vos dires, bonne et prompte justice aura son cours...

Elle s'arrêta un instant et reprit, au milieu d'un silence religieux, en dardant sur Estavayé un regard terrible :

— Mais prenez garde à vous, Gérard d'Estavayé, si vous mentez en la présence de Dieu, en la présence du comte, mon fils, et de moi, qui sommes ses représentants sur la terre... Les bourreaux n'auront pas de supplices assez cruels, pas de torture assez douloureuse pour vous faire expier le mensonge... Et, je vous le jure sur le saint nom de Dieu ! qu'il soit démontré que vous avez menti, rien ne pourra m'arracher votre grâce, ni les larmes de votre femme, ni la volonté de mon fils, ni les menaces de vos vassaux !... Vous mourrez, dussé-je vous suivre au tombeau à vingt-quatre heures d'intervalle !

Il se fit un profond silence. Chacun haletait, attendant la réponse qu'allait faire cet accusateur qui tremblait plus fort que l'accusé.

— Madame, dit Gérard d'une voix presque inintelligible, je persiste.

— Parlez plus haut, je n'entends pas, cria durement la régente.

— Sous le bon plaisir de Votre Altesse, je persiste dans mes assertions, reprit Gérard en essayant de dominer son angoisse.

— C'est bien ! Prouvez.

Le félon plia le genou.

— Mon redouté seigneur, et vous, gracieuse dame, reprit-il, j'accuse Othon de Grandson d'avoir commis, perpétré, accompli crime de meurtre par le poison sur la personne de très-haut et très-excellent prince, mon maître Amédée VIIe du nom, comte de Savoie — Dieu l'ait en son paradis ! — Et de ce, j'en adjure Dieu, madame la Vierge et tous les saints, offrant de mourir sur l'heure, sans confession comme un chien, si je n'ai dit la vérité. Et je requiers qu'il vous plaise ordonner que, suivant coutumes et franchises de la baronnie de Vaud, il soit fait preuve en combat singulier, à cheval, avec armes non courtoises, lance, épée, dague, fléau, m'en remettant, si je succombe, à la justice de vos seigneuries.

— Que vous en semble, monsieur de Grandson ? murmura le jeune comte dont les yeux se remplirent de larmes.

Othon de Grandson se leva, fit le signe de la croix et parla en ces termes :

« Au nom de la très-sainte Trinité, de sainte Anne et de sa benoîte « lignée, l'homme ici présent, Gérard d'Estavayé, je le déclare menteur !

« Nobles sires, je n'ignore pas les motifs pour lesquels je pourrais deman-

« der le délai du combat dans lequel je soutiendrai cette parole, afin que
« nous puissions purifier nos âmes devant Dieu, éprouver si nos membres
« sont sains, et préparer nos coursiers pour le combat et l'armure. Que
« celui-là demande un délai, qui ne sait pas quelles divisions excite une
« semblable querelle, ou qui ne s'inquiète pas de ruiner le pays et le peu-
« ple de notre jeune prince. Je désire que notre inimitié cause le moins de
« mal possible ; je ne crains personne, et je suis prêt à combattre demain
« ou à l'instant même, mais devant vous seuls, nobles chevaliers, et non
« dans le pays de Vaud où ils me haïssent sans sujet. Je le répète donc, sans
« hésiter, mon accusateur ment !

« Mon innocence n'a-t-elle pas, après un sincère examen, été reconnue
« et proclamée par le plus grand roi de la chrétienté, le roi de France, par
« le duc de Bourgogne et par tous les princes de la maison royale ? Je suis
« dans ma soixantième année. Vous, amis de ma jeunesse et mes compa-
« gnons d'armes, qui m'avez vu à la cour, dans les combats, et dans ces
« dernières années à Dijon, à Lyon, à Chambéry, c'est à vous avec qui j'ai
« vécu, que je m'adresse ! Rendez témoignage ! Avez-vous jamais trouvé
« dans Othon de Grandson quelque chose qui fût indigne de lui et qui au-
« torisât de tels soupçons contre sa personne ? Je m'adresse à vous, nobles
« de Savoie, appartenant de lignage à la maison régnante ou ses vassaux,
« vous que ses anciens comtes ont honorés et agrandis par des présents et
« des emplois, comment se peut-il que vous laissiez à un Estavayé le soin
« de venger votre suzerain ? Mais, je le sais, je connais ceux qui l'ont excité
« à cette accusation ! Ce sont des lâches ! Si elle est fondée, que ne com-
« battent-ils eux-mêmes ? Ils savaient que cet homme est nécessiteux et
« plein de convoitise et mal avisé, ils ont promis une somme ; tant pis
« pour lui, tant mieux pour moi ? (1) »

Ces fières paroles de Grandson produisirent un effet inouï. Amédée VIII
prit sa main dans les siennes, montrant un visage rayonnant de joie ; la
foule des gentilshommes battit des mains, beaucoup vinrent l'un après
l'autre féliciter l'orateur et lui donner des marques non équivoques de leur
sympathie.

Estavayé, livide, les dents serrées, considérait son ennemi d'un air farouche comme s'il eût voulu se jeter sur lui et le dévorer.

— Eh ! lui dit Luquin de Saluces, en souriant méchamment et d'un ton
sardonique, voilà qui est bien parlé, messire Gérard ; *vir bonus, dicendi
peritus !* Vous ne riposterez pas de la même manière, je le gagerais.

— Monseigneur, vociféra Gérard avec une violence qui fit pâlir la régente, je soutiens mon dire et prétends que tout ce que vient de vomir cet
homme est mensonge et calomnie !

(1) Ces paroles sont rigoureusement historiques.

— Dieu jugera ! dit la voix grave du cardinal de Brogny.

Il y eut un moment de tumulte. Le haineux personnage en profita pour murmurer à l'oreille de Saluces :

— Vous me le paierez, n'est-ce pas ?

— Oh, monsieur d'Estavayé... avec vos yeux rutilants, votre peau cramoisie, vos dents blanches, la ressemblance est trop frappante... Ne hantez plus de sangliers, croyez-moi, seigneur... Du reste, souvenez-vous bien de ceci : Quand j'ai une dette, je la paie.

Amédée VIII s'entretenait à voix basse avec sa mère et le cardinal de Brogny. Ils discutaient la décision à prendre. En présence d'un pareil scandale, il était impossible de reculer. Les troubles de Lausanne, l'agitation causée dans le pays de Vaud par l'accusation publiquement portée contre Grandson, exigeaient une prompte et sérieuse solution.

— Monsieur le cardinal, interrogea le jeune prince, quel est votre avis ?

— Comme les témoins sont morts ou dispersés et que nous avons affaire à une affirmation contredite par une simple dénégation, il faut, pour vider la querelle, le jugement de Dieu, soit par un combat en champ clos, soit par l'ordalie.

— Nos lois autorisent-elles ces épreuves, mon vénéré père ?

— Hélas ! oui, et bien heureux sera le prince qui les repoussera de la coutume judiciaire ! Déjà le saint roi de France, Louis IXe, déclara que combat n'est pas voie de droit et l'ordalie est abandonnée. Cependant cet usage du duel remonte à la plus haute antiquité : la loi Gombette, qui régissait les barbares bourguignons, déférait le duel à ceux qui ne voulaient pas s'en tenir au serment ; nous avons pour exemple Gontram Boson qui, d'après ce que nous dit saint Grégoire de Tours, demanda au roi Gunthramm de se mesurer, en champ clos, avec ses adversaires, et l'histoire nous apprend que les religieux de Saint-Maur-des-Fossés obtinrent de Louis VI en 1108 de faire battre leurs serfs contre toute personne libre.

— Il faut donc, murmura la régente, que vous alliez jouer votre vie pour défendre votre cause, monsieur de Grandson.

— Qu'importe la vie, madame, quand on court risque de perdre l'honneur ? Dieu sait ma cause juste, il guidera mon bras.

— Vous frapperez ?

— Non, j'ai promis de faire merci.

Amédée VIII se tourna vers François de Varembon :

— Qu'en pensez-vous, la Palud ? lui demanda-t-il, j'hésite encore.

— Harnigoy ! s'écria le brave capitaine, je suis moins timide que vous, Monseigneur ! mettez une lance aux mains de Grandson : il en fera bon usage, j'en réponds !

On attendait avec anxiété la décision qu'allait prendre le jeune souverain,

Il se leva, fit le signe de la croix et prononça d'une voix émue les paroles
suivantes que l'histoire nous a conservées textuellement.

— « Au nom du Père, du Fils, et du Saint-Esprit, *amen*! Nous voulons et
jugeons par notre présente sentence, priant Dieu de soutenir la cause juste,
que la loi sur le duel soit suivie et qu'elle décide entre l'accusé et l'accusateur, que gage de bataille se fasse, que chacun fasse son devoir, et que
Dieu manifeste la vérité ! »

— Et sera ladite sentence, ajouta Bonne de Bourbon, enregistrée par le
notaire de notre cour, vérifiée, signée et scellée par le chancelier de Savoie,
pour que justice ait libre cours.

Othon de Grandson mit un genou en terre et dit :

— Quel jour Votre Altesse fixe-t-elle pour le combat ?

— Le 7 août, répondit le comte, et ce sera ici.

Alors le maréchal de Savoie, Jean de Vernay, chargé de régler les conditions du combat, demanda que les deux champions donnassent pour caution
chacun vingt-deux seigneurs, desquels chacun engageât mille marcs.

Aussitôt Guillaume de Grandson, Amédée de la Sarra, sire de Mont,
Henri de Colombier, sire de Vufflens, André Darbonnier, patricien de Cossonay, Humbert de Miolans, Jean de la Baume et seize autres vinrent se
ranger auprès de Grandson.

Gérard ne trouva que trois gentilshommes vaudois qui, en présence du
prince, consentissent à l'honorer de leur sympathie ; ils se nommaient Jean
de Blonay, Humbert de Bonvillars et Girard de Moudon.

Le comte prit Grandson par la main, fit un grand salut à la cour et ren-
tra avec la régente et lui dans ses appartements.

Gérard, pétrifié de voir tant de faveurs accordées à son rival, demeura
seul, isolé, avec ses trois répondants.

La présence du prince ne le protégeant plus, il fut accablé de sarcasmes
et d'interpellations qui finirent par le tirer de sa torpeur. Hors de lui, il
allait s'élancer sur ses antagonistes et soulever un nouveau scandale;
Humbert de Bonvillars prévint ce mouvement de rage, et, l'arrêtant :

— Allons-nous-en, dit-il, nous sommes trois contre cent.

— Eh bien ! s'écria Varembon, choisissez : nous combattrons trois contre trois, poitrine nue, flamberge au vent, harnigoy ! Croyez-vous donc
que je ne me lasse pas, à la fin, d'entendre vos fanfaronnades, de voir vos
yeux furibonds, vos joues enflammées, vos gestes d'énergumènes, tripes de
Ganelon, traître à son Dieu et à son prochain !

— Laissez donc, mon ami François, ajouta Luquin de Saluces en haussant les épaules, ces messieurs ne comprennent pas !

— Messieurs, dit le cardinal en s'avançant entre les deux groupes, nous
sommes ici chez le maître, et vous allez oublier le respect !

XXI

COMMENT GÉRARD D'ESTAVAYÉ PRIT SES DISPOSITIONS POUR ALLER DANS L'AUTRE MONDE ET FAILLIT MOURIR DE PEUR

Dans la nuit du 6 au 7 août 1397, il y avait grande fête à l'hôtellerie du « Lion-Couronné » qu'habitait le baron d'Estavayé.

Les soupiraux des cuisines flambaient comme si l'on eût allumé dans ces laboratoires mystérieux un gigantesque incendie. L'on apercevait, dans une atmosphère embrasée plusieurs marmitons à veste blanche, entourant un maître-queux à la corpulence respectable et s'empressant autour des fourneaux chargés de casseroles. Des vapeurs odoriférantes s'échappaient de ces récipiants et venaient chatouiller agréablement le nerf olfactif des curieux, de même que leurs formes variées qui s'harmoniaient avec l'aspect général du lieu dont elles étaient le principal ornement, réjouissaient leur vue.

Dans les couloirs, les corridors, les escaliers, il y avait grand fracas de gens de service ; sommeliers chargés de bouteilles, de brocs, de pintes et de cruches, les unes de verre, les autres de grès ou d'aitain ; maritornes mafflues, hautes en couleur, portant à deux mains d'immenses plats où s'entassaient des viandes ; pages aux livrées élégantes activant la vivacité des uns, taquinant les autres, se querellant entre eux un moment pour un

instant plus tard, rire à gorge déployée ; hommes d'armes placés en sentinelle à toutes les portes et charmant les ennuis de leur faction en buvant
sec et longtemps ; des bourgeois naïfs cherchant à connaître la cause de
ce tapage et venant écouter aux portes, ou essayer de jeter un regard à la
dérobée dans une salle où l'on entendait un grand bruit de voix ; tout ce
monde courant de côté ou d'autre, circulant à travers les interminables passages de la maison, riant ici, gémissant là sous le faix ; ce concert d'éclats
d'hilarité, de voix enrouées, grondeuses, larmoyantes ou joyeuses, tel était
le spectacle que présentait l'auberge du *Lion-Couronné.*

Notre lecteur nous permettra d'ouvrir ici une parenthèse pour lui faire
observer que, au quatorzième siècle, vu la longeur des chemins et les difficultés des voyages, les hôtelleries étaient très-fréquentées. On y vivait
beaucoup. Il faudra bien, par conséquent, nous excuser de l'y conduire si
souvent, et n'accuser que notre amour de la vérité historique, lequel nous
oblige à prendre les gens comme ils sont, le temps comme il se trouve et
les localités pour ce qu'elles valent.

Il va sans dire que la curiosité des habitants de la bonne ville de Bourg
en Bresse, et particulièrement de la rue aux Oyes se trouvait fortement
surrexcitée par cette agitation dont la maison du *Lion-Couronné* était le
théâtre.

Ils en oubliaient même le vaste échaffaudage circulaire élevé sur la place
aux Herbes et auquel, pendant cette nuit, les ouvriers travaillaient encore.
Aussi les groupes accoutumés à vaguer aux environs de la résidence de Son
Altesse avaient-ils cru devoir s'éloigner de ce poste d'observation et prendre rang honorable aux pieds des murs de l'hôtellerie, précédant une multitude assez nombreuse de badauds.

Les avis les plus divers couraient dans cette foule au sujet de la fête que
l'on célébrait chez Jacoton Pincemaille, membre de l'honorable confrérie
des cabaretiers, et collègue de cet honnête Grégoire Tardavit, du « *Singe-
Bleu,* » que nous entrevîmes durant notre court séjour à Lausanne.

Rue aux Oyes, il s'agissait des fiançailles d'un écuyer de monseigneur
avec une camériste de madame la régente ; place aux Herbes, l'on croyait
à un repas de corps offert par messieurs les pages de Savoie à messieurs
les pages des gentilshommes bressans ; ailleurs, c'était le paiement d'un
pari considérable perdu par un riche cavalier d'Italie ; plus loin, on opinait
pour une partie engagée entre seigneurs.

Jacoton Pincemaille, debout sur le seuil de son hospitalière demeure,
surveillait d'un œil ce qui se passait chez lui, guignant de l'autre les ondulations de la foule.

En même temps, il écoutait d'une oreille ces appréciations variées qui
faisaient tant d'honneur à l'imagination des bourgeois bressans, et prêtait
la seconde oreille au tumulte qui retentissait derrière les volets bien fer-

més de la salle mystérieuse. Puis, il humait le parfum appétissant des mets
élaborés par son propre frère, Herménegilde Pincémaille, sous la haute
direction de madame Séraphine Pincemaille, née Lahochepot, surnommée
Frisotte, sa légitime épouse.

Mais, occupant si bien son nez, ses yeux et ses oreilles, il ne lui restait
aucun loisir pour occuper sa langue et ses lèvres, si bien qu'il restait muet,
au grand désespoir de ses amis, compères et connaissances. A toutes les
questions, il répondait par un simple haussement d'épaules qui sentait son
aubergiste d'importance et avait pour résultat immédiat d'inspirer un profond respect aux questionneurs.

Quand un hôtelier gagne beaucoup d'argent, il est considéré.

Nous ne sommes point obligé d'imiter cette discrétion recommandable et
nous pouvons dire, sans préambule, que la fête consistait en un souper
offert à son meilleur ami, le nain Folario, et aux vingt-deux chevaliers qui
lui faisaient l'honneur d'être ses cautions, par le baron Gérard d'Estavayé.

C'était une manière de bravade qui devait déplaire infiniment à la cour
de Savoie, et le châtelain des bords du lac avait saisi avec empressement
cette occasion d'être désagréable au souverain, d'insulter à son ennemi.
Cet homme voulait étonner à force d'outrecuidance : nous devons avouer
qu'il y parvenait.

Il avait poussé l'audace jusqu'à faire inviter, par son bouffon, le noble
Grandson et ses vingt-deux partisans.

La réponse fut énergique, et sans les efforts du cardinal Brogny, cette
forfanterie eût coûté cher aux tenants du râteau. Luquin de Saluces ne parlait rien moins que de pendre au premier arbre venu, avec les aiguillettes
de ses souliers, les gentilshommes assez osés pour soutenir la querelle
d'Estavayé. François de Varembon jura « harnigoy, » frisa sa moustache et
partit de son pied mignon, pour aller couper les oreilles, tout bonnement.
Chalant, cherchant des étymologies, le rencontra et l'arrêta pour lui demander celle du mot *ordalie*, ce qui rappela à ce brave capitaine la sentence du prince et le fit rentrer en lui-même. Enfin, Michel Broederlam,
homme pacifique par excellence, courut chez le chancelier et voulut obtenir
un mandat d'amener contre les convives du « *Lion-Couronné*. » Ces diverses combinaisons ou propositions n'aboutirent à aucun résultat, bien on le
pense. Il fut seulement décidé que messire Gérard paierait d'un seul coup
toutes ses impertinences.

La salle du festin offrait un coup d'œil pittoresque. Elle formait un vaste
carré long, haut d'étage ; tendue de vieilles tapisseries usées représentant
des scènes de chasses, avec son plafond à solives noircies, son parquet de
planches de sapin jonché de feuilles vertes, elle eut été sombre et triste,
sans les quarante cierges de cire qui, distribués dans huit candélabres, y
répandaient une clarté éblouissante.

Autour d'une table en forme de fer à cheval s'asseyaient les vingt-quatre convives. Les cristaux, les faïences coloriées, la vaisselle d'argent étincelaient sous le feu des torches. D'énormes bouquets de fleurs, aux nuances variées, aux senteurs enivrantes, s'étageaient aux extrémités, faisant ressortir l'éclat des nappes blanches.

Tous ces conviés, à l'exception de Gérard et de son fou, étaient jeunes, beaux et gais ; tous, livrés aux passions de la jeunesse, ne prenaient de la vie que ce qu'elle a d'agréable, renvoyant à demain, avec les affaires sérieuses, les soucis, le travail, le devoir. Ils avaient accepté d'être les champions d'une mauvaise cause, parce que, dans le camp opposé, ils voyaient des vieillards austères, des gentilshommes dont la vie était pour eux un reproche perpétuel. Ils voulaient vaincre, parce que c'eût été le triomphe du vice sur la vertu et que rien ne plaît aux méchants comme de voir la vertu succombant dans le monde matériel, alors qu'elle est invincible dans le monde moral.

Et M. de Grandson n'assistant point à la fête, ils oubliaient le respect dû à l'ennemi absent. Ils riaient des cheveux blancs du vieillard, ils raillaient son caractère chevaleresque, ils calomniaient sa vie pure de toute souillure, les fous qu'ils étaient !

Au moment où nous pénétrons dans la salle où banquetait cette honorable compagnie, le tumulte était à son comble. On avait déjà vidé bien des flacons, et les têtes folles de ces jeunes écervelés ne renfermaient plus un atôme de bon sens.

Gérard paraissait fort joyeux. Il touchait au jour de la vengeance et ne songeait même pas qu'il pût, lui, succomber sous les coups de son adversaire. Il ne croyait nullement au jugement de Dieu.

La fête était bruyante, en vérité. Les uns chantaient, les autres causaient ; d'autres encore, déjà ivres, balbutiaient des paroles sans suite.

— Demain sera plus beau qu'aujourd'hui, vociférait Gérard de Moudon, chevalier d'aventure, qui avait traîné son épée dans tous les pays de l'Europe et vivait d'expédients. Vous aurez gagné votre journée, Estavayé, n'est-ce pas ? Le repas sera plus délicat, les vins plus variés...

— Qui sait ? répondit Humbert de Bonvillars, surnommé Triste Figure, parce que son père l'avait maudit et que depuis lors on ne l'avait jamais vu rire. Demain, c'est l'inconnu... Eh ! qui vous dira combien de nous, à pareille heure, seront couchés, froids cadavres mutilés, dans les plis d'un linceul blanc.

— Foin de tes pensées saugrenues, Bonvillars, s'écria Jean de Blonay, jeune baron à peine hors de page... Harnigoy ! comme dit le sire de Varembon, la vie est une belle et bonne chose, mes maîtres ; aucunement donc ne me soucie de la donner au premier venu. Grandson et ses amis mordront la poussière.

— Ils ne sauraient tenir devant des champions comme vous, dit à son tour et d'un ton sarcastique le nain Folario. Nul ne vous peut résister, vaillants gentilshommes : Blonay, premier baron de Chablais, Triste Figure au cœur solide, Moudon le cavalier de la bonne fortune dont le sabre a rebondi sur le pavé de toutes les capitales... A vous trois, j'en suis sûr, vous ne craindriez point Grandson l'honnête homme, chevalier sans peur et sans reproches...

— Tu railles, Folario, s'écria Gérard au comble de la stupéfaction...

Folario fixa un regard étrange sur son maître. Il semblait, ce soir-là, violemment surexcité ; un éclair de colère, une flamme de joie s'allumait parfois dans ses yeux ; il était presque transfiguré surtout quand certain sourire courait sur ses lèvres.

Il avait revêtu — et ses amis pensaient que c'était par moquerie — les livrées de Grandson.

Depuis le commencement de la fête, il laissait échapper de temps à autre des mots à double entente, ricanant sans cesse et troublant, par des menaces mal déguisées et qui passaient pour des plaisanteries, le baron d'Estavayé. Accoutumés à ses railleries, les seigneurs supportaient ce flot d'injures et de moqueries que le piémontais prenait un malin plaisir à répandre sur eux.

— Je ne raille jamais, dit Folario d'un ton sec, en vidant un immense vidrecome empli de vin de Chypre. Du reste, pourquoi me gênerais-je de vous, magnifiques seigneurs ? Ne suis-je pas ici en très-honorable compagnie ? Ne vois-je pas là monsieur de Guirevault qui tordit le cou à sa moitié, un soir que la bonne femme se plaignait d'être battue, l'ingrate !... Auprès de lui se pavane le très-excellent sire de Mornaix qui fit aller doucement de vie à trépas un bel oncle qui souffrait de la gravelle et ne savait que faire de sa fortune... Puis, c'est le gentil baron de Blonay, muguet fort bien réussi dont personne, vertuchoux ! n'a la hardiesse de rire... le joli Bonvillars qui pleure d'un œil et grimace de l'autre pour n'en point perdre l'habitude, et l'aimable Moudon qui n'hésiterait point à mettre ses parchemins au feu, car l'encre encore humide les empêcherait de brûler...

Ce fut un *tolle* général.

Etourdis de ces attaques si promptes qu'ils ne pouvaient arriver à temps pour la riposte, les convives d'Estavayé rugissaient de colère et plus d'un eut volontiers rompu son bâton sur l'échine du drôle. Mais on s'efforçait d'accepter de bonne humeur, en apparence du moins, ces cruelles méchancetés.

Au bas bout de la table, on s'entretenait de choses sérieuses :

— Que dira monseigneur ? cette fête est une insulte à son amitié pour monsieur de Grandson ?

— Ne me parlez pas de cet homme, il m'offusque : je le voudrais tenir à la pointe de ma lance.

— Nous sommes trop animés les uns contre les autres : je vous le dis, il nous faudra en découdre, demain.

— Croyez-vous que nous devions en venir aux mains ?

— Heu ! j'ai un compte à régler avec François de Varembon.

— Je dois les étrivières au petit Colombier.

— J'ai deux mots à renforcer, au moyen de ma dague, dans la gorge de Luquin de Saluces.

— André Darbonnier a eu l'insolence de me prêter cinq mille florins : je veux quittance nette.

La voix de Folario se fit entendre, aigre, stridente, criarde comme une crécelle du vendredi saint :

— Holà tout doux, là-bas, mes agneaux, proférait-elle. Gardez de vendre la peau de l'ours avant de l'avoir mis par terre... Jacques, la créance de Darbonnier risque de périr avec le débiteur... Mon pauvre d'Irleins, il t'en cuit encore d'avoir reçu le fouet, et tu n'a pas eu le loisir d'apprendre à jouer de l'instrument. François de Varembon vous brisera comme une paille, mon pauvre Guirevault : il n'a qu'à dire : Harnigoy ! pour vous faire mordre la poussière !...

Un des plus jeunes se mit à chanter :

Sans le plaisir nos jours rapides
Sont pareils à des coupes vides
Amis, hâtons-nous de jouir.

Le nain ne lui permit pas d'achever :

— Je sais une plus belle chanson que la vôtre, jouvenceau de Misonier, l'interrompit-il de sa voix discordante. Elle a pour titre. « *Il y a loin de la coupe aux lèvres...* » en outre, je puis chanter ce soir, étant à peu près certain de n'être pas mort demain à pareille heure.

Il se fit un mouvement d'effroi autour de la table et plus d'un visage pâlit à cette brutale apostrophe...

— Décidément, s'écria Gérard, tu es, ce soir, bien lugubre, Folario.

— Non pas ! je suis hilare, mon cher seigneur. N'est-ce pas demain le jour où le vice sera puni et la vertu récompensée ? J'aurais grand plaisir à voir donner les étrivières au seigneur de Saluces...

— Eh bien, chante-nous quelque gai refrain...

— J'ai bu tant de ce vin que tes protecteurs mystérieux nous paient !... prends compassion de moi, doux Gérard. Mieux vaudrait...

— Quoi donc?

— Narrer une belle histoire.

— Commence, nous l'écoutons.

Folario se leva, ses yeux noirs, animés d'un éclat singulier, lancèrent un regard haineux qui fit le tour de la table, lentement, et vint se reposer sur son maître; une contraction sardonique crispa ses lèvres; il fit successivement plusieurs gestes bizarres et prit tout à coup la parole d'un ton froid, avec un accent plein de tristesse.

— Ecoutez, dit-il. C'était une belle et simple jeune fille, sage, pieuse, chrétienne et qui valait plus, dans son petit doigt, que vos orgueilleuses châtelaines dans toute leur personne. Elle ne repoussait jamais les pauvres du bon Dieu, et leur faisait l'aumône comme on donne un baiser à son frère, avec de suaves paroles d'affection qui plaisaient bien plus au misérable que le morceau de viande ou la pièce d'argent.

... Elle honorait son père et sa mère, qui étaient de braves seigneurs pensant bien et la voulaient marier à quelque noble de haute extraction... Un jour, au milieu d'une fête, dans la grande salle du schloss... elle vit un jeune chevalier. Dieu les avait créés l'un pour l'autre. Il était chrétien.

Lui voulait une femme suivant la loi divine, bonne, pieuse et charitable. Elle, voulait un époux qui fut rude aux forts, doux aux faibles. Ils s'aimèrent.

Devinez-vous de qui je veux parler? murmura le piémontais en s'adressant à Jean de Blonay. Vous ne les avez pas connus, baron.

Donc ils s'aimaient... C'est pourquoi le père de la demoiselle chercha un soudard laid, mal élevé, malpropre et brutal et la força d'accepter l'anneau, de la main de cet homme. Le ménage ne fut pas heureux. Au bout de l'an, le mari enferma sa femme dans son manoir, toute seule, et s'en alla courir le monde... Elle resta prisonnière pendant vingt-sept ans. Son père mourut, elle l'apprit quand ses os blanchissaient déjà au cimetière, Sa mère rendit son âme à Dieu, la pauvre épouse délaissée ne porta jamais son deuil.

Elle n'avait personne auprès d'elle, pour la consoler dans ses heures de tristesse... Elle resta ainsi pendant vingt-sept ans, pendant vingt-sept fois trois cent soixante-cinq jours, soit neuf mille huit cent cinquante-cinq heures. — Je suis un puits de science, n'est-ce pas monsieur d'Estavayé?

— Voilà une histoire intéressante! murmura Guirevault.

— Je ne vaux pas grand chose, dit Jean de Blonay dont les yeux étaient humides, mais je n'eusse jamais commis pareil crime.

— Il y a des hommes pour qui rien n'est sacré! déclara solennellement l'aventurier Moudon.

Folario, calme et grave cette fois, reprit son récit:

— Elle était innocente de tout crime, cette femme, elle n'était coupable que d'avoir aimé un fiancé qu'elle avait vu pendant une heure... Ce cœur fut durement châtié ; on ne lui épargna aucune torture... Quand, au bout de vingt-sept ans, le mari revint en ses domaines, il trouva son épouse comme il l'avait laissée. Pas un reproche, pas un murmure, pas une parole, pas un souffle. Alors, il se mit à la traiter comme une esclave, l'insultant, la frappant même quelquefois. Et sans un pauvre fou, qui s'était dévoué à la garde de cette malheureuse, il l'eût tuée... Oui, messieurs. On nous parle des démons !... Ce n'est pas tout. Le fiancé, malheureux d'abord, s'était consolé... Riche, puissant, honoré, sa vie ne lui promettait qu'heur et joies de toutes sortes. Le prince l'aimait, ses amis l'enviaient, ses ennemis le craignaient. La haine du mari lui inspira la pensée d'une horrible vengeance. Dès-lors, il s'attacha aux pas de l'infortuné, l'accusa de crimes imaginaires...

— Ah ! s'écria Gérard en tirant sa dague du fourreau, tu ne parleras pas davantage, misérable !

D'un bond, tous les convives se levèrent.

L'épouvante envahissait leurs visages. Ils ne comprenaient plus rien à ce qui se passait, ou plutôt, ils voyaient une chose étrange : le fou se redresser, beau de colère et d'indignation, transformé, tenant serrées dans ses mains, comme dans un étau les mains d'Estavayé, écumant de rage.

— Cette femme, rugit Folario, se nomme Catherine de Belp ; le mari a nom Gérard d'Estavayé, l'assassin, le calomniateur, le lâche, qui veut faire sa proie, demain, du plus noble cœur qui jamais ait battu dans une poitrine d'homme ! A genoux, poursuivit-il avec un accent terrible, à genoux, et ne perds pas un mot de ce que je vais dire.

Affolé, Gérard se laissa tomber affaissé sur lui-même, n'ayant même plus la force de prononcer une parole.

Les champions considéraient cette scène émouvante sans oser y prendre part. Ils sentaient qu'il y avait là un juge et un criminel et qu'ils ne possédaient pas le droit de s'interposer entre l'un et l'autre.

— Ah ! tu as cru que je haïssais, moi aussi, que je rêvais nuit et jour à la vengeance... ricana le piémontais. J'ai su habilement te tromper, Gérard, exploiter à mon aise ta crédulité... Tu croyais le pauvre fou, niais, sot, inoffensif... tu pensais le diriger et c'est lui qui te conduisait à l'abîme, où tu vas tomber demain, déshonoré dans ta vie et dans ta mort. Eh bien ! j'ai assez longtemps dissimulé : le masque me pèse, je l'arrache. Imbécile !... ne voyais-tu pas que je t'épiais, que je te suivais partout, que j'entravais ton œuvre infâme, que je défendais contre toi ceux que tu détestes ? Ah ! ah ! ah ! le bel homme d'esprit que tu fais... J'aime Grandson, le persécuté, parce qu'il est brave, généreux, sage, savant, affable, tandis que tu es poltron, avare, mauvais, ignorant, orgueilleux... Je l'aime parce qu'il est beau, parce que ses traits sont l'image de son âme, tandis que tu as l'œil faux, la bouche contrefaite, le front bossu, démon ! Je l'aime parce que tu le hais... Comprends-tu ?... Allons, vas ! tu es assez humilié, assez vaincu, assez écrasé.

Et poussant du pied la masse inerte qui gisait devant lui, il lança un regard dédaigneux sur les convives, croisa ses bras sur sa poitrine et se dirigea lentement vers la porte.

— Messeigneurs, dit-il en ouvrant le battant, souvenez-vous de ceci : il y a loin de la coupe aux lèvres.

Puis il disparut, les laissant plongés dans la stupeur.

Gérard se releva. Il faisait pitié.

La peur, la grande peur, la peur qui vous mord les entrailles, vous dessèche la gorge, les veines, la poitrine, qui vous enlève la raison et jusqu'au souffle, décomposait horriblement son visage. Brisé de fatigue, il frémissait, il tremblait... Il faisait de petits gestes, des gestes d'enfant, d'idiot... Ses lèvres frémirent, devinrent violettes, presque blanches ; ses narines se gonflèrent, de son regard vitreux s'échappèrent des lueurs étranges. On eût pensé qu'un fantôme s'était levé et lui avait dit :

— Tu es pris.

La sueur perlait en gouttes brûlantes sur son front livide.

Un grand frisson le secoua, du crâne au talon. Il regarda droit devant lui, et chancela. Son cœur battait, soulevant le velours de son pourpoint. Ses doigts crispés s'étendirent, s'agitèrent comme s'il eût cherché à retenir quelqu'être invisible. Il essaya de relever la tête, mais sa tête retomba... Ses paupières palpitaient, il ne voyait plus, n'entendait plus. Il voulut parler : on ne reconnut pas sa voix. Il eut un sourire fou, tourna sur lui-même et s'abattit enfin, poussant un rauque sanglot...

Pour la première fois on avait mis cet homme en présence de son crime. . . . .

Dix minutes plus tard, l'hôtellerie du « *Lion-Couronné* » était plongée dans les ténèbres.

Jacoton Pincemaille, debout devant ses fourneaux qui s'éteignaient lentement, disait avec un accent navré de tristesse à sa tendre épouse, Séraphine Pincemaille, née Lahochepot, surnommée Frisotte :

— Monsieur d'Estavayé est mort ou n'en vaut guère mieux !... qui paiera les pots cassés ?

XXII

COMMENT OTHON DE GRANDSON PASSA LA DERNIÈRE NUIT DE SA VIE.

Ils étaient là depuis longtemps, tous les trois... Folario accroupi aux pieds de Grandson, Rosefleur debout; le bras du chevalier passé autour de son cou.

Ils causaient.

La chambre, petite, carrée, pauvrement meublée, d'apparence mesquine, ressemblait à un taudis plutôt qu'au logis d'un gentilhomme : des murs blanchis à la chaux, un plafond grisâtre soutenu par des poutrelles à peine équarries; pas de tentures; une couchette en bois blanc avec une courte-pointe de bure; moins qu'une cellule de moine. Au-dessus du lit, il y avait un crucifix avec un Christ de cuivre sur une croix de sapin. Là, Grandson, héritier de sept grands domaines, amis des rois, courtisé des princes, faisait la veillée des armes avec ceux qu'il aimait le plus en ce monde : un page et un fou.

Folario narrait sa dernière prouesse. Il avait beau chercher des effets comiques, se disloquer les membres à force de contorsions, y joindre mainte grimace, dépeindre la mine piteuse des vingt-deux et le terrible effroi d'Estavayé, il ne parvenait pas à dérider le visage d'Othon.

Rosefleur, gracieux et beau, parlait peu, mais le regard de ses yeux bleu de mer disait plus éloquemment que des paroles ce qu'il ressentait dans son cœur.

— Ah! disait le nain, j'aurais voulu que vous le vissiez, maître : pâle, blême, prosterné à mes pieds, n'ayant plus la force de se mouvoir, demandant grâce, terrifié par l'épouvante, véritable statue du désespoir. Il ne s'attendait pas à me voir devenir son ennemi... le pauvre homme! il croyait en moi...

— Hélas! dit Grandson, Dieu lui pardonne et te pardonne à toi, d'avoir été menteur!

Folario ne parut point froissé de ce reproche.

— A trompeur, trompeur et demi, répliqua-t-il; chez nous, dans le Canavesan, on dit que c'est pain bénit de voler un voleur.

— Et toi qui le savais, murmura Grandson qui sourit malgré lui, en s'adressant à Rosefleur, pourquoi ne m'en as-tu jamais parlé?

— J'ignorais tout, maître.

Othon de Grandson réfléchit un instant et reprit en baissant la tête pour voir le piémontais :

— Voilà une longue et pénible tragédie, mon ami. Quel sentiment t'animait? Je n'ai jamais bien compris ce dévouement qui t'a inspiré de jouer un rôle pendant si longues années?

— Mon maître, écoutez. Vous vous rappelez ce jour où je vous fis visite, au château de Thonon, le 1er novembre 1392... On venait de vous accuser en ma présence. Je vous savais trop grand pour descendre jusqu'au crime et je voulus vous sauver... A mes yeux, ce jour-là, votre innocence éclatait, entière... Ensuite...

Le nain s'interrompit, hésitant.

— Continue, mon fils, dit Othon, doucement, tu me crus coupable?

— Je le crus. J'avais assisté au procès de Pierre de Lompnes... Je le vis mourir... C'est moi qui fis arrêter Grandville, ce malheureux! Toutes les preuves étaient contre vous. Des témoins déposèrent vous avoir vu, la nuit, allant à Ripaille avec monsieur le prince d'Achaïe, déguisés tous les deux. Il fallait croire... Que pouvais-je supposer! la haine de Girard? Elle ne m'apparaît pas encore capable d'une telle noirceur, même à présent que j'ai sondé à fond les entrailles de cet homme. Il y a derrière lui quelqu'un qui le paie! Qui? cherche à qui le crime profite!... Donc je vous crus coupable et je suivis Estavayé pour l'aider dans sa vengeance : les lois ne pouvaient rien contre vous. Il ne fallait pas que la mort de mon maître restât impunie.

— Vous l'aimiez donc bien! murmura Grandson dont les yeux se remplirent de larmes.

— Si je l'aimais!... Il m'avait pris tout petit, faible, chétif, contrefait,

misérable... Il fit de moi une manière de gentilhomme savant dont il s'a-
musait, mais sans jamais outrager en moi la dignité de la créature humaine. Grâce à lui, je pus lire dans le beau livre de la science, et quand j'avais
supporté trop de sarcasmes et d'épigrammes, quand les beaux esprits de la
cour *aveano bene minchionato* ma bosse, mes yeux vairons, mes crins
roux, mon visage en lame de couteau, j'allais retrouver mes chers livres
et j'oubliais tout!... Que m'importaient les humiliations, les railleries, les
injures.I Mon corps était au prince qui l'avait payé, mon âme était à moi.
Jouet de cour, soit; ravalé au niveau du singe, passe encore! Mais qui
jouissait comme moi des rêves les plus doux, en contemplant le passé,
avec son cortège d'illustres, en prévoyant l'avenir, avec son déluge de
désastres? Je devais ces inénarrables plaisirs au comte Amédée : je l'aimais
comme un père, un frère, un ami. Je n'ai jamais eu de famille, moi. Je
suis un déshérité... Croyez-vous, qu'enfant, je n'aie pas souvent envié ces
beaux seigneurs coquets, chatoyants de pierreries, vêtus de velours et de
satin, chamarrés de broderies, empanachés de plumes multicolores? Est-
ce que Folario, le nain, le bouffon, le simple, le sorcier, comme ils disent,
a jamais eu une mère qui lui mît, le soir, un baiser au front? Non...
Alors, je m'étais attaché à ce prince jeune, chevaleresque, bon, qui ne me
parlait qu'avec une exquise douceur, sachant que l'âme du nain et l'âme
du comte souverain avaient la même valeur devant Dieu, sachant que
j'étais venu au monde nu, comme lui, et que, comme moi, il en par-
tirait nu...

— Eh bien! dit Grandson avec une amère tristesse, en contant ton histoire, mon pauvre ami, tu as conté la mienne. Ce noble comte Rouge,
mort si prématurément, je l'aimais comme toi.

— Le duc de Berry et Bernard d'Armagnac...

— Assez! Dieu juge.

— Vous croyez donc avec moi?

— Je ne sais rien, je ne crois rien, s'écria vivement Othon. Il ne faut
pas jouer avec le feu, et l'on se brûle à vouloir pénétrer les secrets des
grands... Tu me crus donc coupable?

— Oui. Gérard ne dévoila pas tout de suite le fond de son âme. Pendant
trois ans, je m'attachai à ses pas, ne le laissant jamais seul un instant,
afin de pénétrer plus sûrement dans cet abîme et de ne frapper qu'à coup
sûr : malgré moi, je doutais... Je vis cette pieuse dame, Catherine de
Belp. Elle souffrait le martyre. Je la défendis contre la brutalité de son
mari, et, pour mieux jouer mon rôle, je feignis de la détester. Mais poursuivit Folario avec un accent de douce mélancolie, on n'induit en erreur
ni les femmes, ni les enfants. Mes regards me trahirent. Celui-ci — il dé-
signa Odet — me comprit et me le dit sans ambages... Un jour enfin, Gérard souleva son masque et déchira le voile. Je sus qu'il vous avait calom-

nié. Alors je fus tenté de faire de sa poitrine un fourreau à la lame de mon poignard. Je fis bien, n'est-ce pas, de repousser cette pensée?

— Tu fis bien. Mais pourquoi, demanda Grandson, ne vins-tu pas à moi? Je ne puis concevoir que tu aies mangé le pain de l'ennemi...

— C'est précisément parce que j'avais mangé de son pain, répliqua Folario d'un ton sombre, que je n'osais le frapper. Un horrible soupçon me traversa l'esprit : peut-être ce crime qu'il vous imputait l'avait-il commis lui?

— Et? interrogea avidement Grandson.

— Je le hais, déclara le nain d'un ton solennel, et je donnerais dix ans de ma vie pour que, demain, vous l'abattiez à vos pieds, mais j'affirme qu'il n'est pas coupable. Ah ! nul ne peut savoir quels moyens hardis j'ai mis en jeu pour arriver à connaître la vérité... Jusqu'à tenter la Providence... Quels prodiges d'habileté, de diplomatie, de finesse! Heureusement, sa main n'est point celle d'un régicide, ma conscience aujourd'hui serait bourrelée de remords... L'homme a-t-il le droit de se substituer à Dieu, de se faire, sans mandat, le justicier de son semblable?

— Tu es un grand cœur, Folario!

Le nain se mit à rire avec ironie :

— Vous me dites cela, grommela-t-il d'un ton acerbe, comme Gérard d'Estavayé me disait que j'étais un puits de science.

Othon ne répondit pas. Il songeait. Sa vie tout entière se reflétait devant lui comme dans un miroir où passaient joyeux ou tristes, jeunes ou vieux, tous ceux qu'il avait connus. Il remontait le cours de son existence, donnant un souvenir à ceux qu'il avait aimés, pleurant ceux qui étaient morts. Il pensait à cette haine d'un homme qui essayait de jeter de la boue sur ses cheveux blancs, à ce misérable qui le frappait au cœur, essayant de lui ravir l'honneur en même temps que la vie.

Cependant il ne sentait en lui aucun ressentiment contre Gérard; il ne savait pas haïr; il pardonnait tout au nom de Celui qui, cloué sur la croix, pardonnait aux tourmenteurs. Il souffrait bien; l'angoisse tordait son cœur; navré de douleur, il sentait s'affaiblir en lui toutes les forces vitales, et nul sentiment de colère ne l'agitait!

Rosefleur prit la parole à son tour, d'une voix calme :

— Le passé n'existe plus, dit-il, et l'avenir apparaît souriant. Pourquoi ces souvenirs? Dieu est juste. Il a déjà condamné le coupable, qui, demain, expiera son infâme calomnie!

— Pauvre enfant! tu n'as vu de ce monde que le beau côté, les roses, les fleurs.... Je fus comme toi, mais aujourd'hui que le passé ne m'offre que des regrets, je redoute l'avenir.

— Courage, maître! votre ennemi périra...

Grandson laissa échapper un profond soupir.

— Qui sait? la vengeance divine poursuit lentement son œuvre, mais elle arrive au but. Le soleil de demain se lèvera sur des hommes vivants et se couchera sur des cadavres !... Oh! que ne puis-je espérer, comme toi, mon enfant!...

Odet eut un adorable sourire :

— Vous êtes fort, dit-il en secouant sa tête blonde d'un air mutin, vous êtes vigoureux, parfait écuyer, habile à manier les armes. Vous avez été vainqueur dans nombre de tournois... Que craignez-vous? Lui, dévoré par la fièvre de la haine, miné sourdement par des sentiments qui tuent, pourra-t-il seulement supporter le poids de son armure? *Sursum corda*, mon maître !

Comme il achevait ces mots des coups précipités furent frappés à la porte. D'un bond, Folario fut debout. Il tira son épée du fourreau :

— Faut-il ouvrir? demanda-t-il à voix basse.

— Oui : va.

— Mais si c'étaient des assassins? Méfiez-vous, doux seigneur.

L'on frappa de nouveau et, sur un signe du chevalier, Folario, dompté, alla ouvrir.

Luquin de Saluces parut sur le seuil. Insouciant, léger, frivole, comme toujours, il souriait d'un air aimable. Il s'avança, fit une moue un peu dédaigneuse en jetant un regard sur le pauvre ameublement de ce taudis, et saluant en habitué des cours les trois personnages réunis devant lui, il s'adressa à Grandson.

— Madame la régente m'a chargé d'une mission auprès de vous, monsieur de Grandson. Elle vous mande au palais. Une dame voilée, vêtue de noir, accompagnée d'une vieille suivante, vêtue à la mode du pays de Vaud, est auprès de Son Altesse depuis plusieurs heures déjà. On vous attend sur l'heure.

Le front du chevalier s'empourpra. Il fit au page un signe de tête interrogatif auquel celui-ci répondit par un signe affirmatif. Alors s'avançant d'un pas vers l'écuyer, Grandson lui dit d'une voix émue :

— Remerciez en mon nom madame la régente, monsieur de Saluces, et dites-lui que je ressens vivement sa bonté pour le plus indigne de ses serviteurs, sa délicatesse à m'obliger... Veuillez ajouter, je vous en prie, que j'ai besoin de toute ma vigueur et ne puis me laisser amollir par des larmes, des paroles qu'il me serait impossible de... J'ai promis d'épargner les jours de mon adversaire, mais je ne veux pas succomber, moi, parce que mon honneur est en jeu.

— Je ne comprends pas, murmura Luquin de Saluces, au comble de l'étonnement.

— Bonne de Bourbon comprendra,

Odet regarda le vieillard d'un air suppliant et donnant à sa voix les inflexions les plus insinuantes, il lui dit :

— Pourquoi ne voulez-vous pas accepter les consolations que Dieu vous envoie, magnifique seigneur? N'est-ce pas de l'ingratitude que douter ainsi de sa miséricorde ? Allez où le devoir vous appelle ; vous puiserez là ce courage et cette confiance en soi-même, qui peuvent seuls donner la victoire à la bonne cause.

Malgré tout, Othon refusa de suivre Saluces. Il redoutait cette entrevue, craignant de défaillir en se trouvant tout à coup mis en présence de son passé. Luquin et Rosefleur insistèrent encore : ce fut en vain. Tous deux alors sortirent, mus par la même pensée.

Resté seul avec Folario, Othon se mit à pleurer.

Folario contemplait avec stupeur ce vieillard si réputé pour sa bravoure dans les combats, ce vaillant qui jouait follement sa vie sur les champs de bataille et qui succombait à la souffrance morale comme une faible femme, comme un chétif adolescent.

Il attachait un regard de pitié profonde sur ce visage flétri, sur ce noble front où rayonnait l'intelligence, sur ces yeux ternis d'où coulait des larmes brûlantes. Ce n'était donc pas un heureux du jour, ce grand seigneur qui traitait les princes de pair à compagnon, ignorait le nombre de ses domaines et vivait dans le faste sans même s'en douter !

On enviait ses richesses, on enviait sa gloire de soldat, son blason de gentilhomme, sa faveur, son luxe, et l'on ne savait pas de quel prix il payait, ce malheureux, un bonheur dont il n'existait que l'apparence. Il souffrait dans son orgueil, dans son esprit, dans son cœur. Il avait aimé sans espoir; il était haï sans l'avoir mérité, il allait expier par sa mort un crime dont il était innocent, et perdre en même temps l'honneur de son nom qui n'était pas chose sienne, puisqu'il appartenait à ses aïeux, à ses enfants.

Ah ! ne tressaillent-ils pas dans leur tombe, ces fiers Grandson, premiers barons de Vaud, illustres entre tous, héroïque lignée, suite ininterrompue de fidèles sujets, de preux sans reproche, de prélats vénérables et dont l'héritier se voyait accusé de parricide et ne pouvait se défendre qu'en violant les lois divines ?

Othon pleurait... son corps, secoué par d'horribles sanglots, vacillait comme le chêne battu par la tempête; de rauques gémissements s'échappaient de sa poitrine haletante...

— Mon maître, balbutia Folario, pourquoi désespérez-vous?

— Parce que j'ai péché, dit Grandson, et que je vais mourir !

Le piémontais poussa un grand cri et se couvrit le visage de ses deux mains.

— Honore ton père et ta mère afin de vivre longuement ! prononça

Grandson d'un ton lent et solennel. C'est le commandement du Décalogue.
Il n'ordonne pas d'aimer, parce qu'il y a la loi de nature.. Mon ami, je ne
l'ai jamais dit à personne : j'ai manqué à mon devoir de fils chrétien...
C'est pourquoi je me sens abattu et découragé; une immense lassitude s'em-
pare de tout mon être et paralyse toutes mes forces. J'ai soif de repos, du
repos de la tombe. J'ai besoin de miséricorde et je supplie la martyre qui
est là-haut d'intercéder pour moi auprès de l'Ange de pardon.

Folario n'essayait plus de comprendre. Ces émotions le brisaient, alté-
raient ses facultés, le terrassaient pour ainsi dire.

Il interrogea d'un regard le chevalier, qui poursuivit avec une sombre
tristesse :

— Si j'arrivai trop tard, au schloss de Belp où m'attendait la fiancée
que je m'étais choisie, c'est que ma mère avait refusé de consentir à mon
union avec cette fille des ennemis héréditaires de ma famille. Fou de colère,
je revins au manoir des bords du lac, et là, éperdu, hors de moi, tenté par
Satan, j'osai reprocher à ma mère mon bonheur envolé, mes plus douces
espérances à jamais évanouies. Elle voulut me rappeler au respect... Alors,
mon ami, j'ai honte de le dire, je la frappai... Oui, Dieu me pardonne ce
crime, que les malheurs de ma vie n'ont pas assez expié ; j'eus cet horrible
courage de porter une main sacrilège sur ma mère. J'oubliai qu'elle m'avait
porté dans son sein, qu'elle m'avait nourri de son lait, qu'elle m'aimait
plus qu'elle-même... J'outrageai ses cheveux blancs.. Je fus impitoyable
et je la regardai d'un œil sec, quand, étendue à mes pieds, elle tendit ses
bras vers moi, me suppliant de ne pas lui faire mal... Jour à jamais maudit et dont le souvenir hérisse mes cheveux sur ma tête, lacère mon cœur,
fait bouillonner mon sang dans mes veines ! Tu n'as donc pas compris,
Folario, que vos louanges m'écrasent, que votre pitié m'épouvante, que
votre charité me tue, parce que je m'en sens indigne... Elle mourut. Une
mère ne résiste pas à l'ingratitude de son enfant. Il y eut assez d'une nuit
pour la vieillir de vingt ans... Je la vis, pâle, inanimée sur son lit ; son
dernier regard fut pour son assassin ; avec son dernier soupir, elle exhala
une parole de pardon. Mais Dieu punit. Folario ! Folario ! je le sais, je le
sens, demain j'aurai vécu. C'est mon châtiment de mourir sous les yeux de
la foule, non pas en portant ma bannière, en guerre, en pleine bataille,
comme sont morts mes aïeux, mais de la vile main d'un bourreau, convaincu d'infamie... La justice humaine n'a point connu mon crime ; la justice
divine me condamne à expier un crime que je n'ai pas commis. Ai-je le
droit de me plaindre ?

Un bruit de pas se fit entendre dans l'escalier qui conduisait à cette humble demeure.

— C'est elle ! poursuivit le chevalier, Rosefleur et Saluces la conduisent
ici. Je ne veux pas la voir. En ce moment, je veux être seul avec mes sou-

venirs. Je vais commencer à suer mon agonie , le monde n'existe plus pour moi. Adieu!

Folario mit un genou en terre; deux grosses larmes roûlaient sur ses joués :

— Grandson, dit-il d'une voix étranglée par l'émotion, voulez-vous me faire l'honneur de me donner votre main à baiser ?

— Viens dans mes bras,.. et prie, prie pour le parricide que tu daignes encore appeler ton ami !

Les pas se rapprochaient. Le piémontais n'eut que le temps de l'ouvrir. Il sortit et referma la porte. On entendit un grand cri, un sanglot, puis tout retomba dans le silence.

XXIII

CE QUI SE PASSAIT LE 7 AOUT 1397 DANS LA BONNE VILLE
DE BOURG EN BRESSE.

Par l'ordonnance de 1260 et dans les Etablissements, livre I, chapitres II et VII ; livre II, chapitres X et XI, saint Louis abolit le conseil judiciaire dans ses domaines, mais il ne l'était pas dans les cours de ses barons, excepté en cas d'appel de faux jugement.

« Fausser une cour de justice ou l'accuser d'avoir porté un jugement faux, dit Mably dans ses notes sur Montesquieu, c'était lui faire l'injure la plus grave, l'interdire de toutes ses fonctions et rendre tous ses membres incapables de faire aucun acte judiciaire. Un plaideur qui avait eu cette témérité était obligé, sous peine d'avoir la tête coupée, de se battre dans le même jour, non-seulement contre tous les juges qui avaient assisté au jugement dont il appelait, mais encore contre tous ceux qui avaient droit de prendre séance dans ce tribunal ; s'il sortait vainqueur de tous ces combats, la sentence qu'il avait *faussée* était réputée fausse et mal rendue, et son procès était gagné. Si, au contraire, il était vaincu dans un de ces combats, il était pendu. Telle était la jurisprudence des Français dans le onzième siècle. »

L'appel du jugement rendu devait se faire sur-le-champ ; « s'il se part de court sans apeler, dit Beaumanoir en ses Coutumes de Beauvoisis, il perd son apel et tient le jugement pour bon. »

« Mais, malgré les clameurs des ecclésiastiques, l'usage du combat judiciaire s'étendit tous les jours en France, dit l'auteur de l'Esprit des Lois (1). C'est la loi des Lombards qui nous fournit cette preuve. « Il s'était intro-« duit depuis longtemps une détestable coutume (est-il dans le préambule « de la constitution d'Othon II) ; c'est que, si la charte de quelque héritage « était attaquée de faux, celui qui la présentait ferait serment sur les « Evangiles qu'elle était vraie ; et sans aucun jugement préalable, il se ren-« dait propriétaire de l'héritage ; ainsi ces parjures étaient sûrs de « acquérir. »

L'empereur Othon II fit donc une loi pour déférer au combat les parties en litige.

« L'usage du combat judiciaire, continue Montesquieu, s'étendit chez les Bourguignons, et celui du serment y fut borné. Théodoric, roi d'Italie, abolit le combat singulier chez les Ostrogoths ; les lois de Chaindassuinde et de Recessuinde semblent en avoir voulu ôter jusqu'à l'idée. Mais ces lois furent si peu reçues dans la Narbonnaise, que le combat y était regardé comme une prérogative des Goths. »

Les Lombards, qui conquirent l'Italie après la destruction des Ostrogoths par les Grecs, y apportèrent l'usage du combat ; mais leurs premières lois le restreignirent (2). Charlemagne, Louis-le-Débonnaire, les Othons, firent diverses constitutions générales, qu'on trouve insérées dans les lois des Lombards, et ajoutées aux lois saliques, qui introduisirent le duel, d'abord dans les affaires criminelles, et ensuite dans les affaires civiles.

Cette coutume barbare eut, dès l'abord, beaucoup de vogue en France. L'esprit chevaleresque de cette nation la porte à chérir tout ce qui est de près ou de loin une image de la guerre. Il serait inutile d'énumérer ici tous les duels qui eurent lieu sous nos rois, en y comprenant celui de l'assassin de Montargis avec le chien de sa victime, jusqu'à celui de Jarnac et de la Châtaigneraie, qui fut le dernier de tous. Déjà depuis longtemps l'ordalie (3) était tombé en désuétude.

_____

(1) Montesquieu.

(2) Voyez dans la *Loi des Lombards* le livre I, titre IV et titre IX, § 23 ; et livre II, titre XXXV, §§ 4 et 5 ; et titre LV, §§ 1, 2 et 3 ; les règlements de Rotharic ; et au § 15, celui de Luitprand.

(3) On appelait *ordalie* ou *ordéal* le jugement de Dieu ; ce mot est dérivé de l'allemand *urtheil* (jugement). Ce jugement de Dieu se manifestait, d'après les croyances du moyen âge, à la suite des épreuves qu'on appelait aussi *ordalie* et *ordéal*. L'*ordalie* par excellence,

Donc, le 7 août 1397, il y avait grande foule aux abords de la place principale de Bourg en Bresse. De trois côtés, cette place était entourée de maisons et n'avait d'autres issues que les deux rues conduisant, l'une à l'église, l'autre au château. Le troisième côté, ouvert sur la campagne, avait été fermé au moyen d'une balustrade haute de huit pieds, s'arrondissant

était le duel judiciaire. Il y avait encore l'épreuve de *l'eau froide* et de *l'eau bouillante*, de la *croix*, du *feu*, du *fer chaud*, etc. L'*épreuve de la croix* consistait à tenir les bras étendus le plus longtemps possible pendant le service divin. Celui qui restait le plus longtemps immobile dans cette posture l'emportait sur son adversaire. Charlemagne ordonna dans son testament qu'on eût recours au *jugement de la croix* pour terminer les différents qui naîtraient du partage qu'il faisait de ses Etats entre ses enfants. Mais son fils Louis-le-Débonnaire s'y opposa « de peur, disait-il, que l'instrument glorifié par la passion du Sauveur ne fût profané par la témérité de quelqu'un. »

Armoin, dans son ouvrage intitulé *Gesta Francorum*, raconte que Louis le Germanique ayant réclamé une partie du royaume de Lothaire qu'il prétendait avoir été usurpée par son frère Charles le Chauve, on eut recours au jugement de Dieu. Dix hommes furent soumis à l'épreuve de l'eau bouillante, dix à l'épreuve de l'eau froide, dix à l'épreuve du fer chaud; Cette dernière épreuve consistait à prendre avec la main nue un fer rougi au feu, ou à marcher pieds nus sur du fer brûlant. L'épreuve du feu était une des plus solennelles. On élevait deux bûchers, dont les flammes se touchaient. L'accusé, l'hostie à la main, traversait rapidement les flammes ; et s'il n'en recevait pas d'atteinte, il était réputé innocent. Il y a plusieurs exemples célèbres de l'épreuve du feu. On cite, entr'autres, celle qui eut lieu dans la première croisade, lorsque le prêtre Pierre Barthélemy prétendait avoir découvert à la suite d'une révélation, le fer de la sainte lance. Accusé d'imposture, il traversa les flammes, l'hostie à la main, et en sortit sain et sauf ; mais les historiens ajoutent qu'il mourut peu de jours après.

Canciani a publié dans le *Recueil des lois des barbares*, une ancienne formule relative à *l'ordalie*. En voici la traduction : « Un homme poursuivi pour vol, débauche, adultère ou tout autre crime, refusant d'avouer au seigneur ou à ses délégués, on aura recours à l'épreuve suivante : un prêtre, revêtu des ornements sacrés, tenant en main l'Evangile avec le saint chrême, le calice et la patène, se présentera au peuple réuni dans l'*aire* ou place située devant l'Eglise, où se trouvera aussi l'accusé, et là il dira au peuple : *Voyez, mes frères, le devoir de la loi chrétienne ; voici la loi qui est l'espérance et le pardon de tous les pécheurs, voici le saint chrême, voici le corps et le sang de Notre-Seigneur. Prenez garde de perdre l'héritage et la participation au bonheur céleste, en vous rendant complices du crime d'autrui ; car il est écrit : non-seulement ceux qui feront le mal, mais encore ceux qui seront d'accord avec les malfaiteurs seront condamnés.* Ensuite, se tournant vers l'accusé, le prêtre lui disait : *O homme, au nom du Père, du Fils et du Saint-Esprit, par le jour redoutable du jugement, par le mystère du baptême, par la vénération due à tous les saints, si tu es coupable de ce crime, si tu l'a commis, connu ou favorisé, si tu y as consenti ou si tu as sciemment aidé les coupables après la perpétration de ce crime, je t'interdis d'entrer à l'église et de te mêler à la société des fidèles, avant que tu aies été soumis à un jugement public.* Ensuite, le prêtre indiquait le lieu de l'aire où l'on devait allumer du feu, suspendre une chaudière remplie d'eau, ou faire chauffer le fer. Ce lieu était d'abord purifié avec de l'eau bénite, dont on arrosait aussi l'eau contenue dans la chaudière. Le prêtre commençait ensuite l'introït, et on chantait pendant la messe des antiennes et des psaumes. Après la célébration de la messe, le prêtre, suivi du peuple, se rendait au lieu de l'épreuve, et prononçait des prières qui se terminaient ainsi :

en une courbe profonde. L'aspect de ce lieu était des plus pittoresques. Les maisons hautes, étroites, à pignons dentelés, à tourelles saillant sur la façade, à balcons merveilleusement ouvrés, formaient le premier plan. On apercevait derrière leurs toits pointus les flèches aigües des églises, les tours trapues et massives des habitations seigneuriales, le haut beffroi du *Parloir aux bourgeois*, se dessinant en lignes noires sur un ciel resplendissant de lumière. A toutes les fenêtres, flottaient des draperies aux couleurs diverses ; ici les coquilles de Grandson en champ d'argent ; là sur une soie bleue, le râteau d'Estavayé ; plus loin, sur le drapeau rouge, la croix blanche de Savoie. Des guirlandes de feuillages entremêlés de fleurs couraient d'une ouverture à l'autre s'enroulant autour de la hampe des bannières, s'accrochant aux sculptures, mêlant aux nuances éclatantes des étoffes leurs couleurs plus sombres. Derrière ces gonfanons, ces tentures, ces fleurs, se pressait une foule immense, de telle sorte que chaque fenêtre encadrait un groupe compact de têtes, jeunes ou vieilles, laides ou jolies ; châtelaines altières, demoiselles aux cheveux bouclés, pimpantes bourgeoises, s'étaient ce jour-là, mêlées, sans nul souci de l'étiquette.

Autour de la place, on avait élevé un échafaudage qui montait du sol au premier étage et se divisait en huit gradins.

Dès huit heures du matin, ces gradins étaient occupés, si bien qu'il eût été impossible d'y placer vingt personnes de plus.

Nous aurions pu reconnaître parmi tous ces gens, de bons amis à nous, le barbier Jorioz, le majordome Gauthier Warnerod orné de sa chaîne d'argent, les pâtours, les valets d'Estavayé, affublés de leurs costumes vaudois, le coutelas au flanc, l'épieu à la main, et coiffés de barettes à doublure de fer, comme s'ils allaient en guerre.

Nanon Martin, la chère vieille femme, remuait par habitude ses doigts ridés, tout ainsi que si elle eût tourné le fuseau. Toutes ces magnificences l'éblouissaient. Quelle fête ! ces banderoles, ces fleurs, ces riches courtines drapées en festons sur les façades grisâtres... Etait-ce pour égorger un chrétien que l'on avait préparé tout cela ?

La loge comtale se dressait au fond de l'ellipse formée par la palissade. Sommée d'un immense dais en velours pourpre, aux pentes brodées d'argent et d'où retombaient en plis lourds des rideaux de brocard, décorée de panoplies, de trophées d'armes, d'écussons, elle offrait à l'œil ébloui un ensemble d'une richesse inouïe. Douze hallebardiers, vêtus aux couleurs de

« *Nous vous supplions et nous vous conjurons, Maître très-clément, que l'innocent qui plongera la main dans cette eau bouillante, ou qui portera ce fer brûlant, n'en reçoive aucune blessure, par vous, Sauveur et Rédempteur du monde, qui devez venir juger les vivants et les morts.* »

(Dictionnaire des Institutions de la France, par Cheruel).

Savoie, de casaques de satin jaune, tailladés de velours noir, s'alignaient au-dessous de l'estrade. Autant de pages, portant la croix d'argent sur leur tabart écarlate en gardaient les issues.

A droite et à gauche on voyait deux vastes pavillons, l'un tout en cendal blanc semé de coquilles d'argent, portait à son fronton l'écu de Grandson ; l'autre, de camocas gris cendré, arborait, en guise de cimier, un gigantesque rateau.

Entre chacune de ces tentes et la loge comtale se massaient deux compagnies de pertuisaniers, commandées par la cornette blanche de Savoie.

Un peu en avant, monté sur son cheval de bataille, armé de toutes pièces, l'épée au poing, se tenait le maréchal Jean de Vernay.

Dans le groupe des vassaux d'Estavayé la conversation ne tarissait point. Dès leur entrée dans l'enceinte transformée en lice, ils avaient poussé des cris d'admiration à la vue de tant de magnificences. Nanon Martin, qui se souvenait des fêtes données à Chambéry par Amédée VI, le comte Vert, avoua tout d'abord que jamais pareilles splendeurs n'avaient ébloui ses yeux.

Les autres gens d'Estavayé ne cherchaient même pas à traduire leurs impressions. Comment pouvait-on réunir en un seul lieu tant de velours, de soie, de broderies d'or, se demandaient les naïfs pâtours, les fauconniers, les bas varlets ? Et ces armes d'acier poli qui reflétaient l'ardente lumière du soleil d'août ? Et ces chevaliers sous leur pesante armure, et ces pertuisaniers aux éclatants costumes.

Lorsque l'on eut apprécié tous les détails de cette mise en scène grandiose, critiqué par habitude le faste que déployait le souverain, observé le visage et la contenance de ses voisins, l'on parla de la pluie et du beau temps, ce qui est une coutume fort ancienne et conservée jusqu'à nos jours, on n'a jamais pu savoir pourquoi. De là on vint lestement à médire du prochain, coutume non moins antique et toujours en vigueur.

Gautier Warnerod prit le premier la parole.

— Hein ! dit-il, si la vieille Gothon, la mignonne Rolande et la Guyonne, et les lavandières, caméristes, chambrières du manoir voyaient ces banderolles, ces courtines, cette belle ordonnance que l'on s'est donné la peine de faire en l'honneur d'Estavayé, — Dieu le bénisse ! — comme elles se pâmeraient de joie, les fillettes !

— La Gothon verrait toile d'araignées où nous voyons velours frisé, dit en secouant la tête le barbier Jorioz, et nortzé, mauvais esprit, follets ou farfadets à la place des gendarmes et des pertuisaniers de notre redouté seigneur le comte, — Dieu lui donne longue vie !

— Et la Guiyonne, ajouta le vieux sommelier d'un ton malicieux, nous assourdirait de son babil. Connaissez-vous rien de plus désagréable que le caquet d'une péronnelle, ma mie Nanon ?

A *petite cloche.*   14

La femme de charge, quoiqu'elle fût interpellée directement, ne répondit pas. Le premier mouvement de surprise passé, elle s'était mise à contempler d'un œil triste les apprêts de cette fête lugubre qui se devait fatalement terminer par la mort d'un homme. Elle songeait aux grandeurs de la noble maison que ses ancêtres et qu'elle-même, depuis cinquante ans, avaient servi fidèlement et se demandait si cette noble famille allait s'éteindre là...

Qu'Estavayé fût vainqueur, Grandson était déshonoré. Or, qui n'aimait Grandson, parmi les pauvres paysans des bords du lac ? Puis une pensée venait à l'esprit de la vieille femme, simple et modeste s'il en fût, mais qui, ayant été mère, savait lire dans les plus secrets replis du cœur humain ; la dame d'Estavayé ne mourrait-elle point de douleur ou ne serait-elle pas éternellement malheureuse, quelle que fût l'issue du combat ?

— Mère Nanon, reprit le sommelier, à quoi donc songez-vous ?

Elle branla sa tête chenue d'un air morne et répondit avec un accent chagrin :

— C'est une triste journée pour Estavayé. Je voudrais bien n'avoir pas quitté la salle enfumée du château !

— Pas moins, s'écria Jorioz en levant les épaules d'un air de profond dédain, le combat sera beau. Ne faut-il pas que cette maudite querelle finisse ? Le *maufez* me cherche noise, si je sais auquel des deux donner raison.

— Nous mangeons le pain d'Estavayé, murmura Gauthier Warnerod.

— Ma mère était vassale de Grandson, reprit la vieille femme.

Après un instant de silence, elle poursuivit d'une voix émue :

— Vous souvenez-vous de cette nuit où l'écuyer de monseigneur, pâle, défiguré, les vêtements couverts de sang, revint au manoir ? Quelques heures auparavant il était parti avec son maître et le piémontais, ce méchant. Savez-vous pourquoi l'écuyer Hugonin revenait, mes garçons ?

Un mouvement se fit parmi les vassaux sur le visage desquels se peignait une vive curiosité ; mais aucun d'eux n'osa ouvrir la bouche ; quelque espion écoutait peut-être et guettait, là, derrière cette épaisse rangée d'honnêtes bourgeois.

— Eh bien ! continua Nanon, je vais vous le dire. La chevauchée avait rencontré une bande de loups dans la forêt de la Sarraz, et sans monsieur de Grandson qui passait par là, c'en était fait d'Estavayé... Pourquoi faut-il que mes yeux voient aujourd'hui périr l'innocent et triompher le coupable, s'écria-t-elle avec désespoir.

— Qui te permet, femme, de douter de Dieu ! murmura derrière elle une voix grêle.

Elle se retourna et reconnut Folario, livide sous le capuchon de sa robe de deuil.

De grands cris interrompirent cet entretien.

Le comte de Savoie et madame de Bourbon, sa mère, venait de pénétrer dans la loge princière et la foule acclamait son jeune souverain.

« Les gens de Gand, dit Philippe de Commines, aiment le fils de leur prince, leur prince, jamais. »

Amédée VIII ne régnait que de nom, la multitude l'applaudissait encore.

Il était charmant, du reste, avec ses cheveux bouclés, son regard franc, à la fois doux et fier. Son pourpoint de soie blanche passementé d'argent lui seyait à merveille, ainsi que les chausses bouffantes de même étoffe et le léger manteau de satin violet semé de croix en broderie.

La régente, austère, grave, majestueuse, sous ses coiffes blanches et son vêtement de veuve formait avec son petit-fils un contraste frappant. Elle s'avança lentement et prit place en prenant un regard dédaigneux sur la foule :

— Ah ! dit-elle, voilà bien des gens pour voir s'égorger deux chrétiens.

Elle soupira, et reprit en se tournant vers Amédée :

— Mon fils, si jamais vous donnez des lois nouvelles à votre peuple, rappelez-vous que le Décalogue interdit l'homicide et que l'humanité réprouve ces combats où les hommes se déchirent en pièces, avec griffes et dents comme des bêtes fauves. C'est un conseil que ma vieille expérience vous prie d'agréer.

— Je m'en souviendrai, madame ma mère.

Le prince d'Achaïe se tint debout derrière le fauteuil d'Amédée. Lui aussi paraissait morne et préoccupé.

La calomnie avait autrefois accolé son nom à celui de Grandson.

Le sort de celui-ci devait être le sien ; vainqueur, Othon le réhabilitait même devant la multitude aveugle et passionnée ; vaincu, il le perdait.

Le chancelier de Savoie, les magistrats de la cour suprême, les officiers de la cour prirent place à la droite du trône.

A gauche se rangèrent Luquin de Saluces, Piossasque, Jean de Chabod, le seigneur de Scalenghe et nombre d'autres gentilshommes.

Puis deux nouveaux personnages, deux femmes, se frayèrent un passage à travers ces nobles seigneurs. L'une d'elles, fort âgée déjà et vêtue en paysanne vaudoise, ne paraissait nullement intimidée. Elle fixait un regard sur les jeunes seigneurs, qui se demandaient avec étonnement la raison de la présence d'une villageoise dans le cercle royal. Celle qui paraissait être la maîtresse, enveloppée dans les plis d'une mante noire et le visage caché sous un voile épais, s'assit à la droite de la régente. Un mouvement de curiosité se fit parmi la foule à la vue de cet incident mystérieux.

— Ah ! s'écria le barbier Jorioz avec un accent de profond étonnement, voyez donc, mie Martin ! Ne voilà-t-il pas dame Guigaz, en propre personne, avec son béret et sa robe de serge, dans la chambre de monseigneur le comte !

Kleudde me torde le cou, foudres et futailles ! dit à son tour le sommelier, si la mante noire ne cache pas notre redoutée dame Catherine ! Vient-elle pour voir Gradsou mordre la poussière ?

— Eh ! mes yeux me trompent-ils ! ai-je la berlue ? grommela maître Gauthier... Non ! non. C'est bien Rosefleur, Odet Guigaz que je vois là-bas, devant la tente de cendal blanc, avec un habit aux livrées de Grandson. Quel nouveaux mystère se joue par-là ?

Cependant le comte Amé VIII s'était penchée vers l'inconnue avec laquelle il échangea rapidement quelques paroles. Ceux qui se trouvaient auprès du prince purent entendre ces mots, prononcés d'une voix ferme par la femme à la mante noire :

— Oui, monseigneur, quelle que soit l'issue de ce duel funeste, et sous le bon plaisir de Votre Altesse, je me retirerai au moustier de Sainte-Claire d'Orbe pour y demander à Dieu le pardon de mes péchés.

L'on faisait pendant ce temps-là les derniers préparatifs du combat. Deux charpentiers, envoyés par la ville de Chambéry, et dont l'histoire nous a conservé les noms, Georges Grassot et Hugues Palmeri, dressaient au centre de la lice une barrière semblable à la *Spina* des cirques romains.

D'autres hommes enlevaient les pierres éparces çà et là, achevant d'égaliser le terrain. Un murmure joyeux, dominant presque la voix sonore des cloches sonnant à toute volée, annonçait que le peuple se réjouissait à l'avance du beau spectacle qu'on lui allait donner.

— Qu'avez-vous, Saluces ? demanda le seigneur de Piossasque au jeune écuyer du comte. Vos traits sont contractés, vous êtes pâle. Souffrez-vous ?

— Oui, je sens mon cœur se serrer...

— Plaisantez-vous !... un chevalier sans peur ! maugrebleu ! nous devons rire, nous autres, quand il y a bataille.

Le chancelier de Savoie fronçait le sourcil et se penchant avec impatience par-dessus la balustrade :

— Monseigneur dit-il tout-à-coup, vos bourgeois de Chambéry se moquent... Ils se font bien attendre !

La porte de l'enceinte s'ouvrit soudain et de nouveaux cris de joie retentirent quand on vit défiler une curieuse cavalcade.

Quinze arbalétriers avec leur trompette, précédaient les deux syndics de Chambéry, en manteaux violets, et que suivaient dix nobles et neuf bourgeois de la même ville, une suite nombreuse d'écuyers, de pages et de serviteurs. Il y avait eu grande querelle entre le comte et les gens de sa bonne capitale. Ceux-ci prétendaient n'être point assez riches pour envoyer une députation à Bourg en Bresse, ajoutant que le duel entre M. de Grandson et M. d'Estavayé ne les intéressait d'aucune façon, et que, par conséquent, ils ne se croyaient point tenus à grever leur budjet pour si peu. Le conseil du Comte insista. Pour mater l'orgueil de ces bourgeois, l'on résolut de ne céder en rien. Si bien que Chambéry obéit... en maugréant fort, il le faut avouer. (1)

Quand les syndics et leur cortége eurent pris la place que leur assigna le maître des cérémonies, le maréchal de Savoie fit au galop le tour de l'arène, puis, s'arrêtant net sous la loge du comte, il demanda si c'était le bon plaisir de Son Altesse que les champions fissent leur devoir.

Amédée VIII fit un signe affirmatif. Alors les trompettes se mirent à sonner une marche guerrière et le maréchal, debout au centre de la lice, leva son bâton.

. . . .

Othon de Grandson achevait d'endosser son armure. Odet rattachait sur la cuirasse d'acier une écharpe blanche. Folario, accroupi dans un coin, pleurait.

— C'est fini, monseigneur, dit Odet en soupirant.

Le chevalier mit un genou en terre et fit une courte prière.

— Elle est là ? demanda-t-il quand il se fut relevé.

— Oui, mon gracieux seigneur, dans la loge de Son Altesse.

Un écuyer parut devant la tente conduisant par la bride un magnifique cheval de race africaine. Odet s'élança et visita scrupuleusement les sangles, la selle, tout le harnais, assurant une boucle, refaisant un nœud avec toute la dextérité d'un cavalier consommé.

— Tout est prêt, dit-il ensuite en essayant de donner à sa voix un accent de fermeté, allez et que Dieu vous conduise !

(1). — L'histoire de ce singulier démêlé entre les bourgeois et le souverain se retrouve toute entière dans le bel ouvrage dont nous citons un passage plus bas. Il faut que la querelle qui est la base de notre récit ait eu un grand retentissement pour exiger un tel apparat et de telles précautions. Chambéry envoya donc ses deux syndics ou maires, dix nobles, neuf bourgeois, quinze arbalétriers. — Elle fournit en outre cent viretons à la garde du comte Amédée.

« Tout ce monde fut en fonction jusqu'à la conclusion du duel, soit y compris le voyage, » pendant huit jours, depuis le vendredi 3 août au samedi 11 août 1397, La dépense totale » a été pour la ville de 268 fl. 10 d. 1/4. On dut encore donner 4 écus au nommé Breton, qui » apporta à Chambéry la nouvelle de l'issue du combat, avant l'arrivée de la Compagnie.

» Pour faire face à toutes ces dépenses, la caisse de la ville se trouvant, comme à l'ordinaire, » assez peu en mesure, on dut recourir à un juif nommé Jacob Cohen auquel on restait » devoir 40 fl. outre les intérêts, s'il jugeait à propos d'en exiger. On avait aussi emprunté à » Jacques Haaron, autre juif, qui prêta sur gages, 70 écus d'or, à raison de 18 d. ob. gr. » l'écu. Les syndycs lui remirent en garantie six verres d'argent pesant 4 marcs 1/2 ; — un » couvercle de verre émaillé et doré pesant 3 marcs, qu'il consentit, plus tard, à échanger » contre un baudrier d'argent blanc, du poids de 3 marcs. — un gobelet garni et doré » pesant 6 marcs et six onces.

CHAMBÉRY A LA FIN DU XIVᵉ SIÈCLE, par T. Chapperon. Dumoulin, Paris, 1863 — in 4°.

— Folario, dit Grandson, ne veux-tu point m'embrasser.

Il n'avait point achevé que le pauvre nain et le page se suspendaient à son cou. Il les pressa contre sa poitrine, abaissant un regard d'amour sur ces deux êtres qui l'avaient tant aimé.

— Vous êtes mes deux seuls amis dans ce monde, leur dit-il avec un accent plein d'amour. Souvenez-vous de Grandson, ne me vengez pas... si je meurs. J'ai tout pardonné ! Adieu, je vous aime et j'emporte le regret de vous avoir connu trop tard... Ne pleure pas, Folario : ma cause est juste... Odet, sois sage, courageux et bon ; deviens un chevalier sans peur et sans reproche. Adieu, enfants, priez Dieu pour moi...

D'un seul bond il fut en selle.

Au dehors, les fanfares éclataient, se mêlant aux clameurs de la foule, à la voix lugubre des cloches sonnant le glas des agonisants.

. . . .

XXIV

Les immenses portières des tentes s'écartèrent et les deux champions apparurent, aux cris tumulteux de la foule.

Grandson avait grande et fière mine. Droit en selle, les genoux collés aux flancs de son destrier, immobile, il réalisait le type de ces chevaliers du moyen-âge, véritable géants, prêts à accomplir les exploits les plus étranges et de qui Victor Hugo fait dire par son Roy Gomez de Silva, dans Hernani.

> C'étaient des hommes forts, à qui semblaient moins lourds
> Leur fer et leur acier, qu'à nous, notre velours.

A voir ce maintien altier, cette force indomptable qui se trahissait dans chacun des mouvement; du cavalier, on eût dit un jeune homme se préparant à faire ses premières armes.

Qui donc eût reconnu sous le harnais de guerre, ce vieillard de soixante années, faible, infirme, débile, et qui n'avait retrouvé que pour une heure la vigueur de sa jeunesse ?

La cuirasse d'acier brillamment damasquinée d'or par les armuriers de Milan ne semblait point peser à ses épaules, non plus qu'à sa poitrine ; les cuissards, les jambards, lames de fer ciselé, emboîtaient ses membres jadis si robuste ; son bras soutenait sans effort la longue et lourde lance au fer aigu. — Son heaume couronné du tortil baronial et sommé d'un panache de plumes blanches et bleues, dominait tous ceux des nobles seigneurs, ses tenants.

Son cheval, armé d'un chanfrein, bardé de fer, était splendidement harnaché de velours blanc portant à tous ses angles l'écusson de Grandson, et semé de coquilles d'argent.

— Loz à Grandson ! crièrent les seigneurs, quelques bourgeois et bon nombre de gens du peuple.

— Petite cloche, sonne bien fort !

— Pillé ! pille, petit cheval !

Nos oreilles ne nous trompent guère, c'était bien parmi les vassaux d'Estavayé que l'on criait le plus fort.

Gérard, baron d'Estavayé, n'attira les regards qu'après son rival.

On le vit, couvert d'une armure française, de couleur bronzée, sur laquelle il avait jeté une casaque de satin jaune portant des râteaux brodés en argent. Des plumes jaunes flottaient sur son casque. Il montait un énorme cheval allemand, d'une force incomparable.

Des applaudissements auxquels se mêlèrent les sifflets et les huées des partisans de Grandson l'accueillirent.

Les deux champions vinrent saluer le comte ; avec une dignité dont l'on aurait pu croire incapable un prince si jeune, Amédée VIII interrogea d'Estavayé, lui demandant s'il persistait dans ses accusations.

— Oui, monseigneur ! fut la réponse du traître.

Alors cette inconnue, voilée de noir, qui pleurait, la tête appuyée sur l'épaule de madame Bonne de Bourbon, laissa tomber de ses lèvres ces paroles dédaigneuses :

— Sur ma foi ! vous en avez menti, déloyal et félon chevalier.

Le comte fit jurer aux champions qu'ils n'étaient armés que d'armes franches, sans artifices, magie, maléfices ou sortilége, puis il leur donna congé de combattre pour sauver leur honneur.

— Monsieur de Grandson, dit Saluces d'une voix qui retentit au milieu du silence solennel, vous eussiez dû vêtir votre manteau de pourpre : le sang n'y paraît pas.

Était-ce une prévision de mauvais augure ? Était-ce, au contraire, un heureux présage ?

Grandson tourna son cheval, piqua des deux, courut à bride abattue jusqu'au bout de la lice et s'arrêta.

D'estavayé, la lance en arrêt, attendait à l'autre bout.

Le maréchal de Savoie éleva son bâton.

— Messieurs, dit-il, allez et faites votre devoir.

Un tourbillon de poussière s'éleva sous les pas des chevaux et l'on vit, au travers d'un nuage grisâtre, les chevaliers fondre l'un sur l'autre au galop, se rencontrer au milieu de l'arène. L'on entendit le choc des lances contre le fer, et ce fut tout.

Un instant après, ils étaient tous les deux auprès des carrières. Dans cette première passe, la lance de Grandson s'était rompue sur l'armure de son ennemi.

Rosefleur, l'œil brillant d'espérance, lui en apporta une autre et le combat recommença.

Tandis qu'Estavayé, donnant de l'éperon, se précipitait sur son rival, Grandson, plus calme, serrait la bride à son fougueux destrier et le forçait à reculer d'un pas. Il attendit que Gérard se ruât sur lui ; alors, appuyant sa lance contre le pommeau de sa selle, il soutint, sans remuer d'une ligne, le coup de son rival, et d'un coup sec le désarma.

Saisissant alors, avec la rapidité de l'éclair, la masse d'armes pendue à son côté, il la brandit à bout de bras, et se jetant sur lui, il l'eût infailliblement renversé, si Gérard, se voyant perdu, n'eût fait rapidement volteface.

Le coup de Grandson frappa dans le vide et le marteau, s'échappant de ses mains, alla s'enfoncer dans le sable à trente pas de là.

Des applaudissements unanimes saluèrent cette belle passe.

Les combattants reprirent de nouvelles lances. Malgré les prières d'Odet, Grandson voulut quitter ses gantelets de fer qui, disait-il, meurtrissaient ses mains et l'empêchaient d'assurer ses coups.

Au signal de Jean de Vernay, la troisième passe commença.

Gérard, arrivé à la hauteur de Grandson, enleva son cheval par dessus la barrière, et d'un coup vigoureusement asséné, frappa le vieillard en pleine poitrine.

On vit jaillir une gerbe d'étincelles, on entendit des gémissements de douleur, puis un fracas sourd.

Grandson gisait sur le sable.

Un cri terrible, aussitôt couvert par les clameurs de la foule, partit de la loge comtale.

D'un bond, Gérard fut à terre. Il jeta sa lance et prit l'épée à deux mains que lui tendit son écuyer :

— Grâce, grâce, monsieur d'Estavayé ! s'écria Catherine de Belp, éper-

due, arrachant d'une main les voiles noirs qui cachaient ses traits défigurés
par l'angoisse.

Gérard sourit amèrement :

— Ah! madame, dit le jeune comte, vous avez tué monsieur de Grandson !

Le vieillard s'était relevé à demi :

— Monsieur d'Estavayé, dit-il, d'une voix brisée, je vous demande
merci!... Je serai mort demain.

Et il tendait vers lui ses deux mains réunies.

Sans répondre un seul mot, le farouche baron leva son épée qui siffla
dans l'air et s'abattit, tranchant les mains de Grandson qui tomba, baigné
dans son sang.

Gérard se jeta sur ce cadavre, rompit, frémissant, les attaches du hausse-
col et, froidement, lentement, ouvrit la gorge du vaincu.

. . . .

Lorsque l'odieux vainqueur, insulté, bafoué par la foule, poursuivi même
par les injures de ses tenants et de ses partisans, s'avança vers la loge
comtale afin de recueillir le fruit de sa honteuse victoire, il fut déconcerté,
en voyant le visage sévère d'Amédée VIII et l'expression d'indicible mépris
peinte sur les traits de Bonne de Bourbon.

— Monsieur, dit le prince, je ne veux pas de boucher à ma cour. Partez dès ce soir pour votre château des bords du lac et ne reparaissez plus
en ma présence, sinon je vous fais pendre par mon prévôt au premier
arbre venu.

Atterré par ces paroles écrasantes, Gérard baissa les yeux et se vît couvert de sang; et, le sentiment de son crime s'éveillant enfin dans ce cœur,
il se mit à trembler, oscilla comme un chêne battu par les vents et tomba
d'une seule pièce, évanoui...

. . . .

. . . .

Le cadavre de Gérard fut trouvé quelques jours plus tard, déjà putréfié,
dans un ravin, sur la route de Bourg à Genève. On ne sut jamais si le misérable avait succombé sous les coups d'un vengeur, ou si, poussé par le
remords, il avait terminé sa vie par un nouveau crime, en se donnant la
mort.

Catherine de Belp entra, ainsi qu'elle l'avait promis, au couvent de Sainte-
Claire-d'Orbe, où elle vécut longtemps encore, édifiant ses sœurs par
l'exemple des plus hautes vertus.

Folario, recueilli par les moines de Romainmoûtiers, s'appliqua avec une
ardeur infatigable à faire réhabiliter la mémoire de Grandson, et le jour
où la sentence fût rendue, ce pauvre nain mourut : sa tâche était achevée.

Odet Guigaz n'oublia point les derniers conseils de son maître. Devenu chevalier, anobli par l'empereur Sigismond en 1416, il reçut d'Amé VIII, en récompense d'importants services, la baronnie de Montailleur.

Peut-être un jour le retrouverons-nous à la cour du bon duc Louis, guerroyant contre les cypriotes de la duchesse Anne.

Le duel entre Grandson et Estavayé fut le dernier combat judiciaire qui eut lieu en Sovoie.

Othon fut enseveli dans la cathédrale de Lausanne, où l'on voit son tombeau, surmonté de son effigie taillée dans le marbre, avec les deux mains séparées du corps.

« Après la mort de Grandson, dit Verdeil, la maison de Savoie, suivant les lois sur le jugement de Dieu, s'empara des fiefs, des terres et des châteaux de Grandson, de Montagny, de Belmont et en fit don à Louis de Savoie, prince de Piémont.

« Guillaume de Grandson, seul représentant de son antique maison, se voyant dépouillé de tous ses biens et honneurs, quitta sa patrie et se réfugia en Franche-Comté, où sa famille avait pu conserver le fief de Pesme. Mais l'infortune s'attacha aux pas des Grandson ; accusé d'être le chef d'un complot tramé par la haute noblesse contre le duc de Bourgogne, il fut arrêté, puis étranglé dans le château de Poligny. »

APPENDICE

Le récit que nous venons de terminer possède ce mérite, si réellement c'en est un, d'être entièrement et de tous points historique.

Sauf le personnage du page Rosefleur et du bouffon piémontais Folario, tous les acteurs de ce drame ont existé, tous sont nommés dans les annales de notre pays. Nous n'avons négligé aucune recherche, fouillant nos archives et consultant sans cesse les vieux chroniqueurs et les écrivains plus récents : Olivier de la marche, Perrinet du Pin, Guichenon, Paradin, Machanée, Zschokke, Frezet, Burnier Verdeil et les auteurs qui ont écrit sur les mœurs, les coutumes, les institutions politiques, en un mot, sur la société au moyen âge. (1) Cette courte légende, que notre lecteur parcourra

---

(1) OLIVIER DE LA MARCHE, *Mémoires*, collection Petitot.

PERRINET DU PIN. *Chronique manuscrite de Savoie*, archives de Cour de Turin.

SAMUEL GUICHENON, *Histoire généalogique de la Royale maison de Savoie*, 5 volumes in-f°, Turin 1778, chez J. N. Briolo.

PARADIN, *Chronique de Savoie*, 1 vol. in-4°, Jean de Tournes, Lyon, 1602.

DOMINIQUE MACHANÉE, *Historia novem ducum Sabaudiæ*.

d'un œil distrait, peu intéressé sans doute par le style simple, rapide, sans images de l'auteur, nous a coûté beaucoup de travail.

Afin d'en augmenter l'intérêt, nous y ajoutons, en forme d'appendice, trois documents fort curieux, extraits des archives de la famille de Commène, laquelle possédait autrefois de grands biens dans la province reculée où nous sommes né.

~~~~~~~~~~~~~~~~~~

I

LETTRE

De Jean, fils de France, duc de Berry

Aux gentilshommes et communautés de Faucigny,
de Genevois et de Chablais.

Jean, fils de roi de France, duc de Berry et d'Auvérgne, comte de Poitou, à nos amés les Nobles de Foucignié, de Genevois et de Chablais, salut. Vous savés assez ainsi que nous tenons, que faisons détenir en nos prisons le mauvais Physicien, lequel on a dit a empoisonné feu nostre fils le comte de Savoie dernièrement trépassé, que Dieu absolve ; et pour ce que nous desirons de tout noster cuer, et aussi savons que aussi faites pour la loyalté

HENRI Zschokke, *Histoire de la Suisse* ; 3 vol. in-32 ; traduction Manget, Turin, chez Reycend, 1829.

Frezet, *Histoire de la maison de Savoie*, 3 vol. in-8° Turin; Alliana et Parovia. 1326.

EUGÈNE BURNIER, *Histoire du Sénat de Savoie et des autres Compagnies judiciaires de la même province.* 2 vol. grand in-8°, Chambéry, Puthod fils, 1864.

A. VERDEIL, *Histoire du canton de Vaud,* 2ᵉ édition, 3 vol. in-12; Lauzanne, Martignier; 1854.

COSTA, marquis de BEAUREGARD, *Mémoires historiques sur la maison de Savoie.* ; Turin, Pic, 1816.

Les autrès auteurs consultés sont cités en note dans le courant du récit. Nous avons tenu à honneur d'indiquer les sources où nous avons puisé, devoir inhérent à la responsabilité qu'assume un romancier historique.

et amour que vous aviés à nostredit fils, savoir les coupables et consentant de icelles poisons, nous avons ordonné notre cousin le Prince de la Morée Commissaire avecque plusieurs autres, sur la poursuite d'icelui fait, en manière que on puisse savoir la vérité, et que icelle scene on en puisse faire pugnition tele qu'il en soit mémoire à tous jours; et neantmoins escrivons à nostre très-chière et amée cousine la comtesse de Savoie qu'à nostredit cousin le Prince de la Morée baillé pour lui et les autres Commissaires les lettres de commission pour ateindre ledit fait ; et outre entendons envoyer briesvement pardelà aucun de nos gens pour savoir quelle diligence on aura faite en ladite besogne ; et pour ce que nous savons que par vostre bon moyen et aide icelle besogne pourra prendre plus briesve conclusion, nous vous escrivons les choses dessus dites, et vous, prions tres à certes et à chacun de vous, que pour vostre grand honneur, et faire vostre devoir vous veuilliés ou dit fait mettre la main et faire de vostre pouvoir que ledit fait viegne à clarté, et en ce estre aidant et avoir bonne diligence, car nostre entente est de aider à savoir la vérité d'icelui fait, en maniere que s'il vien à clarté les malfaiteurs soient pugnis selon leur dessert. Donné en Avignon le x jour d'aoust, l'an de grace MCCCXCII.

Par Monseigneur le Duc

Nous présent

DE DOMPART.

II

LETTRE

de Jean de la Baume, sire de l'Abergement,
A messire Humbert de Savoie, sire d'Avillars et à messire Amédée de Savoie,
sire des Molettes, son frère.

Très-cher frère, je me recommaade à vous, plaise-vous savoir que je ne vous ai peu plustôt escrire pource que les choses n'estoient pas arrestées ; toutefois il est ordonné par deça, que le sire de Coucy s'en va à Chambéry de par le roi, le sire de Giac et Ponchon de Langhat de par Monsieur de Berry, et l'évêque de Châlon et le sire de la Tremoille de par Monsieur de Bourgogne qui seront a Chambéry briesvement pour mettre le pays de Monseigneur et son fait en bonne ordonnance à l'aide de Dieu et de vous, et avecque-vous des prélas, Bannerés et autres nobles et communes du pays, et la manière et les voyes à que ils tendent. Je le vous dirai présent que je parlerai à vous, car trop long serait à écrire. Quant est du fait du phisicien, Monsieur de Berry ne le remet point à présent pour cause de ce que je vous dirai quand je serai par devers vous ; mais de l'exprès mandement et commandement de Monsieur de Berry, Ponchon de Langhat et moi allons au chastiau d'Usson pour voir et oir parler le dit physicien sur la mort de Monseigneur, que Dieu absoule, et le quelles choses estres faites et accomplies pour le mieulx et plus à droit que l'on pourra selon le fait, je m'en irai tout droit à vous et vous enformerai plus à plain des besognes. Très-cher frère, je vous prie avisiés bien et faites aviser le commun de la Court, car il ne me semble point que vous et moi ni les autres qui avons esté ensemble par nostre devoir oyons cause d'estres à la puissance, savons n'avions bonne part en la force. Si veuilliés aviser par l'honneur de vous et de tous nous autres, se nos amis pouvaient estre à celle journée, et me veuillées rescripre comment vostre est d'y estre ou si grandement accompagnés que vos porrés, ou à certain nombre, et se vous voudrés arrivé tout entier ou secrétement, affin que je entrepreigne d'y estre sur celle manière.

Très-chier frère, s'il vous ploît auccune chose que je puisse faire, mandès-moi et commandés comme celly qui est tout vostre très-chier frère. Je prie à Dieu qui vous doinct joye et bonne vie longuement. Escript à Paris le XVII de mars MCCCXCIII.

Jean de la Beaume sire de l'Abbergement.

III

SCEAU

De quelques Seigneurs et Gentilshommes de Savoie à la requête
des ambassadeurs du Roi et des Ducs de Berry,
de Bourgogne et d'Orléans.

Sachient tos qui ces présentes verront et oyront, que l'an de nostre Seigneur Jésus-Christ mil trois cents quatre vints et treize l'endiction première le 9 jour de mai. Révéreod Père en Dieu Noble, Haut et excellent seigneur l'Evêque de Noyon, Messire l'Evêque de Chalon, Messires de Coucy, comte de Soissons, Messire Guy sire de la Tremoille, et Messire Pierre sire de Giac ey parties Savoie, Ambassaours et Messages envoyés et transmis au nom et de par très-haut, très-Excellent, et très-noble Prince le roi de France, et très-Nobles et très-puissants Signeurs Nos Signeurs les Ducs de Berry, de Bourgogne et d'Orléans ont aujourd'hui benignement et gracieusement prié et requis de part le Roi et nos dits Signeurs Nobles et puissants Signeurs Bannerès, Messire Jean sire de la Chambre, vicomte de Maurienne, Messire Antoine, sire de la Tour, Messire Jean sire de Miolans, et Messire Humberl de Savoie sire d'Arvillars Chevaliers, comment ils saellessent de leours quatre sayaulx per eux et per Messire Amé de Savoie sire de Moletes, Messire Jean de Clarmont, Messire Jean bastard de la Chambre et leours compagnons, une lettre escripte en parchemin et faite par la main de maistre Jehan de Saux secrétaire du Roi, extraite du droet et propre original, lesqueulx Signeurs de la Chambre, de la Tour, de Miolans et d'Arvillars, au nom que dessus honneur et reverence per avant mies si come il aspartient à tels Ambasseours ont dit et fait responce, qu'ils ne sunt ne n'estaient tenus en aucune manière de saeller ladite lettre, tant parce que ils ne furent unques consentant ne appelé ou traittié et ou contenu d'icelle lettre, tant parce que ladite lettre ne les touche de riens, et les dits ambasseours perseverants en leours prières et requestes comme dessus et contient ont dit et requis, dient et répliquent per leour bonne foi que saellé ladite lettre n'est point de charge esdits Signeurs de la Chambre, de la Tour, de Miolans et d'Arvillars ne leours compagnons; considéré aussi que ma très redouptée Dame, Madame Bonne de Berry Comtesse de Savoie a saellé ladite lettre.

Or est ainsi que per honour et reverence et obtempérer ès priéres et requeste dessus nommees ; et quand aussi d'autre part Noble et puissant Escuyer Ponchon Signeur de Langhat et de Rotourtour Baillif des montagnes d'Auvergne Ambesseur d'autre costés de part monsieur de Berry tramis tant à madite dame ; quant ès quatre Bannerès dessus inscripts et certains autres de la comté de Savoie chevaliers et escuyers, ainsi estre fait la prié et confessé en bonne foy, lesdit signeurs de la Chambre, de la Tour, de Miolans et l'Arvillars ont saellé et mis léurs sayaulx en ladite lettre; en protestant et faisant protestation présents, oyans et voyans lesdits ambesseours et tesmoignés et moi notaire, cy-dessous escript per eux et leurs compagnons, que nonobstant est saellé qu'ils prosequièrent entièrement de leor poer tout ceulx qui sont seront ou porront estre culpables et consentissans de la mort de nostre très redubté seigneur le comte de Savoie dernier mort, que Dieu absoille, qu'il tiendront et observeront au plaisir Dieu leur sayrement qu'il fisrent avec monsieur le prince, monsieur de Genève et plusieurs autres nobles bien tost apres la mort de mondit seigneur de Savoie à poursuyr les culpables de sa mort, de laquelle protestation, requestes et autres choses dessus escriptes et déclarées, lesdits seigneurs de la Chambre, de la Tour, de Miolans et d'Arvillars ou nom de ledour et de ledours compagnons comme dit est, ont requis et demandé charte et publique instruction.

Fait en la chapelle de la Marie Magdelaine près de Chambéry l'an que dessus. Présents et demantés pour tesmoin très noble et puissant seigneur messire Loys de Savoie, Poucet de Langhat et Richard de Duynx, escuyers.

Voici maintenant en quels termes le naïf doyen de Beaujeu, Guillaume Paradin, narre en sa *Chronique de Savoie*, la mort du comte Rouge. Nous supprimons quelques passages un peu scabreux.

Comment le comte Rouge mourut par accident de chasse.

Tout le temps que le comte Amé le Rouge vesquit, il aima sur tous plaisirs le déduit de la chasse ; et vrayement par trop l'aima-t-il ; car un jour comme il suyvait un sanglier à course de cheval, en la forest de l'Orme, le voyant issir du bois picqua si roidement après, pour y estre des premiers, et le voir enferrer, que soudainement son cheval se cabrant, renverserent home et cheval cul sur teste: dont restat navré le comte d'une grande playe en la cuisse, droit sus un nerf, fut mené par ses gens à Ripaille, ou reprenant quelque embonpoint, par bon traistement, tint à mespris se blessure, si qu'il n'y voulait faire autre chose.... au moyen de quoy, se mit telle inflammation en sa playe que dans quinze jours tomba en très-griesve maladie : laquelle tat le pressa, que voyant approcher sa fin receut tous ses sacrements en tres grande dévotion, fit son testament et ordona de tous ses affaires. Or estait alors venu avec le duc de Bourbon un certain medecin d'Afrique lequel (comme sont tousiours admirables les estrangers plus que congnus) fut si bien venu auprès du comte, qu'il luy fit raire la teste de si près, qu'il l'entama en plusieurs lieux jusques au sang, et mettait par diverses fois sur les entameures et playes divers médicaments à son plaisir: dont venat tousiours à décliner le comte, disoit aucune fois, quand il se revenoit et pouvait parler : Ce mauvais et meschant medecin m'a mis à mort. Parquoy fut comandé au Médecin d'y remédier, mais ce ne fut pasen sa puissance d'empescher qu'il ne rendist l'esprit à Dieu l'an 1397 et selon Pingon et msst de Langes, 1391, le jour feste de Toussaints, premier de Novembre.

TABLE DES SOMMAIRES

FIN DE LA TABLE.

LIMOGES. — IMP. BARBOU FRÈRES.

www.ingramcontent.com/pod-product-compliance
Lightning Source LLC
Chambersburg PA
CBHW061456030726
47503CB00005B/1734